WOLFGANG HOHLBEINS
SCHATTENCHRONIK

Band 2

WOLFGANG HOHLBEINS
SCHATTENCHRONIK

ALISHA BIONDA

Kuss der Verdammnis

BLITZ

3. Auflage

Redaktion: Jörg Kaegelmann
Cover Artwork: Mark Freier
Illustration: Pat Hachfeld
Lektorat: TTT, Mallorca
Satz: M. Freier, München
Druck und Bindung: Drogowiec, Polen

www.BLITZ-Verlag.de
ISBN 3-89840-352-1

Eddie M. Angerhuber gewidmet!

Inhalt

Sic volo, sic iubeo
(So will ich es, so befehle ich es)

London, Hyde Park, 1601, Tyburn Gallows

Die Schlinge straffte sich mit einem heftigen Ruck um ihren Hals, zog sich immer unbarmherziger zusammen, grub sich dabei tief in ihr Fleisch und schnürte ihr die Luft ab. In Dilara stieg Panik auf, die immer mehr ausuferte.

Sie wollte nicht sterben!

Aber wer wollte das schon? Niemand – und sie erst recht nicht! Jetzt, da sich ihr gerade Dinge eröffneten, die bar jeglicher menschlichen Erklärung waren. Verzweifelt dachte sie darüber nach, wie sie sich dieser tödlichen Umklammerung noch im allerletzten Moment entziehen konnte. Doch das war unmöglich, denn man hatte ihr die Hände fest auf den Rücken gebunden und sie dadurch bewegungsunfähig gemacht, wie all die anderen Sträflinge, die vor ihr an diesem Galgen ihr Leben verloren hatten. Hier, an den berüchtigten Tyburn Gallows, die zur Exekution von mehr als zwanzig Menschen gleichzeitig vorgesehen waren, sollte nun auch ihr Leben enden. Dilara wurde von einem Schauer ergriffen. Sie mußte an die Vision denken, die sie heimgesucht hatte, kurz bevor die Polizisten sie in ihrem Haus verhaftet hatten. Dilara dachte an Charles, den Mann, der sie heiraten wollte, und der tot und von einer Blutlache umgeben auf ihrem Bett gelegen hatte. Ihre Ankläger mußten davon ausgehen, daß sie eine Mörderin auf frischer Tat ertappt hatten. Doch Dilara wußte es besser. Hinter all dem steckte nur einer: Antediluvian! *Er* hatte Charles zu Tode gebracht, hatte ihn mit geradezu animalischer Brutalität getötet, und er war es gewesen, der ihr die Schattenchronik zugespielt hatte; wie auch immer er das zuwege gebracht haben mochte. Aber sie hatte längst aufgegeben, das ergründen zu wollen, ebenso wie den Sinn und Zweck seines unvermuteten Auftauchens.

Noch immer war ihr unklar, was er bezweckte und ob es ihn wirklich gab, oder ob alles, was ihn und die Schattenchronik betraf, nur auf Visionen oder dunklen Alpträumen beruhte. Der Verdacht lag nahe, daß es letzteres war. Dilara wußte rückblickend nicht mehr zwischen Realität und Traumwelt zu unterscheiden. Aber bald würde das nicht mehr von Bedeutung sein, denn ihr Leben war verwirkt.

Dilara dachte an den Prozeß, den man ihr gemacht hatte, und wie schnell sie sich in Widersprüche verwickelt hatte. Wie hätte sie auch erklären sollen, daß sie sich nicht mehr erinnern konnte, wie sie an die alte Chronik gekommen war, an jenen Folianten mit dem mit seltsamen Flügelwesen versehenen vernarbten Ledereinband. Sie erinnerte sich an den unerklärlichen Nervenkitzel, der sie befallen hatte, als sie den Buchdeckel zum ersten Mal aufgeklappt und die vergilbten Seiten betrachtet hatte. Der Geruch nach Moder, Fäulnis – und Tod – war ihr entgegengeschlagen, und ihr Herz hatte laut und hart zu klopfen begonnen, als ihr Blick auf die Zeichnung der mißgestalteten, schattenhaften Gestalt fiel, die die linke Seite des Buches einnahm. Fast ganz verhüllt durch einen dunklen Umhang, der dennoch die angespannte, fast raubtierhafte Haltung nicht verbergen konnte, mit der sich die düstere Gestalt über etwas beugte, das ein Mensch, aber auch ein Tier sein konnte; vielleicht auch keins von beiden. Irgend etwas Schreckliches passierte dort... das wußte Dilara in diesem Augenblick mit untrügerischer Sicherheit.

Antediluvian.

Der Name des Ur-Ahnen des Geschlechts der Nosferati stand in großen Lettern unter dem Bild. Wie hätte sie das ihren Anklägern erklären sollen, ebenso wie die Tatsache, daß sich das alte

Buch, das sie, um seiner morbiden Aura zu entgehen, eigentlich dem Feuer übereignen wollte, in Luft aufgelöst hatte? So mysteriös, wie es aufgetaucht war, war es auch wieder verschwunden, als habe es seinen Zweck erfüllt. Hatte Antediluvian es wieder mit in sein düsteres Reich genommen?

Dies würde ebenso unbeantwortet bleiben wie all die anderen Fragen, die Dilara beschäftigten. Das Blut hämmerte heftig hinter ihren Schläfen. Dilara fühlte ohnmächtigen Zorn in sich aufsteigen. Auf ihre Richter, aber auch auf sich selbst. Hatte sie genug Argumente für ihre Unschuld geliefert? Doch welche Begründung hätte sie für die schrecklichen Wunden an Charles' Kehle abgeben sollen, die eindeutig von keinem Messer oder sonstigem Mordwerkzeug, sondern nur von dem Gebiß eines Raubtieres herrühren konnten?

Dilaras Gedanken überschlugen sich. Sie war zwar schuldig gesprochen worden, weil beim Eintreffen der Polizisten niemand außer ihr im Raume gewesen war und Charles' Blut an ihr und ihrer Kleidung haftete. Somit stand es für die Gerichtsbarkeit fest, daß nur sie für seinen Tod verantwortlich zu machen war. Dennoch sollte ihre Hinrichtung unter Ausschluß der Öffentlichkeit stattfinden, nicht – wie es sonst üblich war und wie es Dilara in einer ihrer „Visionen" gesehen hatte – vor den Augen der Sensationslüsternen. Die fast täglich stattfindenden Hinrichtungen im Londoner Hyde Park zogen sonst Menschen in Scharen an. Aufgeregt flüsternd und dicht aneinandergepreßt standen sie da und starrten auf die Hinzurichtenden, die vor ihren Augen zu Tode kamen. Dilara hatte die Faszination für den Tod anderer Menschen, selbst wenn es überführte Mörder oder Straftäter waren, nie verstanden. Ebensowenig wie den dekadenten Nervenkitzel, der die Zuschauer beim Anblick des Todeskampfes der Delinquenten befiel. Die Verurteilten wurden – teilweise schon mit der Schlinge um den

Hals – auf Karren vom Newgate-Gefängnis herangefahren und an den todbringenden Baum geknüpft. Dann fuhr man den Karren einfach weg.

Dilara hatte man jedoch allein und im schützenden Dunkel der Nacht an den Galgen gefahren, sie somit einsam ihrem Scharfrichter überlassen, der stumm seine „Arbeit" verrichtete und sofort die Hinrichtungsstätte verließ, nachdem sich die Schlinge um ihren Hals gezogen hatte. Eilig, ohne sich davon zu überzeugen, ob sein Opfer auch tatsächlich zu Tode gekommen war, steuerte er das Pferdefuhrwerk davon – ohne sich auch nur noch ein einziges Mal umzusehen. Ganz so, als wolle er nicht bei seinem zweifelhaften Tun beobachtet oder entdeckt werden. Oder als wolle er vermeiden, damit in Zusammenhang gebracht zu werden.

Das hatte einen Grund!

Sie war unschuldig.

Doch das hatte jene, die über sie Gericht gehalten hatten und nur das Offensichtliche sehen wollten, nicht gekümmert. Nun hing auch sie an dem Galgen, des Mordes und der Hexerei beschuldigt. Letzteres, weil die Nachforschungen in ihrem Haus ergeben hatten, daß sich Dilara mit okkulten Schriften befaßt hatte. Sehr schnell hatte man ihr nachgesagt, sie habe einen Liebeszauber über Charles verhängt, um ihn an sich zu binden und ihn dadurch zur Heirat zu nötigen, jetzt, da er durch eine Erbschaft vermögend geworden war. Die grauenvollen Verletzungen, die ihn zu Tode gebracht hatten, waren schnell mit der Anwendung schwarzer Magie erklärt, mit unheilvollen Kräften, die in Dilara wirkten und die in ihr einen Dämon entfacht hatten.

Schlieren legten sich vor ihre Augen und nahmen ihr das Licht. Jenes, das sie noch von der ewigen Dunkelheit, die bereits gierig die Hände nach ihr ausstreckte, abgrenzte. Alles in ihr schrie danach, am Leben zu bleiben. Sie war noch so jung, und in ihr waren noch so viele Fragen. Sie war eine Frau, die dem Leben noch einiges abzugewinnen hatte. Doch gerade das hatte sie zu Fall gebracht. Ihre Neugier, ihre Faszination zu erfahren, was es alles zwischen Himmel und Hölle gab.

Und auch das hatte einen Namen: Antediluvian.

Das Unheil hatte begonnen, als die Schattenchronik aufgetaucht war. Einfach so, aus dem Nichts. Von der ersten Seite an, die Dilara mit fiebriger Neugier aufschlug, war sie gefesselt von dem morbiden Inhalt des Werkes, das ihr offenbarte, daß es Nosferati wirklich gab. Jene unsterblichen Schattenwesen, die vom Blute anderer lebten. Sonderbarerweise zweifelte Dilara, die sonst stets Mißtrauen in sich trug, nicht an der Existenz jener mysteriösen Geschöpfe der Nacht, von denen das alte Buch berichtete. Dunkle Träume hielten Dilara fortan in den Nächten gefangen. Träume, deren schlimmster Alp nun wahr werden sollte.

Der unruhige Pulsschlag hinter ihrer Stirn schwoll immer mehr an, mündete in ein rasendes Klopfen, das ihren Kopf fast zum Bersten brachte. Verzweifelt schickte Dilara ein Stoßgebet nach dem anderen zum Himmel und somit zu ihrem Gott. Doch es blieb still um sie und in ihr. Selbst er ließ sie wie alle anderen im Stich. In ihrer Panik erinnerte sie sich an die Mächte der Finsternis, von denen sie in der Schattenchronik gelesen hatte. Jene Mächte, die ihr bereits auch in der Wirklichkeit begegnet waren. Erst als verzerrte Schatten, die sie zur Mitternacht im Hyde Park umschwebten. Düstere Schemen, die immer mehr Gestalt annahmen und zu denen sie sich aberwitzigerweise zugehörig fühlte. Dann in Person des Ur-Vampirs Antediluvian, der ihr Angst einflößte und sie dennoch in seinen Bann zog, obwohl er sie in diese ausweglose Situation gebracht hatte. Da war von Anfang an eine alte Vertrautheit zwischen ihnen, die sie sich nicht erklären konnte. Und nicht nur das, da war plötzlich auch eine Stimme in ihr – die Stimme des Blutes, die sie verband, deren Sprache sie noch nicht verstand, die sie aber erlernen wollte. Wie all das andere, das Antediluvian ihr versprach.

Doch nun, da ihr die Sinne allmählich schwanden, ihr Leben verwirkt schien, versagte auch er ihr die nötige Hilfe. War er ihrer schon wieder überdrüssig geworden? Oder war das ein weiteres seiner Ränkespiele?

Dilara spürte, wie die Lebensenergie immer mehr aus ihr entwich, wie sich bleierne Schwäche ihrer bemächtigte. Ihre Gedanken verschleierten sich, sackten ab und wurden träge. Eine verführerische Mattigkeit umfing sie. Plötzlich wollte sie schlafen... nur noch schlafen. Sie war so müde, des Lebens müde; *des* Lebens, das sie geführt hatte. Es hatte so enge Grenzen. Grenzen, die von anderen gesetzt wurden und die Dilara einengten. Sie dachte daran, daß ihr Leben nie leicht gewesen war, weil sie anders war als die Frauen ihrer Zeit. Sie war nicht so angepaßt und demütig und ging immer ihrer eigenen Wege. Sie hatte sich nie der strengen gesellschaftlichen Reglementierung unterworfen und war dadurch schnell zu einer Randfigur geworden. Eine Außenseiterin, die von ihrem Umfeld mißtrauisch beäugt wurde. Nun wurde ihr dies zum Verhängnis.

Dilara versuchte ein letztes Mal, die Augenlider zu öffnen. Sie flatterten unruhig wie Rabenschwingen. Sie war müde, so müde...

Da!

War da nicht ein Schatten in der Finsternis, die sich schon lebensbeendend über sie legen wollte? War da nicht eine schemenhafte Gestalt, die sich langsam und würdevoll auf sie zubewegte? Erklang da nicht eine Stimme, die jetzt zu ihr sprach:

„Willst du LEBEN?“

Dilara versuchte heftig zu nicken und das erlösende JA herauszupressen. Aber beides gelang ihr angesichts des Strickes um ihren Hals nicht. Nur ein Gurgeln entrang sich ihrer Kehle.

„Du wirst leben, wenn du mir deine Seele gibst! EWIG leben... oder zumindest, so lange ich es gestatte!" Die Stimme war dunkel und sehr männlich, dabei aber sahnig – durchzogen von einem maliziös-einschmeichelnden Klang. „Es bedarf nur eines einzigen Wortes!"

Sie wollte den Mund öffnen. Als letzte Rettung vor dem sicheren Tod.

Zu spät!

Der Strick schnürte sich noch enger um ihren Hals. Schnitt tiefer in ihre Haut, ihr Fleisch und ihren Kehlkopf. Die Dunkelheit nahm zu und wuchs zu einer Schwärze an, die sich wie ein schweres Leichentuch über sie legte.

Es zog sie unaufhörlich hinab... der endlose Fall war schwebend... beinahe zärtlich.

Dilara fühlte sich leicht und frei. Wenn das der Tod ist, durchzog es sie, dann will ich mich ihm willig übereignen.

Etwas veränderte sich.

War da noch der Strick um ihren Hals?

Der Druck war urplötzlich verschwunden. Dafür spürte sie Schärfe an ihrer Haut... fühlte etwas Spitzes darin eindringen... einen kurzen Schmerz, der aber sekundenschnell wieder abebbte. Ihr war, als verspüre sie ein beinahe sanftes, zärtliches Saugen an ihrem Hals. Fühlte, wie mit jedem Pulsschlag ihr Leben entwich... aber auch neues in sie einfloß – so widersinnig das auch war. Das muß das geistige Abgleiten vor dem Tod sein, das mich narrt, dachte sie. Doch der Druck um ihren Hals, die tödliche Umklammerung und die Atemnot hatten nachgelassen. Die Kraftlosigkeit, die sich ihrer bemächtigt hatte, jedoch nicht. Sie nahm mit jedem Atemzug, den sie schöpfte

– wieder schöpfen konnte – zu. Doch es war eine wohlige Schwäche, durchwirkt von tiefer Zufriedenheit, die immer mehr zu einer neuen Gelassenheit wurde, die Dilara erfüllte. Gelassenheit und Würde.

Dilara fühlte sich hochgehoben und von dem Galgen fortgetragen. Geborgenheit machte sich in ihr breit. Und das aberwitzige Gefühl von Sicherheit. Ebenso Durst... sie war so durstig. Nach schwerem Portwein, der süß und dickflüssig wie Blut ihre Kehle hinunterrann. Blut.

Sie fühlte, wie ihr eigenes in einem feinen Rinnsal ihren Hals hinablief. Der Duft stieg verführerisch in ihre Nase und ließ sie erbeben. Er hatte etwas Erotisches, etwas Stimulierendes.

Dilara fühlte sich weiter fortgetragen... ihr Geist verlor sich endgültig im Dunkel.

Das Letzte, was sie vernahm, war ein düsteres und sehr zufriedenes Lachen. Eines, das sie kannte.

Es war Antediluvians Lachen!

London 2005, Galerie des Apsley Houses

Roderick betrachtete fasziniert erst das schlicht gerahmte Gemälde, dann die Frau, die in stolzer, aufrechter Haltung auf einer rotgepolsterten Bank davor saß, und wiederum das Bildnis.

Die Ähnlichkeit war wirklich verblüffend!

Die Ähnlichkeit zwischen der auf dem Portrait abgebildeten Frau, die von einer nahezu ätherischen Schönheit war, und jener auf der Bank davor. Das hellhäutige Gesicht war ohne jeden Fehl und Makel und wirkte zerbrechlich wie Porzellan. Ihre klassischen Gesichtszüge waren von einer schlichten

Anmut, die dem Betrachter augenblicklich den Atem benahm, still in ihn eindrang, ihn erfüllte und vom ersten Blick an süchtig machte. Es war eine Schönheit, die einem Leuchten von innen gleichkam. Einem Leuchten, das unschuldig und verführerisch zugleich wirkte, sich wie ein warmer Odem über den Betrachter legte und ihn still willkommen hieß. Dem man sich nicht entziehen konnte und in dem man sich unwiderruflich verlor.

Die hohen Wangenknochen verliehen dem Antlitz eine herbe Note, ohne ihm die feminine Ausstrahlung zu nehmen. Diese wurde durch die schweren pechschwarzen Locken, die bis weit über ihre Schultern herab bis zur Taille fielen, noch unterstrichen.

Grüne mandelförmige Augen blickten melancholisch von der Leinwand herab. Roderick erschauderte. Ihm war, als ob Leben in ihnen leuchte.

Aber das war unmöglich.

Dennoch glomm etwas in ihnen...

Rodericks Blick wanderte wieder von dem Bildnis zurück zu der Frau, die davor saß und es stumm betrachtete. Regungslos, in beinahe andächtiges Schweigen versunken, als hielte sie Zwiesprache mit der darauf abgebildeten Frau, die ihr in der Tat wie ein Zwilling glich.

Roderick wußte, daß es unhöflich war, sie unentwegt anzustarren, aber er vermochte sich nicht von ihrem Anblick zu lösen. Ihre besondere Aura zog ihn hypnotisch an. Am liebsten hätte er die Hand ausgestreckt und ihre schlanken Schultern berührt. Der Drang, sich ihr zu nähern, wurde immer größer, beinahe übermächtig – und er schalt sich insgeheim dafür. Er war sonst nicht der Typ, der sich in diesem Maße von einer Frau angesprochen fühlte, aber sie wirkte auf ihn wie ein Magnet. Er konnte sich des inneren Zwanges, sich auf sie zuzubewegen, nicht erwehren.

Außer ihrer offensichtlichen Schönheit umgab die Frau noch etwas anderes. Etwas Entrücktes, Mystisches, dem man sich nur schwer oder gar nicht entziehen konnte. Sie war eine von jenen, die rätselhaft waren und immer blieben. Unabhängig davon, wie lange man sie kennen mochte.

Den Besuchern der Galerie schien die Ähnlichkeit der beiden Frauen nicht aufzufallen, was nicht sonderlich erstaunte, da das Bild, vor dem sie saß, zusammen mit wenigen anderen abseits in einer Nische hing, die nicht von vollem Tageslicht erhellt wurde wie der Rest des Ausstellungsraumes. Das tat dem Portrait jedoch keinen Abbruch. Es überstrahlte dennoch – von brillanter Farbgebung – alle anderen Gemälde der Galerie und wirkte derart lebendig, als wollte die abgebildete Frau jeden Augenblick von der Leinwand herabsteigen und auf ihre Doppelgängerin zugehen.

Roderick trat zwei Schritte auf die Frau auf der Bank zu.

Endlich schien sie zu spüren, daß sie sich nicht mehr allein in der Nische befand. Mit einer lasziven Bewegung drehte sie sich zu ihm herum. Ohne Hast, mit einer Ruhe, die ihn beeindruckte, die etwas Katzenhaft-Sinnliches ausstrahlte. Ihre Augen waren zwei grünlich schimmernde Anziehungspunkte, die seinen Blick sogleich an den ihren fesselten. Sie hatte eine besondere Art, ihn anzusehen; eine Art, die ihm fremd war, die ihn aber dennoch seltsam berührte. Ihr Blick streifte nicht nur flüchtig die Oberfläche. Er ging tiefer. *Viel* tiefer. Er drang hinab in den verborgensten Winkel seiner Seele, fraß sich bis in seine Grundfesten und rührte an längst Vergessenes.

Roderick stockte der Atem. So aberwitzig das auch klang, aber irgend etwas verband ihn mit ihr. Und auch in ihrem Blick glomm der Funke des Erkennens. Nur einen Sekundenbruchteil lang, aber Roderick nahm ihn wahr. Dann war es vorbei, und ihr Blick nahm wieder etwas Entrücktes an, verschleierte sich und streichelte noch einmal flüchtig sein markantes Profil. Für einen Atemzug verlor er sich darin und fühlte sich zum ersten Mal in seinem Leben *vollständig*. Als habe er schon immer auf sie gewartet. Als habe schon immer ein wesentlicher Teil seiner selbst gefehlt – jener Teil, der ihr innezuwohnen schien und der sich mit ihm ergänzte.

Roderick konnte seinen Blick nicht von ihr lösen. Konnte sich dem Zwang, sie anzusehen, nicht entziehen. Er wollte es auch nicht. Instinktiv wußte er, daß die Welt wieder kälter werden würde, wenn er sich aus dem Blickkontakt löste. Ihn zurück in die innere Einsamkeit schicken würde, die er sein ganzes Leben lang schmerzlich gespürt hatte. Er konnte sich mit noch so vielen Menschen umgeben, er fühlte sich immer einsam. Er spürte, daß das durch *sie* anders werden konnte oder bereits anders geworden war. Durch nur einen Blick. Roderick wollte es hinauszögern, es auskosten und bewahren – möglichst lange.

Doch das wurde ihm verwehrt.

Ihr Blick wurde plötzlich eine Spur eisiger, als sie merkte, daß sich der seinige so innig an sie heftete. Als wäre ihm das nicht erlaubt und als wolle sie ihn dafür strafen, wandte sie sich mit hochmütiger Miene wieder ab. Genau diese Arroganz, die sie wie eine Schutzmauer um sich herum errichtete, übte einen zusätzlichen Reiz auf ihn aus. Sie verstärkte ihre erotische Ausstrahlung, die er beinahe schmerzhaft wahrnahm, noch mehr. Mit einer fließenden Bewegung bückte sie sich nach einem Prospekt, der – als sie sich zu ihm herumgedreht hatte – zu Boden gefallen war, und hob ihn geschickt auf.

Rodericks Blick folgte ihr beinahe andächtig und sog jede ihrer Bewegungen in sich ein. Wie sie sich von der Bank erhob, ihr magentafarbenes Seidenkleid, von dem sich ihr dunkles Haar effektvoll abhob, glattstrich und an ihm vorbeischritt. Sie bewegte sich dabei mit vollkommener Grazie. Der Duft eines orientalischen Parfums haftete ihr an und streifte ihn leicht wie ein Hauch. Roderick wollte sich bewegen, ihr folgen, sich mit ihr bekanntmachen und sie um eine weitere Begegnung bitten, doch er war außerstande dazu. Dabei wußte er, daß er es sich nie verzeihen würde, wenn er nicht zumindest ihren Namen in Erfahrung brächte... wenn er die Gelegenheit des Augenblicks nicht nutzen würde. Er mußte gewährleisten, diese Frau nicht wieder aus den Augen zu verlieren.

Roderick wunderte sich über sich selbst. Er war sonst gewandt, hatte ein selbstsicheres Auftreten, aber jetzt, in dieser Situation, verhielt er sich wie ein verunsicherter Pennäler. Er tat einen ungelenken, beinahe hilflosen Schritt in ihre Richtung, was sie veranlaßte, noch schneller von ihm wegzustreben. So schien es ihm zumindest. Ihr Verhalten hatte mit einem Mal Fluchtcharakter; als wolle sie ihre Identität vor ihm verbergen. Roderick meinte, eine gewisse Ablehnung, die nur ihm galt, an ihrer Haltung zu erkennen.

Doch er wollte sich nicht davon abschrecken lassen, er mußte ihr auf der Spur bleiben. Seine Welt würde nicht mehr dieselbe sein, wenn *sie* daraus verschwände. So unerwartet, wie sie darin aufgetaucht war, so plötzlich würde sie womöglich wieder daraus entfliehen.

Das durfte nicht geschehen!

Roderick streckte seine Hand aus, wollte nach ihrem Arm greifen und die Frau, die jetzt zielstrebig auf den Ausgang zuschritt, festhalten. Seine Fingerspitzen berührten bereits den Ärmel ihres Kleides, als ihn jemand grob in den Rücken stieß. Roderick drehte sich abrupt um und sah unwillig in das finstere Gesicht eines jungen Mannes, der irgend etwas vor sich hinmurmelte und nicht darauf achtete, wohin er ging. Das blonde Haar hing ihm in fettigen Strähnen bis auf die Schultern, und in seinem Blick war etwas Wirres und Entrücktes.

„Können Sie nicht aufpassen?“ entfuhr es Roderick erbost.

„Sorry!“ Die Entschuldigung klang halbherzig. Mehr noch, man hörte seinem Tonfall deutlich an, daß dem Mann gleichgültig war, was auch immer Roderick erwidern würde. Immer noch murmelte er Unverständliches vor sich hin. Ganz so, als wäre er in ein angeregtes Gespräch vertieft. Doch er war allein. Niemand begleitete ihn.

Roderick wollte sich bereits wieder von ihm abwenden, als sein Blick auf den befleckten Kittel fiel, den der Mann über den verwaschenen Jeans trug. Ein schief angestecktes Schild verriet seinen Namen: *Justin Deas* stand in ungelenker Krakelschrift darauf, wie sie von einem Greis hätte stammen können oder von einem Menschen mit einem schwach ausgeprägten oder verwirrten Charakter.

Justin Deas wiederum musterte Roderick und dessen gepflegte Erscheinung. Doch schon nach wenigen Sekunden war sein Blick wieder entrückt; er verlor das Interesse und wollte an Roderick vorbeigehen. Der war eben im Begriff, zur Seite zu treten, um dem Sonderling Gelegenheit zu geben, sich zu entfernen, da hielt er diesen zurück.

„Sie arbeiten hier, Mr. Deas?“ Die Frage klang mehr wie eine Feststellung.

Der junge Mann nickte. Ohne auch nur eine Sekunde lang seinen sonderbaren Monolog zu unterbrechen.

„Kennen Sie diese Frau?“ fragte Roderick, schlagartig von einer ungeheuren Nervosität befallen.

„Welche Frau?“ Justin Deas’ Stimme klang gelangweilt, doch in seinen Augen blitzte es auf.

„Die dort geht...“ Roderick drehte sich herum und wollte in die Richtung deuten, in die die schöne Unbekannte noch vor wenigen Minuten gegangen war.

Doch sie war verschwunden!

Evaline Clayton hatte schon immer einen übertriebenen Hang zur Dramatik gehabt und bot wieder einmal eine bühnenreife Leistung. Aufgeregt ging sie auf und ab und fuhr die ganz schweren Geschütze auf. Spätestens in diesem Moment wurde Roderick wieder bewußt, warum er sie verlassen hatte.

„Evaline... bitte!“ unterbrach er ihre Litanei. Sie langweilte ihn. Wie sie ihn schon immer gelangweilt hatte, sobald sie mehr als fünf Sätze sprach. Ihre Tiraden und ellenlangen Monologe, ihr Zetern und Wehklagen und ihre teilweise himmelschreiende Ignoranz. All das war ihm ebenso zuwider wie zuweilen ihre Gegenwart, die ihn ermüdete und einen negativen Druck in ihm erzeugte. Das Zusammensein mit ihr war weder wohltuend noch bereichernd. Es war anstrengend, machte auf Dauer unzufrieden und weckte eine innere Unruhe in ihm, die sich stetig steigerte. Warum er sich immer noch mit ihr traf, wußte er nicht mit Bestimmtheit zu sagen. War es Mitleid? Gewohnheit? Ein letzter Funke Gewogenheit, der aus den einst schöneren Zeiten mit ihr resultierte? Oder war von jedem etwas im Spiel? Letzteres, dachte er und seufzte, beobachtete, wie sie wie eine Tigerin im Käfig auf- und ablief. Ihre ganze Haltung drückte Anspannung aus. Im Grunde war sie das immer: angespannt bis in die Haarspitzen. Roderick hatte selten eine Frau getroffen, die so viel Rastlosigkeit in sich trug.

Flüchtig betrachtet war Evaline attraktiv mit ihrem blonden, halblangen Haar, das sie immer noch eine Spur heller bleichte. Ihre strahlendblauen Augen und der kleine Schmollmund vermittelten den Eindruck unschuldiger Weiblichkeit. Aber das täuschte. Kalkül war ein Eckpfeiler von Evalines Charakter. Sie wußte ihre Reize und das einstudierte Madonnenlächeln gezielt einzusetzen. Hinter ihrer Maske steckte ein berechnendes Wesen, das nur auf den eigenen Vorteil bedacht war.

Roderick machte sich längst nichts mehr vor. Wahre Liebe hatte sie nicht in seine Arme getrieben. Sie hatte sich nur mit ihm eingelassen, weil er aus bestem Hause und dazu noch reich war. An seinem Charakter war sie ebensowenig interessiert wie an anderen Dingen, die ihn ausmachten. Sein Bankkonto hatte es ihr angetan. Geld übte auf Evaline einen magischen Reiz aus. Sie gehörte zu der Sorte Mensch, die dafür auch ihre Seele verkaufte. Reichtum war der Mantel, den sich Evaline umzulegen gedachte. Um an ihn zu gelangen, war ihr jedes Mittel recht.

Roderick seufzte.

Seit Monaten versuchte er sie mit Nichtachtung zu strafen. Ihr somit klarzumachen, daß es für sie keine Möglichkeit mehr gab, diese Beziehung fortzusetzen, ohne es ihr deutlich zu sagen. Trotz allem, was vorgefallen war, wollte er sie nicht verletzen. Doch Evaline war nicht gewillt, seine mehr als deutlichen Signale zu verstehen.

So auch an diesem Abend, als sie ungebeten bei ihm hereinschneite und ihm wieder einmal weismachen wollte, wie gut sie doch zusammenpaßten und welch großen Fehler er begangen hatte, als er ihr den Laufpaß gab. Um dem Ganzen die Krone aufzusetzen, behauptete sie einmal mehr, daß sie füreinander bestimmt waren

So geht es nicht weiter, durchzuckte es Roderick Herrington. Seine guten Manieren hatten es ihm bisher verwehrt, Evaline gegenüber deutlicher zu werden. Doch nun war selbst seine Geduld erschöpft. Dabei war gerade Geduld eine seiner großen Stärken.

„Evaline... bitte!“ wiederholte er mit deutlichem Mißton in der Stimme. „Es reicht!“

Einem Mißton, der ihr neu war, der sie aufhorchen und verstummen ließ, und den er in dieser Deutlichkeit zum ersten Mal ihr gegenüber anschlug. Evaline wußte, daß sie mit ihren Vorwürfen, er habe sie verlassen, zu weit gegangen war. Und sie war eine Frau, die sofort umschwenken konnte, die von einer Sekunde auf die andere sowohl Sturzbäche von Tränen, aber auch das strahlendste Lächeln herbeizaubern konnte. Jetzt entschied sie sich für letzteres. Aber das Lächeln erreichte nicht ihre Augen. Roderick wußte, daß es aufgesetzt war. Wie alles andere an ihr unecht war, gekünstelt und ohne menschliche Wärme.

„Roderick, Darling, laß uns nicht streiten." Ihre Stimme hatte plötzlich einen Tonfall, der Gletscher zum Schmelzen bringen konnte. Aber Roderick kannte auch diese Facette ihres Repertoires. Der einschmeichelnde Klang glitt ohne Wirkung an ihm ab und erzielte nicht den gewünschten Erfolg, Roderick wieder versöhnlich zu stimmen. Im Gegenteil, er brachte ihn noch mehr auf Abstand. Er mochte ihre Nähe nicht. Nicht *mehr*. Hatte er sie jemals gemocht? Er verneinte die Frage insgeheim. Evalines Nähe war ihm unangenehm. Um nicht zu sagen: nahezu unerträglich. Mit jedem Aufeinandertreffen steigerte sich seine innere Abwehrhaltung ihr gegenüber. Dabei sehnte sich Roderick nach einer Frau, mit der er absolute Nähe leben konnte. Einer Frau, die ihn ergänzte und in deren Wärme er aufgehen konnte.

Sein Blick fiel auf Evaline. Die Nähe *dieser* Frau wollte er jedenfalls nicht. Ein Gesicht schob sich vor sein geistiges Auge. Wie gemalt, umwirkt von dunklen Locken. Roderick spürte jäh eine unbekannte, verzehrende Sehnsucht in sich aufsteigen.

Evaline kam auf ihn zu, vertrieb das Bild vor seinen Augen, wie den Gedanken an die Frau in der Galerie, und schmiegte sich mit einem verführerischen Lächeln an ihn.

Rodericks Lächeln wirkte gequält. Sie war wie ein Fluch. Ein Fluch, der an einem klebte und dessen man sich nicht entledigen konnte. „Evaline, bitte! Erspare uns diese Peinlichkeiten!“

„Roderick“, hauchte sie leise. „Denkst du nicht mehr an die schöne Zeit, die wir miteinander verbracht haben?“

„Schöne Zeit?“ Seine Stimme klang spröde und nur mühsam beherrscht. „Schöne Zeit? Ich kann mich beim besten Willen nicht erinnern, Evaline. Im Grunde war unsere schönste Zeit doch nur dann, wenn ich dir meine Kreditkarte in deine sorgfältig manikürten Hände gelegt habe und du dich damit vergnügen konntest.“ Er machte jetzt aus seinem Ärger keinen Hehl mehr.

Ein kurzer, heftiger Wortwechsel entbrannte zwischen ihnen, der mit Rockericks Worten endete. „Bitte laß uns das alles beenden, Evaline! Diese endlosen Gespräche führen zu nichts. Ich habe dir schon hundert Mal gesagt, daß ich lieber alleine bin.“

Als wollte er sich selbst Lügen strafen, schob sich wieder das Gesicht der schönen Unbekannten vor sein geistiges Auge.

Evaline blickte ihn bestürzt an. So hatte er noch nie mit ihr gesprochen. Roderick war ein Mann, der es Frauen gegenüber nie an Respekt mangeln ließ. Aber auch seine Geduld schien Grenzen zu haben, und die waren augenscheinlich erreicht.

Für den Moment mußte sie sich zurückhalten, mußte Vorsicht walten lassen. Sie hatte nichts erreicht, und sie wollte den Bogen nicht überspannen, wenn sie Roderick Herrington nicht gänzlich gegen sich aufbringen wollte. Doch sie würde ihn nicht kampflos aufgeben, und das hatte neben dem wirtschaftlichen Aspekt durchaus auch emotionale Gründe. Sie hegte auch Gefühle für ihn, die sie im Laufe der Zeit entwickelt hatte. Sie reichten nicht weit in die Tiefe, waren aber auch nicht geringer als die, welche das Gros der Paare, die Evaline kannte, füreinander empfand.

„Nun gut“, sagte sie. „Dann will ich dich mal alleinlassen.“ Sie sah ihn bittend an. „Ich würde mich freuen, wenn wir unser Gespräch ein anderes Mal in Ruhe zu Ende führen könnten. Denn es wäre schön, wenn wir wenigstens Freunde blieben!“

Roderick atmete erleichtert auf. Endlich, dachte er, endlich ist zu ihr durchgedrungen, was ich seit Monaten predige. Doch er beging schon den nächsten Fehler, indem er nickte und erwiderte: „Natürlich können wir Freunde bleiben. Aber ich möchte erst einmal eine Weile alleine sein und mich auf mich besinnen. Vielleicht später einmal...“

Ihr Lächeln veränderte sich. Es hätte ihn warnen müssen. Ebenso die Zufriedenheit in ihrem Blick. Doch in diesem Augenblick war er einfach nur froh, daß sie ohne eine weitere Szene seine Wohnung verließ.

Roderick stand von seinem Sessel auf, in dem er zu lesen pflegte, geleitete Evaline in die Diele seiner Penthousewohnung und verabschiedete sie hastig. Er mußte sich beherrschen, nicht ihren Arm zu ergreifen und sie hinauszuzerren. Sie las die Erleichterung, sie loszuwerden, auf seinem Gesicht, schluckte die frostige Bemerkung, die ihr auf der Zunge lag, im letzten Moment hinunter und verließ ihn statt dessen wortlos.

Ihre Zeit würde kommen! Davon war Evaline überzeugt.

Roderick seufzte. Ihm war, als würde er von einer ungeheuren Last befreit. Jeder Meter, den sie von ihm wegging, der sie trennte, löste eine Blockade in ihm.

Und wieder sah er dieses Gesicht vor sich... dieses Gesicht mit den melancholischen grünen Augen.

Roderick ergriff seinen Trenchcoat, streifte ihn über und verließ ebenfalls die Wohnung. Machte sich auf den Weg in den Hyde Park. Es zog ihn zurück in die Galerie des Apsley Houses, zurück zu dem Gemälde. Aber wenn er ehrlich zu sich war, so hegte er auch die Hoffnung, dort die unbekannte Frau wiederzusehen.

London, Hyde Park, 1601

Dilara fühlte die Benommenheit nach und nach weichen. Ihr unbekannter Retter hatte sie sanft auf eine Bank des Hyde Parks gesetzt, die abgelegen, von einer dichtbewachsenen Hecke umgeben und somit für die wenigen nächtlichen Besucher nicht einsehbar, in der Nähe des Serpentine-Sees stand. Der Wind zupfte verspielt an ihrem langen Haar und kühlte wohltuend ihre Haut. Dilara faßte sich an den Hals und betrachtete dann ihre Hände. Ihr Blick blieb an ihren *blutigen* Fingerspitzen hängen. Der Strick, durchzuckte es sie, der Strick, der mich zu Tode bringen sollte. Er mußte ihr die Verletzungen zugefügt haben! Aber da war noch etwas anderes. Ein anderer Schmerz, dessen sie sich erinnerte. Erneut griff sie an ihren Hals, an die Stellen, an denen die Haut verletzt war und wo der Schmerz herrührte. Abermals schimmerte an ihren Fingern frisches Blut. Und erneut sprach der Duft, die besondere Note des Lebenssaftes, etwas in ihr an. Sie versuchte sich zu erinnern, was ihr widerfahren war, doch es gelang ihr nicht. Ihr Blick fiel auf die schattenhafte Gestalt, die in gebückter Haltung, mit einem Umhang bekleidet, neben der Bank stand. Da war ein Erkennen in ihr, als sie den alten Nosferatu erblickte. Er war so fremd und ihr doch so vertraut.

Die Schattenchronik, dachte Dilara, und die Nosferati, über die sie darin gelesen hatte...

Als habe er ihre Gedanken erraten, lächelte ihr Retter gütig und trat einen Schritt auf sie zu. Er war nicht sehr groß, und sein Gesicht lag immer noch im Dunkeln, so daß sie seine Züge nicht erkennen, sondern nur erahnen konnte. Dilara schien es, als hielte er sich bewußt verborgen.

„Du bist nun eine von uns, mein Kind!“ sprach er mit einer Stimme, die wohltönend klang und sie willkommen hieß. „Durch den Kuß der Verdammnis bist auch du nun unsterblich...“ Er zögerte. „... So lange es mir gefällt... so lange ich es will!“

Etwas an seinem letzten Satz ließ sie aufhorchen und warnte sie, doch etwas anderes beschäftigte sie.

Was hatte er gesagt? Durch den Kuß der Verdammnis?

Dilara fragte sich, was das zu bedeuten hatte, denn er hatte sie nicht geküßt. Zumindest konnte sie sich nicht daran erinnern, soweit sie sich überhaupt zurückbesinnen konnte. Ihre Hand fuhr unbewußt an ihren Hals.

Sein Lachen klang dunkel und wohlgesonnen zu ihr herüber. „Du deutest es richtig.“

Dilara wußte immer noch nicht, was er genau meinte, wenngleich in der Schattenchronik etwas über den Kuß der Verdammnis gestanden hatte. Jenen Biß, der nun auch sie in die Gesellschaft der Nosferati aufgenommen und sie zu einer der Ihren gemacht hatte?

Dilara fühlte leichten Schwindel in sich aufsteigen. Aus Furcht vor der Konsequenz der Antwort. Aber hatte sie sich nicht gewünscht, zu einem dieser unsterblichen Wesen zu werden? Ja, das hatte sie! Doch jetzt, da es den Anschein erweckte, daß ihr Wunsch in Erfüllung gegangen war, ergriff Furcht sie.

„Du bist Antediluvian?“ fragte sie, aber es war mehr eine Feststellung. Sie wußte es, bevor er nickte und sich über sie beugte.

„Ja, der bin ich. Und ich werde dich nun mit in mein Schattenreich nehmen...“

London, Hyde Park, 2005

Auf dem Weg zur Galerie des Apsley Houses drehten sich Roderick Herringtons Gedanken immer wieder um die Geschichte des Anwesens, das in den Jahren 1771 bis 1778 für den Baron Apsley errichtet und von dem neoklassizistischen Architekten Robert Adam entworfen worden war. Als der Herzog von Wellington das Haus dann 1817 erwarb, vergrößerte er es, um so seinen Status auszudrücken. Wellingtons militärischer Erfolg verschaffte ihm eindrucksvolle Geschenke, so entstand eine wertvolle Kunstsammlung, die man nun in der Galerie des Palastes bewundern konnte. Werke von Goya, Rubens, Correggio, Brueghel, Steen, de Hooch, Wilkie und Lawrence lockten knapp hunderttausend Besucher im Jahr in das Apsley House.

Roderick konnte das verstehen. Auch er war außerstande, sich einer gewissen Faszination, die der Palast auf ihn ausübte, zu entziehen. Schon als Junge hatte es ihn immer wieder dorthin gezogen. Und seine Phantasie hatte ihn manche Geschichte um die Menschen spinnen lassen, die im Apsley House gelebt und es mit Leben erfüllt hatten.

War der Prachtbau bald um eine Geschichte reicher?

Die der mysteriösen Frau auf dem Bild und der aus Fleisch

und Blut, der er begegnet war und die er nicht vergessen konnte?

Rodericks Schritte wurden länger und schneller. Es trieb ihn – als er das Apsley House endlich erreichte – förmlich die Stufen hinauf und hinein in die Galerie. Dort zielstrebig in die Nische, in der das Portrait hing.

Wieder blickten ihn die Augen der Frau merkwürdig lebendig von der Leinwand an. Roderick verspürte ein erregtes Kribbeln in seinem Körper. Er trat näher an das Bildnis heran und fuhr mit den Fingern darüber, als wolle er so Kontakt zu der Frau herstellen.

„Nicht berühren!" erklang eine unfreundliche Stimme hinter ihm.

Roderick erkannte sie sofort wieder. Sie gehörte Justin Deas, dem sonderbaren Mitarbeiter der Galerie, der – wie sich Roderick Herrington inzwischen kundig gemacht hatte – auch Führungen für Schulklassen im Apsley House abhielt.

Roderick zog seine Hand von der Leinwand des Gemäldes zurück. Schuldbewußt drehte er sich um wie ein Schuljunge, der bei einer Missetat ertappt worden war. Er wußte, daß man die Kunstwerke nicht berühren durfte, und für die Ignoranten gab es genug *Don't touch*- Hinweisschilder. Üblicherweise gehörte Roderick zu denen, die sich darüber erbosten, wenn diesen Anweisungen nicht Folge geleistet wurde. Aber wenn es um die mysteriöse Frau ging, war er nicht mehr er selbst, dann verlor er die Kontrolle über sich. Er hatte eines Nachts, als er sich schlaflos in seinem Bett hin- und herwälzte, sogar den Drang verspürt, in die Galerie des Apsley Houses einzubrechen und das Portrait der Frau an sich zu bringen. Kriminelle Energien waren ihm immer suspekt und zuwider gewesen, aus diesem Grund hatte er Jura studiert – um der Gerechtigkeit willen.

Und nun befielen sie ihn selbst.

Rodericks Blick begegnete dem von Justin Deas. Der junge Mann wirkte immer noch sonderbar, was weniger an seiner ungepflegten Erscheinung lag, sondern an den Selbstgesprächen, die er immer noch führte. Wenngleich es Roderick nicht so vorkam, als ob Justin Deas mit sich selbst sprach. Sondern eher so, als stünde er mit einer anderen Wesenheit – in seinem Innern? – in Kontakt. War der junge Mann schizophren? Die Vermutung lag nahe. Doch hätte man ihm dann in der angesehenen Galerie des Apsley Houses eine Anstellung gegeben?

Wohl kaum, dachte Roderick, verdrängte den Gedanken aber. Justin Deas war im Moment nicht von Interesse. Aber er bildete die einzige vage Möglichkeit für Roderick, doch noch mehr über das Portrait oder die Frau aus der Galerie in Erfahrung zu bringen.

„Ich bin gekommen, um mehr über die Herkunft dieses Bildes zu erfahren“, sagte Roderick und blickte Justin Deas fest in die Augen.

Dem schien das sichtlich unangenehm zu sein, denn er wich dem Blick prompt aus. Doch aus welchem Grund? Was hatte er zu verbergen?

Wieder murmelte er etwas vor sich hin, ging nicht auf Rodericks Bemerkung ein. Seine Hände waren ständig in Bewegung. Griffen in die Taschen des Kittels, den er wieder trug. Seine Finger gruben darin herum, als suchten sie etwas, kamen dann wieder zum Vorschein, um Sekunden später wieder in den Taschen zu verschwinden.

Roderick beobachtete den Sonderling.

Seine Bewegungen waren teilweise so ungelenk wie die einer Marionette und von derart gestörter Motorik, daß es beinahe so wirkte, als würden sie tatsächlich fremdgesteuert.

Doch das war unsinnig. Wenngleich... Roderick verfolgte den Gedanken nicht weiter, sondern brachte das Gespräch wieder auf das, was ihn hierhergetrieben hatte: das Gemälde!

„Wissen Sie, wer das Bild gemalt hat?"

„Nein! Das sagte ich Ihnen aber schon", lautete die unhöfliche Antwort.

Der Junge ist doch nicht auf den Kopf gefallen, dachte Roderick, er erinnert sich an mich. „Mich wundert es nur, daß hier ein Gemälde aushängt, dessen Künstler unbekannt ist."

„Die Herkunft des Bildes ist nicht geklärt", wich Justin Deas aus.

„Was heißt das?" Roderick zog eine Augenbraue so weit in die Höhe, bis sie ein steiles Dreieck bildete, was bei ihm ein deutliches Zeichen der Mißbilligung war.

„Der Künstler konnte nicht ermittelt werden."

„Man stellt hier Gemälde zweifelhafter Herkunft aus?" fragte Roderick ungläubig. „Weiß man denn wenigstens, um welche Frau es sich handelt – wer da portraitiert wurde?"

Justin Deas zuckte mit den Schultern, drehte sich einfach um und ließ Roderick Herrington stehen, ohne auf dessen Frage einzugehen. Dabei murmelte er wieder wirres Zeug vor sich hin, bei dem es sich aber diesmal um das Gemälde zu drehen schien. Es war beinahe so, als unterhielte er sich mit einer imaginären Person über das Bildnis.

Roderick wollte ihm empört etwas hinterherrufen, weil er ihn einfach so stehenließ, schloß aber den Mund wieder. Es wäre ohnehin zwecklos gewesen, angesichts der Wortfetzen, die an sein Ohr drangen.

Das einzige, was er noch aufschnappte, war ein Name, den der sonderbare junge Mann ständig wiederholte.

Dilara!

Die ersten vorwitzigen Sonnenstrahlen drangen durch die schmalen Schlitze der geschlossenen Fensterläden und versuchten ihr Gesicht abzutasten. Verschlafen räkelte sich Dilara unter dem seidigen Laken, das sich glatt und kühl an ihren Körper schmiegte. Widerstrebend löste sie sich aus ihrer Traumwelt. Seit Ewigkeiten, wie ihr schien, bewegte sie sich nun auf dem schmalen Grat eines Zwitterwesens, das bevorzugt im Dunkel der Nacht lebte, aber auch bei Tageslicht existieren konnte. Dilara fragte sich einmal mehr, ob das einer der Gründe war, warum Antediluvian sie „auserkoren" hatte. Vor über vierhundert Jahren, dachte sie, eine lange Zeit nach menschlichem Ermessen. Doch ihre Zeitrechnung hatte sich seither verändert und war anderen Gesetzen unterworfen, wie Dilara wiederum den Regeln der Gesellschaft unterworfen war, in der sie sich nun oft im Schutze der Nacht bewegte. Dennoch war es ihr möglich, auch einem *normalen*, wenngleich sehr zurückgezogenen Leben nachzugehen. Wenn sie an die klischeebehafteten Bilder dachte, die der Volksmund von Vampiren hatte, konnte sie sich einer gewissen Schadenfreude nicht erwehren. Wie kleingeistig die meisten Menschen doch waren! Und wie eng sie ihre Grenzen setzten. Ihr Bild über Vampire war noch begrenzter! Untote, die sich nicht dem Tageslicht aussetzen durften, die Holzpflock und Weihwasser scheuten, die nur durch das Blut ihrer Opfer ewig leben konnten und immer auf Heimaterde ruhen mußten. Alles Ammenmärchen!

Dilara wußte es besser.

Oftmals genügte auch reine Seelennahrung, mentale Energie der Opfer, an denen sich die Nosferati schadlos hielten, die sie nachhaltiger mit Leben erfüllte und die emotionale Vernichtung des Opfers zum Ziel hatte. Der parasitäre Lebensstil des psychischen Vampirs zeichnete sich dadurch aus, daß er durch bloße Anwesenheit versuchte, sein Opfer zu manipulieren, um dessen Selbstbewußtsein und Integrität zu untergraben. Dilara gestand sich ein, hin und wieder auch Gier nach dieser besonderen Opfer*gabe* zu verspüren. Sie war vielschichtiger, baute sich über Wochen und Monate auf und hatte etwas weitaus Befriedigenderes als das schnelle Blutopfer, das auch immer das Risiko der Entdeckung und der Verfolgung beinhaltete. Und sie bot mehr *Nähe* zum Opfer, über einen längeren Zeitraum hinweg. Nähe, die auch ein Unsterblicher benötigte, entgegen aller Volksweisheiten über den einsamen Außenseiter. Dilara bediente sich trotz ihrer Vorliebe für diese lebenserhaltende Variante doch häufiger der Blutnahrung, weil sie den Duft und Geschmack des frischen, warmen Blutes liebte. Ebenso das letzte Aufbäumen des Opfers unter ihr, wenn der letzte Lebensfunke aus ihm wich. Die Energie, die dann frei wurde, rief in Dilara orgasmische Empfindungen wach. Auch in der vergangenen Nacht hatte sie diesem Drang wieder nachkommen müssen.

Dilara streckte sich erneut unter dem Laken und dehnte ihren schlanken, doch fraulichen Körper. Sie pflegte immer nackt zu schlafen, weil sie es als störend empfand, etwas auf ihrer Haut zu tragen. Auch tagsüber wäre sie am liebsten unbekleidet herumgelaufen. Wann immer sich die Tür ihres Hauses hinter ihr schloß, tat sie es auch. Da sie kaum Freunde hatte, lebte sie weitestgehend unbehelligt, was für eine ihrer Art ohnehin lebensnotwendig war.

Dilara schlug die Decke zurück und beschloß, in die Küche zu gehen. Sie war hungrig, wenngleich es ein oberflächlicher Hunger war. Er war nicht so essentiell wie der, der sie nachts heimsuchte und hinaustrieb, auf die Suche nach einem Opfer.

Am Anfang ihrer Unsterblichkeit hatte sie noch Scheu verspürt, eine Art Skrupel, Leben zu nehmen, nur um ihres zu erhalten. Schuldgefühle plagten sie, die sie bezwingen mußte, und die sie auch sehr schnell überwunden hatte, als sie dem Verlangen nicht mehr widerstehen konnte, weil es immer übermächtiger wurde. Das Blut ihres ersten Opfers schmeckte schal und ohne Süße. Es war eine alte Frau, die durch eine abgelegene Gasse Londons ging und sich mit langsamen, schlurfenden Schritten, schwer auf einen Stock gestützt, über das unebene Kopfsteinpflaster quälte.

Sie hatte Dilara nichts entgegenzusetzen. Ihre trüben Augen nahmen die schöne Vampirin nicht einmal richtig wahr. Selbst ihre Kehle ließ keinen Laut des Entsetzens frei, als sich Dilara schattenhaft über die Greisin beugte und ihren Mund in die faltige Halsbeuge senkte, um ihr den Kuß des Todes aufzuhauchen.

Das Blut pulsierte Dilara langsam und behäbig entgegen. So langsam, wie die Bewegungen der Alten gewesen waren. Schnell, sehr schnell war das Leben aus dem ausgemergelten, gebeugten Körper gewichen... ohne Gegenwehr... ohne ein allerletztes Aufbäumen. Der Lebensfunke erlosch wie eine Kerze im Wind.

Dilara, doch noch einmal von jäh aufkeimenden Gewissensbissen geplagt, redete sich ein, daß sie die Alte erlöst habe. Daß deren Leben ohnehin nicht mehr lebenswert gewesen und daß sie ohnedies bald gestorben wäre. Dilara war es beinahe so, als ob sie ein gutes Werk vollbracht hätte – als habe sie die gebrechliche Greisin barmherzig zur ewigen Ruhe gebettet.

Doch deren Blut schmeckte bitter. Es hatte so wenig Lebenskraft und stillte Dilaras Durst nur unzulänglich, so daß sie ihre innere Unruhe und den Drang weiter verspürte, was sie unzufrieden und beinahe wütend auf die Alte machte. Ohne die Tote auch nur noch eines Blickes zu würdigen, drehte sich Dilara von ihr weg und eilte durch die Straßen, hielt sich dabei immer dicht an den Hauswänden und verlangsamte erst wieder ihren Schritt, als sie den Hyde Park erreichte. Immer noch auf der Suche...

Auf der Suche nach was?

Die Frage stellte sie sich schon seit Ewigkeiten.

Warum war sie so rastlos? Was trieb sie? Und vor allem, *wohin* trieb es sie? Was war der Sinn ihres Daseins?

Dilara war schon immer ambivalent gewesen, das wußte sie noch dunkel. Aber seit sie nun ein Doppelleben führte, wuchs diese Zwiespältigkeit in ihr und verstärkte sich noch. Manchmal war sie beinahe unerträglich, dann sehnte sich Dilara sogar wieder ihre Sterblichkeit herbei. Oft haderte sie auch mit dem Schicksal. Warum war das alles ausgerechnet ihr widerfahren? Unschuldig des Mordes und der Hexerei bezichtigt, verurteilt und dem Tode übergeben zu werden. Warum hatte Antediluvian sie doch noch im allerletzten Augenblick *errettet* und für sein düsteres Schattenreich auserkoren?

Sie wußte längst, daß seine Beweggründe nicht uneigennützig gewesen waren. Er hatte ihr von Anfang an eine Aufgabe zugeteilt... zugedacht. Aber da war noch mehr. Da war etwas Uraltes, das sie verband, über das er allerdings noch immer Stillschweigen wahrte. *Jahrhundertelanges* Stillschweigen, das Dilara gleichermaßen neugierig machte und beunruhigte. Was wollte der Ur-Vampir wirklich von ihr? Und wann würde sie es endlich erfahren? Vor allem aber, was verschwieg er ihr?

Fragen über Fragen, und Antediluvian verweigerte ihr die Antworten.

Sie dachte an die Schattenchronik, in der sie auch auf die Abbildung einer Frau gestoßen war, die ihr wie ein Zwilling glich. Sie unterschied sich zwar durch ihre Frisur und altmodische Kleidung, aber Dilara war es, als blicke sie in ihr eigenes Gesicht... es *war* ihr Gesicht!

Doch wie kam ein Bildnis von ihr in den uralten Folianten?

Dilara wußte sich keinen Reim darauf. Ein innerer Zwang hatte sie auch in das Apsley House geführt. Verwirrt erblickte sie dort zum ersten Mal das Gemälde in der Galerie. Es war, als ob sie in einen Spiegel blickte. Sich dort zu sehen, auf die Leinwand gebannt, in ihrem weinroten Kleid mit dem engen Mieder und dem weitfallenden Reifrock, das sie so geliebt hatte, und mit dem locker hochgesteckten Haar – das war ein merkwürdiges Gefühl. Ihr eigener Anblick war ihr vertraut und doch wieder nicht. Sie wurde der Dilara auf dem Portrait immer fremder. Doch immer, wenn es sie in die Galerie zog, sie vor ihrem eigenen Gemälde saß, dachte sie auch an das Bild in der Schattenchronik. Sie hatte Antediluvian schon etliche Male darauf angesprochen und ihn gefragt, wie das Bild einer Frau, die ihr zum Verwechseln glich, in ein uraltes Buch über Vampire kam. Doch Antediluvian war ihr immer ausgewichen. Meist gab er ihr zu verstehen, daß es ihrem Schutze diente, ihre Vergangenheit ruhen zu lassen. Doch sie glaubte ihm nicht. Oft hatte sie das Gefühl, daß es eher *seinem* Schutze diente, so aberwitzig das auch klang. Und immer, wenn es um ihren Schutz ging, sprach Antediluvian auch seine Bitte, die mehr einem Befehl glich, aus, das alte Haus nahe dem Hyde Park, in dem sie weitestgehend ungestört leben konnte, aufzugeben.

„Es bietet dir nicht genug Schutz!“ pflegte er zu sagen.

Und sie antwortete stets: „Da ich fast immer die Fensterläden geschlossen halte, wähnen die meisten Anwohner das Haus für unbewohnt. Es bietet mir Schutz genug.“

Es machte sie stutzig, daß es Antediluvian wichtiger schien, daß sie endgültig in die Gemeinschaft der Nosferati übersiedelte und den letzten Rest ihrer Unabhängigkeit aufgab, als ihr Auskunft über ihre wahre Herkunft zu geben.

Dilara seufzte. Da waren so viele Fragen in ihr.

„Die du jetzt aber nicht zu lösen vermagst, besonders, wenn du noch keinen Kaffee getrunken hast", murmelte sie vor sich hin.

Sie setzte sich im Bett auf, warf ihr langes, dunkles Haar mit einer temperamentvollen Bewegung über die Schultern und schwang die schlanken Beine über die Bettkante. Blieb dort eine Weile grübelnd sitzen.

Wieder schweiften ihre Gedanken zu der Galerie des Apsley Houses und dem Mann, der sie dort vor Wochen unentwegt angestarrt hatte. Sie fühlte sich gleichermaßen von ihm angezogen und unwohl in ihrer Haut. Er konnte ihr gefährlich werden, denn sein Interesse an ihr war offensichtlich gewesen. Wenn er ihr auf der Fährte blieb... Dilara seufzte erneut, führte den Gedanken aber nicht zu Ende. Instinktiv wußte sie, *daß* er auf ihrer Spur bleiben würde.

Beinahe hoffte sie es sogar.

Denn das war das Problem an ihrem Leben. Sie fühlte sich manchmal einsam – je *älter* sie wurde, in zunehmendem Maße; wenngleich sie für eine ihrer Art noch jung war. Ihre Entwicklung war noch nicht abgeschlossen. Dazu hätte ein Partner sicher beigetragen. Sie dachte an den einen oder anderen Mann in ihrem Leben. Besonders an Charles, der ungewollt und mit dem Preis seines Lebens eine Schlüsselrolle gespielt hatte.

Natürlich hätte sie sich auch längst einen Gefährten aus dem Clan der Nosferati erwählen können, aber sie wußte, daß keiner von ihnen der Richtige für sie gewesen wäre. Sie war schon immer wählerisch gewesen. Und sie war *anders*, gehörte nicht wirklich zu ihnen. Warum das so war, wußte sie nicht. *Noch* nicht.

Der Unbekannte in der Galerie hatte jedoch etwas in ihr angesprochen. Hatte einen bleibenden Eindruck in ihr hinterlassen, wenngleich sie nicht wußte, wie sie ihn einordnen sollte. Sie war nicht wirklich an ihm interessiert, dabei sah er gut aus. Aber das war nicht das Ausschlaggebende. London war voll von attraktiven Männern. Vor allem von jüngeren, zu denen sie sich besonders hingezogen fühlte. Der Mann aus der Galerie aber hatte die Fünfzig schon überschritten. Das sah man ihm trotz seines schlanken, durchtrainierten Körpers an, der darauf schließen ließ, daß er regelmäßig Sport trieb. Da war etwas anderes, was sie anzog, so etwas wie eine Artverwandtschaft zwischen ihnen. Doch Dilara fühlte sich auch durch sein Verhalten gewarnt. Schon allein dadurch, wie er sie angesehen hatte. Die Sprache seiner Augen war wie das Erkennen zweier Gleichgesinnter. Dilara schauderte, wenn sie daran dachte.

Das machte ihr Angst.

Sie war nicht die Art Frau, die zu tiefen und innigen Gefühlen fähig war. Auch wenn es Zeiten gegeben hatte, in denen sie mit einem Mann Tisch und Bett geteilt hatte. Dilara selbst liebte – wenn überhaupt – auf eine beherrschte, kühle Weise. Sie ließ sich niemals fallen, verlor nie die Kontrolle über sich und ihre Gefühle und band sich nie lange. Sie war zu ruhelos für einen Menschen an ihrer Seite.

Dennoch war da eine Sehnsucht in ihr, die der einer einsamen Wölfin glich, die unruhig auf der Suche nach Liebe umherstreifte. Seit sie zu den Nosferati gehörte, war dieser Drang noch größer geworden und trug eine erotischere Note. Die regelmäßig genossenen Blutnahrungen steigerten ihr Verlangen nach der Vereinigung mit einem Wesen ihresgleichen. Einer Vereinigung von Geist und Fleisch über das rein Sexuelle hinaus.

Warum wurde ihr das jetzt bewußt, wenn sie an den Fremden dachte? Was war an ihm so besonders? So anders?

Dilara seufzte erneut. Sie kannte sich, er würde ihr nicht mehr aus dem Kopf gehen. Sie mußte wieder in das Apsley House. In die Galerie. Vielleicht würde sie dort mehr über den Unbekannten erfahren.

In Roderick Herrington wuchs Unzufriedenheit. Vorrangig über sich selbst, weil er mit seinen Nachforschungen über die schöne Unbekannte nicht weiterkam. Oder war er weitergekommen? Was hatte Justin Deas ständig vor sich hingemurmelt? Welchen Namen? Dilara?

Ja... Dilara!

Der Name klang ebenso fremd und ungewöhnlich, wie es die beiden Frauen, um die sich seine Gedanken nur noch drehten, waren. Roderick hatte einen solchen Namen noch nie zuvor gehört. Aber er paßte irgendwie zu den beiden Frauen, weil auch sie *ungewöhnlich* waren.

Oftmals ertappte er sich dabei, daß er den Namen ebenso wie Justin Deas vor sich hinsprach. Es war alles äußerst rätselhaft: Der sonderbare Justin Deas, die schöne Unbekannte und das Bild. Roderick konnte sich nur noch keinen Reim darauf machen, wie alles zusammenpaßte. Er hatte aber das untrügerische Gefühl, daß ihm Justin Deas nicht die Wahrheit gesagt hatte. Daß er doch mehr über das Portrait oder die Frau aus der Galerie wußte – oder über beide. Doch was verschwieg er? Und warum? Was war an der Frau und dem Bildnis so ungewöhnlich? Vor allem, was verband sie?

Die portraitierte Frau stammte augenscheinlich aus einer anderen Epoche. Ob es sich um eine Vorfahrin der Frau aus der Galerie handelte? Das mußte des Rätsels Lösung sein! Warum war er nicht schon viel früher darauf gekommen? Es war so offensichtlich. Sonderbarerweise ahnte Roderick dunkel, daß er falsch lag. Um so brennender war sein Wunsch, das Geheimnis zu lüften.

Irgendwoher mußte das Bild ja stammen.

Dort mußte er ansetzen!

Roderick beschloß, das Apsley House noch einmal aufzusuchen, um erneut mit Justin Deas zu sprechen. Und dieses Mal würde er so schnell nicht lockerlassen!

Dilara fühlte sich nicht wohl, als sie die breite Freitreppe des Apsley Houses hinaufschritt. Das zwiespältige Gefühl, das sie immer befiel, wenn sie den alten Wellington-Palast betrat, wurde von Mal zu Mal stärker. Wie eine innere Stimme, die sie eindringlich warnte. Vor einer Gefahr, die dort unsichtbar und um so bedrohlicher auf sie lauerte.

Warum dachte sie in dieser Sekunde an Antediluvian?

Weil sich sein Verhalten mir gegenüber schon seit einiger Zeit verändert hat, beantwortete sie sich die Frage selbst. Ihr Blick wanderte zu dem Blau des Himmels. Wie beruhigend war es doch, daß sie entgegen dem Volksglauben auch bei Tageslicht existieren konnte. Dilara hätte nicht gänzlich darauf verzichten können. Sie war zwar schon immer nachtaktiv gewesen, und besonders, wenn sie ihren Hunger stillen wollte – stillen *mußte* –, war sie auf das schützende Dunkel angewiesen. Dennoch hatte sie in seltenen Fällen auch schon bei Tage getötet. Einer Schwarzen Witwe gleich nach oder während des Liebesaktes. Ihr letztes Opfer war ein junger Bursche gewesen, der sie mit staunend-andächtigem Verzücken betrachtete, als sie am Serpentine See im Zentrum des Hyde Parks saß. Er hatte sich Dilara beinahe andächtig wie einer Ikone genähert, der man huldigte und die unerreichbar war, nachdem er sie zuvor längere Zeit betrachtet hatte. Er hatte jede ihrer Bewegungen begierig in sich aufgenommen. Die Art, wie sie ihr langes Haar zurückstrich, die Locken, die ihr immer wieder in das Gesicht fielen, zurechtzupfte, die Weise, wie sie ihre langen, schlanken Beine übereinanderschlug, als sie sich an das Ufer des künstlichen Sees setzte. Ihre stolze Haltung ließ sie noch unnahbarer wirken, als der kühle Blick, mit dem sie ihn streifte, es verhieß. Jener Blick, der aber schlußendlich immer häufiger auf ihm ruhte. Erst nachdenklich, dann abwägend und schließlich entschlossen.

Dilara spürte seit Tagen wieder diese Mattigkeit, die sie immer mehr lähmte, die ihr deutlich zeigte, daß es wieder an der Zeit war, ihr Energiepotential zu erneuern und stärken.

Mit einer weichen Bewegung, die ihm fast den Atem raubte, hatte sie sich erhoben, war an ihn herangetreten und hatte ihn wortlos auf eine sanfte, aber bestimmte Art an die Hand genommen und mit sich gezogen. An eine abgelegene Stelle des künstlichen Sees, die dichtbewachsen und somit den Blicken der Besucher verwehrt war. Der junge Mann folgte Dilara wie paralysiert in den sicheren Tod. Er las es in ihrem Blick, spürte die Kälte, die plötzlich von ihr ausging und ihn zusätzlich lähmte, die wie eine eisige Faust nach seinem Herzen griff. Das hätte Warnung genug für ihn sein müssen. Dennoch kannte er keine Gegenwehr, sondern gab sich ihr willig hin. Sein Blut schmeckte unvergleichlich süß und kraftvoll, weil es ihr zugleich mit seinem unverbrauchten Geist und seiner jäh aufflackernden Ekstase entgegenpulsierte.

Das war die Mischung, die sie brauchte, um all ihre Sinne zu befriedigen!

Dilara vermochte sich kaum von ihm lösen.

Auch nicht, als schon längst alles Leben aus ihm gewichen war. Sie spürte Bedauern in sich. Es war wieder zu schnell gegangen...viel zu schnell... und vor allem: sie wollte mehr. *Viel* mehr.

Die Türglocke schrillte laut und herrisch.

Roderick hob unwillig über die abendliche Störung die rechte Augenbraue, legte die goldgefaßte Lesebrille und das Buch, in dem er gerade las, zur Seite und erhob sich aus seinem Ledersessel.

Die Türglocke schlug erneut an.

„Ja, ja, ich komme ja schon!" rief Roderick in ärgerlichem Tonfall. Wer war so unhöflich, ihn um diese Uhrzeit noch zu stören?

Mit ausholenden Schritten war er an der Tür und öffnete sie mit einem einzigen Ruck, starrte sekundenlang ärgerlich auf Evalines sorgsam einstudiertes Lächeln. Seine ehemalige Geliebte hielt eine Flasche Wein in der Hand, hob den edlen Tropfen hoch und zirpte honigsüß: „Wollen wir unser Gespräch von letztens nicht fortsetzen, Rod?"

Er haßte es, wenn sie ihn so nannte. So wie er es haßte, daß sie ungebeten erschien und ihm seine Ruhe und seinen Frieden raubte. Noch mehr aber verabscheute er sich selbst, als er nickte und sie hineinließ, wohl in dem Bestreben, das unausweichliche Gespräch zu Ende zu bringen. Um *es* zu Ende zu bringen... mit ihr... endgültig.

„Bringen wir es hinter uns", entfuhr es ihm für seine Verhältnisse unhöflich.

Evaline überhörte das geflissentlich. Darin war sie Meisterin: Nur das zu sehen und zu hören, was sie sehen und hören wollte. Mit gekonntem Hüftschwung ging sie in das Wohnzimmer. Sie fühlte sich hier immer noch zuhause. Auch wenn Roderick ihr schon häufig und mehr als deutlich zu verstehen gegeben hatte, daß er lieber allein war. Auch *das* ignorierte sie mit einem Gleichmut, der Ignoranz gleichkam. Es war fraglich, ob es überhaupt etwas gab, das sie außer sich selbst wahrnahm.

„Wohl kaum", sagte Roderick und sprach damit seinen Gedanken ungewollt laut aus. Evaline blickte ihn fragend an. Aber er machte nur eine unwillige Handbewegung und bedeutete ihr damit, sich zu setzen. Was sie auch übereifrig tat.

Sie beobachtete ihn, wie er den Wein entkorkte, die Flasche abstellte, um den Wein *atmen* zu lassen, an dem Korken roch und sich langsam zu Evaline herumdrehte.

Sie haßte das Getue, das er immer veranstaltete. Konnte er den Wein nicht einfach einschenken? Sie war kein Genußmensch, und Kultur war ihr fremd und unwichtig, gar lästig.

„Du hast abgenommen, Rod!" sagte sie und betrachtete ihn ausgiebig.

„Schon möglich." Roderick setzte sich wieder in seinen Sessel – ihr gegenüber.

„Es geht dir doch gut? Du bist doch nicht etwa krank?" Die Sorge in ihrer Stimme klang beinahe echt. Aber Roderick kannte Evaline besser. Die einzige *wirkliche* Sorge galt nur ihrem Aussehen und Kontostand. Letzterem besonders.

„Ich bin wohlauf!" Seine Stimme klang immer noch ablehnend und sein Blick verhieß nichts Gutes.

Evaline schalt sich eine Närrin. Sie wollte doch in ihrem Bemühen, ihn zurückzugewinnen, vorsichtig vorgehen. Dem Prinzip der kleinen Schritte gehorchend. Ihr Lächeln wurde eine Spur verkrampfter. Es stand im krassen Gegensatz zu dem gekonnten Augenaufschlag, den sie Roderick schenkte.

„Willst du uns nicht endlich einschenken, Rod... Roderick?"

Er erhob sich wortlos, füllte zwei Gläser und reichte ihr eines. Evaline nippte daran.

„Was ist der Grund deines Besuches?" Roderick stellte sein Weinglas ab und blickte Evaline finster unter seinen buschigen Augenbrauen an.

„Wir wollten doch Freunde sein... jetzt... wo wir nicht mehr..." Sie brachte den Satz nicht zu Ende, ließ ihn effektvoll offen. In der Hoffnung, er würde den Faden aufgreifen.

Roderick zollte ihr innerlich Respekt. Eines mußte man ihr lassen, sie spulte unbeirrt ihr Programm ab.

„Und? Das wird ja nicht der einzige Grund sein, warum du mich zu dieser Zeit aufsuchst." Er sah den Grund in ihrem Blick. Und er gefiel ihm nicht.

Evaline stand auf und setzte sich auf die Lehne seines Sessels. So wie sie es früher immer getan hatte, was er zugebenermaßen sogar eine Weile genossen hatte.

Rodericks Körper versteifte sich. Wenn sie jetzt auch noch die Arme um seinen Hals schlang, würde er seine gute Erziehung vergessen und sie von sich stoßen.

Doch das tat sie nicht.

Sie blickte statt dessen auf das Buch, das er zur Seite gelegt hatte, als es klingelte.

„Die Kunst des 17. Jahrhunderts?" fragte sie. Weniger interessiert, sondern mehr, um überhaupt etwas zu sagen.

„Ja!" sagte er beinahe hastig und wollte ihr den Bildband aus der Hand nehmen.

Sie kannte ihn gut genug, um zu wissen, daß es seinen Grund haben mußte, warum er ausgerechnet in diesem Werk las. Sie blickte ihn fragend an. „Willst du deine Kunstsammlung erweitern?“

Roderick seufzte. „Nein, nein. Ich wollte etwas nachschlagen... ich war gestern im Apsley House...“

„Ach, daaaaa... gehst du immer noch so häufig dorthin?“

Sie hatte seine Faszination für den Palast nie nachvollziehen können. Aber was hatte sie schon von ihm verstanden?

Roderick wußte nicht, warum, aber er erzählte ihr von dem Gemälde, wohl deshalb, weil Evaline nun einmal da war und er erstickt wäre, hätte er nicht endlich mit jemandem darüber reden können. Die Begegnung mit der Unbekannten verschwieg er dabei aber wohlweislich.

„Und was war an dem Bild so beeindruckend?“

„Die Frau kam mir bekannt vor“, log er. „Mir war, als hätte ich sie schon einmal gesehen.“ Er schenkte Evaline ein verkrampftes Lächeln. „Was natürlich unsinnig ist, da das Gemälde nicht aus unserer Zeit stammt, aber...“

„Schenkst du mir noch Wein nach, Rod?“ unterbrach Evaline ihn ungalant und zeigte so wieder einmal deutlich, wie wenig sie interessierte, was ihn beschäftigte.

Aber er hörte ihr nicht zu, sprach leise – wie zu sich selbst – weiter. „Sonderbar ist auch, daß man mir keine Auskunft über die Herkunft des Bildes geben konnte.“

„Was ist an dem Ding denn so interessant?“

Roderick murmelte etwas Unverständliches vor sich hin. Etwas, von dem Evaline überzeugt war, daß sie es nicht hören sollte. Sie zögerte, etwas zu sagen, blickte Roderick Herrington verstohlen von der Seite an. Er war schon immer etwas introvertiert gewesen, aber so hatte sie ihn noch nicht erlebt. Seine Selbstsicherheit, die ihn sonst ausmachte, schien wie weggeblasen zu sein. Er wirkte sogar ein wenig verloren.

„Wenn du unbedingt etwas über dieses Bild wissen willst, warum bittest du nicht Professor Gray um Hilfe?“

Roderick starrte sie an, als habe sie das erste Mal, seit er sie kannte, einen vernünftigen Satz formuliert. Aber sie hatte recht! Daß er nicht selbst darauf gekommen war! Wenn einer ihm helfen konnte, dann Professor Lucas Gray!

Zwei Tage später betrat er den Club, in dem er seine Herrenabende zu zelebrieren pflegte. Professor Gray erwartete Roderick bereits. Wie immer trug der Kunstexperte einen silbergrauen Anzug, das lange, einst schwarze, jetzt graumelierte Haar zu einem strengen Zopf gebunden. Er wirkte weitaus jünger, als er war, was zum einen an seiner gebräunten Haut und zum anderen an seinem federnden Gang lag. Aber auch an der intensiven Art, andere anzublicken. Die Sprache seiner dunklen Augen war eine sehr lebhafte. In seinem Blick funkelten Lebenslust und Wärme. Der ruhige Tonfall seiner Stimme bildete dazu einen angenehmen Kontrast, so wie seine prononciert ausgesprochenen Sätze. Er hatte eine besondere Art zu reden, und man wurde nicht müde, ihm zuzuhören.

Als Roderick nun auf die Ecke zusteuerte, in der Lucas Gray saß, sprang dieser auf und streckte dem Entgegenkommenden die Rechte entgegen.

Die beiden Männer begrüßten sich mit einem festen Händedruck und nahmen Platz.

„Ich freue mich, dich zu sehen, mein Junge.“ Lucas Gray entzündete seine Bruyère-Pfeife, die schon frisch gestopft vor ihm auf dem Tisch gelegen hatte.

Roderick schlug die Beine übereinander und betrachtete den

Professor, wie dieser genüßlich den Rauch auf der Zunge beließ und in kleinen Schüben ausstieß.

Ein Kellner eilte dienstbeflissen herbei. Nahm die Bestellung der beiden Männer entgegen und kam schon nach wenigen Minuten mit den Getränken zurück.

Roderick nippte an seinem Whiskey und blickte den Professor über den Rand des Glases an.

Der erwiderte den Blick und zog dabei ruhig an seiner Pfeife. Der würzige Rauch hüllte ihn beinahe ein. Lucas Gray war es nicht entgangen, daß Roderick Herrington nervöser als sonst war. Die kühle Gelassenheit, die dem Anwalt sonst eignete, war gewichen. Auch in seinen Gesichtszügen stand zu lesen, daß ihn irgend etwas beschäftigte. Aber besonders das fahrige Spiel seiner Hände und seine verkrampfte Haltung verrieten seine innere Anspannung.

„Was ist los, mein Junge?“ Lucas Gray sah Roderick forschend an.

„Das ist eine gute Frage.“ Roderick trank den restlichen Whiskey in einem Zug. „Ich weiß gar nicht, wo ich anfangen soll.“

„Ich habe Zeit!“

Roderick sah den Professor dankbar an. Er war einer seiner engsten Freunde. Eine Art Vaterfigur, wenngleich der Altersunterschied zwischen ihnen nicht so groß war und Lucas Gray durch sein jugendliches Äußeres beinahe gleichaltrig wirkte.

„Ich war vor einigen Wochen wieder einmal im Apsley House.“

Lucas Gray lachte herzlich. „Der alte Kasten übt immer noch eine Faszination auf dich aus, nicht wahr?“

Roderick nickte, bedeutete dem Kellner, ihm einen weiteren Whiskey zu bringen. Als der Drink vor ihm stand, begann er zu erzählen. Über das Portrait, die unbekannte Schöne und den zwielichtigen Justin Deas.

„Ist es nicht sonderbar, daß in der Galerie Bilder von ungeklärter Herkunft aushängen?“ beendete er seinen Bericht.

„Allerdings“, pflichtete ihm der Professor bei. Dann überzog ein verschmitztes Lächeln seine Züge. „Dich scheint aber mehr die schöne Unbekannte als das Gemälde zu beschäftigen.“

Roderick nickte erneut. „Das ist in der Tat so.“ Er legte die Fingerspitzen aneinander. „Sie ist eine Schönheit, Lucas. Aber das ist es nicht allein. Sie hat etwas an sich... etwas, das mich...“ Er brach ab.

Lucas Gray lachte amüsiert. „Du gerätst ja völlig aus der Fassung, wenn du von ihr sprichst. Das muß ja eine bemerkenswerte junge Dame sein.“

„Das ist sie, und ich muß sie unbedingt wiedersehen!“ entfuhr es Roderick. „Und *du* mußt mir dabei helfen!“

Lucas Grays Lachen erklang erneut. „So engagiert habe ich dich selten bei einer Frau erlebt, mein Junge.“ Sein Tonfall, aber besonders der Blick, den er Roderick schenkte, zeigten, daß auch sein Interesse an dem Gemälde und der Unbekannten mittlerweile erwacht war. „Wo, sagtest du, hängt das Gemälde? Ich werde es mir ansehen!“

Rodericks Augen leuchteten auf. „Das hatte ich gehofft!“ sagte er inbrünstig und schilderte seinem Freund, wo das Bildnis hing.

Lucas Gray stutzte. „In der Nische, sagst du? Da hängen Bilder von Menschen, die in mysteriöse Verbrechen verwickelt waren. Ich muß allerdings einräumen, daß ich nicht allzuviel darüber weiß. Nur so viel, daß alle diese Menschen an den Tyburn Gallows hingerichtet wurden.“

Roderick fuhr auf. „An den Galgen? Aber die befanden sich nur bis zum Ende des 17. Jahrhunderts im Hyde Park.“

„Eben. Das widerlegt deine These, daß es sich bei den beiden Frauen um ein und dieselbe handelt. Denn dann wäre die unbekannte Schöne vierhundert Jahre alt.“ Lucas Gray lachte. „Und dann sähe sie sicher nicht mehr so sexy aus, wie du sie mir geschildert hast!“ Er grinste breit. „Es sei denn, es handelt sich um eine Wiedergängerin, und dann halte deinen Hals bedeckt!“

„Du meinst, eine Vampirin?“ Roderick nippte an seinem Whiskey. Dann lachte er gezwungen. „Nein, das ist sie sicher nicht. Sie scheut ja augenscheinlich nicht das Tageslicht.“ Sein Lachen wurde eine Spur fröhlicher. „Wenngleich ich nicht ihre Zähne geprüft habe!“

„Das hättest du aber besser“, ging Lucas Gray nur allzu bereitwillig auf den Scherz ein. „Dann wären wir schon einen Schritt weiter.“

„Und ich hätte sie gleich gegen mich aufgebracht“, warf Roderick ein.

„Stimmt“, pflichtete ihm Lucas Gray bei. „Es wäre nicht gerade gentlemanlike, einer Dame zu sagen: *Öffnen Sie doch bitte einmal den Mund, ich möchte Ihr Gebiß betrachten!*“

Roderick nickte eifrig. „Sie könnte sich wie auf dem Pferdemarkt fühlen.“

„Und es dürfte ihrer Eitelkeit abträglich sein, da du womöglich von ihrem Gebiß auf ihr Alter schließen könntest.“ Er zwinkerte Roderick zu. „Und das ist das bestgehütete Geheimnis einer Dame. Auch in dieser Zeit.“ Er zwinkerte erneut. „Aber wenn es um vierhundert Jahre geht, würde selbst ich empfindlich.“

„Wobei wir wieder bei den Galgen sind“, brachte Roderick Herrington das Gespräch erneut auf die Tyburn Gallows. „Das wäre ja ein erster Hinweis. Ein bescheidener Anfang...“

„Weißt du, was das Perfide war? Ich habe gelesen, daß 1740 ein Reiseführer die Galgen als eine der größten Sehenswürdigkeiten Londons bezeichnete.“

Roderick hörte seinem Freund nur mit einem Ohr zu. Er war wieder bei der Frau, die er unbedingt wiedersehen mußte. „Das ist ein bescheidener Anfang...“, wiederholte er, mehr an sich selbst als an Lucas Gray gerichtet. „Ein Anfang auf meiner Suche nach ihr... nach Dilara.“

Dilara schritt unruhig den Walkway der Tower Bridge, der fast fünfundvierzig Meter hoch über der Themse schwebte, auf und ab. Immer wieder hielt sie inne und genoß den wundervollen Anblick auf das nächtliche London. Sie liebte es, in dieser Stadt zu leben. Auch wenn sie schon häufig und länger in anderen Städten gewesen war, war sie immer wieder nach London zurückgekehrt. Diese Stadt lebte und hatte einen eigenwilligen Charme, so wie ihre Einwohner. Die Briten waren längst nicht so kühl, nicht so *steif* in ihren Konventionen, wie man ihnen und ihrer Königin immer nachsagte. Sie wußten es nur geschickt zu verbergen, daß auch in ihnen pralle Lebensfreude pulsierte.

Dilara lächelte vor sich hin.

Ja, sie war sehr oft in der Vergangenheit an diesen zur Schau getragenen Konventionen gescheitert. Auch wenn sie sich immer nur bruchstückhaft an ihre Vergangenheit erinnern konnte. Dabei wollte sie nichts mehr, als Licht in ihr Gedächtnisdunkel zu bringen. Aber als hielte eine höhere Macht sie davon ab, sich gänzlich zu erinnern, als sei es abträglich für ihren Geist, mehr über ihre alte Identität zu erfahren, verschleierte er sich wieder. Dabei wußte Dilara, daß es wichtig für ihr neues Dasein war, sich zu erinnern.

Antediluvian, dachte sie, er ist der Schlüssel.

Sie lief weiter den Walkway entlang und blickte auf die Themse unter sich. Ein spöttisches Lächeln umspielte Dilaras Mundwinkel. Das war typisch für Antediluvian, sie gerade hierhin zu bitten. Ihresgleichen konnte durch fließendes Wasser unwiederbringlich vernichtet werden. Es wird Zeit, daß ich dir auf die Schliche komme, mein Lieber, dachte sie; du führst irgend etwas im Schilde.

Ihre Schritte wurden schneller, und ihre Gedanken drehten sich um den Londoner Tower und dessen ereignisreiche Geschichte. Sie war finster und blutig, wie Dilara wußte. Der Tower war eine mittelalterliche Festungsanlage; Gefängnis, königliche Residenz, Waffen- und Schatzkammer zugleich. Schon immer hatte das Wahrzeichen Londons, das zu den bekanntesten Brücken der Welt zählte, Dilaras Phantasie angeregt. Besonders das, was sie im Laufe der Zeit über das Gefängnis gehört hatte. Nur wenige Gefangene hatten es lebend verlassen. Unter ihnen Rudolf Heß, der zu den Nürnberger Kriegsprozessen überstellt wurde. Mit ihm schloß sich das letzte Kapitel des wahrscheinlich berühmtesten Kerkers der Weltgeschichte. Der Stellvertreter Hitlers war der letzte Häftling in einer Reihe von illustren Persönlichkeiten, die im Tower eingesperrt wurden.

Dilara seufzte, sie wußte nicht, warum das alles eine solche Faszination auf sie ausübte.

Weißt du das wirklich nicht? hetzte eine ketzerische Stimme in ihr. *Das Blut, das die Opfer vergossen haben, zieht dich an.*

Dilara seufzte erneut. Dieses Mal eindeutig mißgestimmt. Sie wollte diese Stimme, die häufig hinter ihrer Stirn erklang, nicht. Sie erweckte in Dilara den Eindruck, gesteuert zu werden. Diese Stimme machte sie unfrei.

Dilaras Blick fiel wieder auf die beiden eckigen Türme des Tower mit ihrem Kerker. Die wohl berühmtesten Hinrichtungen hatten sich während der Regentschaft des Hauses Tudor und im speziellen unter der Herrschaft Heinrichs VIII. ereignet. Dieser war sechsmal verheiratet gewesen, und zwei seiner Frauen endeten auf dem Schafott des Tower. Die erste war Anne Boleyn, die Mutter der späteren Königin Elizabeth I. Sie war die zweite Frau Heinrichs, wurde jedoch schon nach drei Ehejahren im Tower hingerichtet, nachdem sie des Ehebruchs mit ihrem Bruder bezichtigt worden war. Das Todesurteil verkündete ihr eigener Onkel. Ein letzter Wunsch wurde ihr aber gewährt. Sie bat darum, mit dem Schwert anstatt dem üblichen Beil enthauptet zu werden. Sechs Jahre und drei Ehefrauen später fand erneut eine Monarchengattin ihr Ende in den schaurigen Gemäuern des Tower. Auch Catherine Howard wurde der Untreue beschuldigt. Die Köpfe ihrer Liebhaber hatte man bereits auf der London Bridge auf Pfählen drapiert, bevor man die Ehebrecherin unter der Brücke hindurchführte. Als sie von ihrem Todesurteil erfuhr, legte sie eine bemerkenswerte Gelassenheit an den Tag. Sie bat darum, daß man ihr den Block brächte, auf dem sie am nächsten Tag ihr Leben verlieren sollte, auf daß sie die richtige Haltung ihres Kopfes einüben könne.

Respekt, dachte Dilara – angesichts des Todes Haltung zu bewahren, oblag nicht vielen. Sie wußte, wovon sie sprach. Oft genug hatte sie erlebt, daß ihre Opfer um ihr armseliges Leben winselten. Ihr Bitten und Betteln, ihr devotes Flehen stieß Dilara ab. Es ekelte sie förmlich an. Sie, die des Leben oft müde war, dann aber wieder mit jeder Faser ihres Körpers daran hing, hätte sich niemals so erniedrigt. Sie hätte es nicht um jeden Preis zu erhalten versucht.

Das kannst du so großspurig sagen, weil dir dein Leben beinahe sicher ist. Da läßt es sich leicht richten.

Dilara stieß einen unwilligen Laut aus, wenn sie an ihre Opfer dachte. Manche entwickelten sogar einen übertriebenen Hang zur Dramatik und nahmen sich allzu wichtig. Sie versuchten Dilara davon zu überzeugen, was für wichtige Dinge sie noch in ihrem armseligen Leben zu erledigen hätten, und daß es Menschen gäbe, die sie liebten, die sie dann gramgebeugt zurücklassen müßten. Das war das kümmerlichste Argument von allen. Dilara wußte, wie schnell Menschen einander vergaßen. Wie schnell sie den einen durch den anderen ersetzten. Wie schnell bei den meisten „Liebe" verging. Sie hatte es selbst oft genug erlebt.

Dilara schritt leichtfüßig auf und ab und starrte in die Dunkelheit. Wo blieb Antediluvian?

Ihr Blick blieb wieder an den Türmen der Tower Bridge hängen. Wenn Steine reden könnten, dachte sie. Wenn sie über all die Seelen reden könnten, die in diesen Mauern ums Leben kamen. Es würde eine lange, blutige Geschichte.

Aber es gab auch Ausnahmen, nicht alle Häftlinge hatten ihr Leben im Tower gelassen. Der legendäre Seefahrer Sir Walter Raleigh wurde sogar dreimal eingesperrt. Beim ersten Mal kam er noch einmal davon, nachdem er eine Zofe von Queen Elizabeth I. verführt hatte. Seine zweite Haft dauerte allerdings zwölf Jahre, weil er an einem Komplott gegen den regierenden König James I. beteiligt war. Er wurde zum Tode verurteilt, jedoch am Vorabend der Hinrichtung begnadigt. Er führte fortan mit seiner Familie ein behagliches Leben im Tower und man richtete ihm sogar ein Labor ein, wo er sich wissenschaftlichen Studien widmen konnte. Seine Freilassung verdankte er der Tatsache, daß James I. dringend Gold benötigte. Dieses wähnte der Monarch in großen Mengen in Südamerika. Um es schnellstmöglich in seinen Besitz zu bringen, brauchte er einen erfahrenen Seefahrer, der das Unternehmen kommandierte. Die Expedition wurde jedoch zu einer Katastrophe, und nun gab es keine Gnade mehr für Raleigh. Nach seiner Rückkehr wurde er sofort wieder in den Tower geschafft und hingerichtet.

Wie habgierig die Menschen doch sind, dachte Dilara.

„Who goes there?" ertönte es.

„The Keys."

„Whose Keys?"

„Queen Elizabeth's keys."

„God preserve Queen Elizabeth!"

„Amen."

Dilara kicherte. Wie infantil die Sterblichen doch waren. Dieser Dialog war allabendlich bei der traditionellen Zeremonie der Schlüsselübergabe zu hören. Sie wurde von würdigen älteren Herren, den Yeoman Warders, durchgeführt.

Dilaras Blick schweifte ab. Blieb an einer Gruppe Raben mit gestutztem Gefieder haften. Wieder stahl sich ein Lächeln auf ihr Gesicht. Wie abergläubisch die Menschen doch sind, durchfuhr es sie. So dachten die Londoner, sobald der letzte Rabe den Tower verlassen habe, ginge das britische Empire unter. Wenn das kein Grund ist, den armen Kreaturen die Federn zu stutzen, dachte Dilara zynisch. Immer wieder drehte sie den Kopf und blickte suchend in alle Himmelsrichtungen.

Wo blieb Antediluvian nur?

Er mußte ihr endlich Rede und Antwort stehen, daher war sie froh, daß er sie wieder einmal herbeizitiert hatte. Und sie war es in der Vergangenheit gewohnt gewesen, seinen Befehlen Folge zu leisten. Jedoch in letzter Zeit regte sich Widerspruchsgeist in ihr. Sie wollte nicht weiter sein willfähriges Werkzeug sein. Und wenn es einmal darauf ankam, war er oft nicht zur Stelle, weil er seinem eigenen Geschick den Vorrang gab. Er hatte sie nicht nur einmal ihrem Schicksal überlassen, hatte sich von ihr und den Nosferati zurückgezogen, als wären sie für ihn nicht von Interesse.

Sie lächelte freudlos. Sie war eine noch junge Vampirin. So würde man sie jedenfalls in den Romanen nennen, die in diesem Zeitalter so beliebt waren. Aber was wußten die Menschen schon über ihre Art?

Nichts!

Dilara stieß einen verächtlichen Laut aus.

Die Menschen waren oftmals so degeneriert in ihrem Geist und in ihrer Wahrnehmung. Sie war froh, daß sie nicht mehr in diesem Sinne zu ihnen zählte. Daß sie nun einer anderen Familie, einer anderen Gesellschaftsform angehörte.

Das brachte sie wieder zu Antediluvian, der über allen stand, der über alle Nosferati wachte. Wo blieb er nur? Warum ließ er sie warten?

Sie hatte den letzten Gedanken noch nicht zu Ende geführt, da erwuchs neben ihr ein Schatten.

Da war er endlich!

Dilara fühlte immer noch Erstaunen bei seinem Anblick. Er war so anders, als sie sich einen Nosferatu vorgestellt hatte.

Er war kräftig, von mittlerer Größe, somit nicht gerade omnipotent. Seine wulstigen Lippen und die markante, breite Nase unterstrichen seine negroiden Züge. Die schwarzen Haare hatte er zu dicken Strähnen geflochten, über den Kopf zurückgelegt. Wie immer trug er einen langen Mantel, der im Wind hinter ihm herschwang. Würdevoll schritt er auf Dilara zu. Sah sie ruhig mit seinen weisen Augen an.

Der Wind zupfte verspielt an ihrem langen Haar. Sie wußte nicht, wie sie erklären sollte, was sie bewegte. Das Bild, dachte sie, das Bild in der Schattenchronik, von der Frau, die mir so verblüffend ähnlich sieht. Was hat es damit auf sich?

Dilara schilderte Antediluvian ihre Selbstzweifel und blickte den alten Vampir dann fragend an.

„Was ist mit mir? Warum hast du mich zu deinesgleichen gemacht? Vor allem, wer ist die Frau auf der Abbildung in der Schattenchronik?“

„Du!“ kam es leise über seine Lippen.

Dilara zuckte zusammen, wenngleich sie die Antwort geahnt hatte. Es jetzt aber aus Antediluvians Mund zu hören, war etwas völlig anderes, etwas Endgültiges. Und somit ein wichtiger Schritt auf dem Weg ihrer Selbstfindung.

Du bist eine Vampirin mitten in einer Identitätskrise, durchzuckte es sie in einem Anflug schwarzen Humors.

Ein Erinnerungsfetzen flackerte in ihrem Gedächtnis auf. Wie Antediluvian sie vom Galgen gerettet hatte. Wie er sie zu seinesgleichen gemacht hatte. Bevor er das gedankliche Halbdunkel über sie brachte. Doch sie erinnerte sich daran, daß sie ihm zuvor ihre Seele hatte versprechen müssen, ihren Gehorsam. Als Pfand für die Unsterblichkeit.

Unsterblichkeit, durchfuhr es sie. Unsterblichkeit?

Ja, es grenzte daran.

„Du verschweigst mir etwas!“ begehrte sie auf.

„Zu deinem eigenen Schutze!“ behauptete er.

Sie glaubte ihm nicht. Mißtrauen stieg jäh in ihr auf, besonders, als sie die plötzliche Kälte in seinen Augen bemerkte. Ihr stand nicht mehr der väterliche Freund gegenüber. Was sie in seinem Blick las, war Ablehnung... und Angst... Angst? – dachte sie –, Angst vor mir?

„Zu meinem Schutze?“ fragte sie immer noch irritiert.

„Weil du anders bist.“ Es klang beinahe widerwillig. Ganz so, als neide er ihr diese Andersartigkeit.

„Warum bin ich anders? *Was* ist anders an mir?“

„Du weißt doch, daß du in der Lage bist, deine Seele auf Reisen zu schicken.“ Er stockte, was untypisch für ihn war, weil es ein Zeichen für seine Verunsicherung war.

Dilara nahm es jedoch nicht wahr, sondern nickte und dachte mit Wehmut an ihren treuen und loyalen Diener Cippico, der über die Gabe verfügt hatte, sie in Trance zu versetzen und somit ihre Seele auf die Reise zu schicken. Später war es ihr auch selbst gelungen, doch eine innere Furcht hatte sie immer davon abgehalten, zu weit in die Vergangenheit zurückzugehen. Auch wenn es sie brennend interessierte, zu erfahren, was vor ihrer Zeit als Sterbliche gewesen war. Denn dort lag der Schlüssel des Rätsels um ihre wahre Herkunft.

Antediluvian trat einen Schritt auf Dilara zu. „Nun zum Grund unserer Zusammenkunft", sagte er ernst. „Es wird Zeit, daß du dein Haus aufgibst und vollends im Schattenreich lebst!"

„Ich werde darüber nachdenken!" sagte Dilara. Ihre Stimme klang kühl, unwillig und sehr distanziert und signalisierte, daß sie keine Sekunde daran dachte, ihr freies Leben aufzugeben. Sie schenkte Antediluvian einen herausfordernden Blick. „Darüber und über einiges andere." Wenn Antediluvian ihr das Wissen über ihre Vergangenheit nicht freiwillig preisgab, mußte sie es sich anders beschaffen. Dilara fühlte, daß der Zeitpunkt der richtige war, denn sie beide hatten sich verändert, standen sich nicht mehr wohlgesonnen gegenüber. Zuerst mußte sie wieder an die Schattenchronik gelangen. Ein untrügerisches Gefühl sagte ihr, daß der Foliant wieder in Antediluvians Besitz war und er ihn vor ihr verbarg. Aus welchem Grund, darüber konnte Dilara nur Vermutungen anstellen. Der naheliegendste war, daß die alte Chronik noch mehr Aufschluß über Dilara gab. Antediluvian auf die Schliche zu kommen und die Chronik an sich zu bringen, würde kein Kinderspiel sein. Doch einen Trumpf hatte Dilara noch gegen ihn in der Hand.

Sie kannte seine Pläne!

Carpe diem
(Nutze den Tag)

Sie war unruhig, ruhelos und unstet. Diese unheilstiftende Stimme sprach wieder in ihm. Die Stimme des Blutes, die ihn antrieb und ihn nicht ruhen ließ und die ihm mehr und mehr seine innere Mitte raubte. Blut, wisperte sie, Blut... ich will Blut. Der allesbestimmende Lebenssaft pulsierte kalt durch seine Adern. Kalt und tot. *Aber gerade letzteres war Roderick nicht.*

Nicht im klassischen Sinne.

Dafür war aber der Tod sein ständiger Gefährte. Er begleitete Roderick nicht nur, er machte ihn auch zu seinem Handlanger, zu seinem Mittelsmann und Verbündeten.

Das kontroverse Gefühl des Lebenwollens, gepaart mit einer düsteren Todessehnsucht, bestimmte Rodericks Dasein.

Er trug eine alte Schuld in sich.

Eine uralte.

Eine, die auch ihn an das Schattenreich band.

Blut löste in ihm ein ausgesprochenes Lustempfinden aus. Ein so starkes, daß er sich sogar an seinen Armen und Händen selbst Wunden beibrachte und daran schnupperte und leckte. Aber das konnte ihn nicht lange befriedigen, sein Blutdurst wurde stärker... immer stärker... bis er nicht mehr anders konnte und sich andere „Quellen“ erschließen mußte. So lockte er Männer und Frauen in seine Wohnung, ermordete sie und trank gierig Blut aus ihrer Kehle.

Auch in dieser Nacht, als er sich dieses junge hübsche Ding auserwählt hatte. Vertrauensvoll hatte sie ihn nach dem Weg gefragt. Offensichtlich war sie Rucksacktouristin und das erste Mal in London. Nichts an seinem gewinnenden Lächeln, das er ihr schenkte, verriet, daß es auch ihr letztes Mal sein würde. Sie war leichtgläubig, eine jener Seelen, die der Welt nur Gutes abgewinnen konnten. Gerade dieses Vertrauen wurde ihr zum Verhängnis. Es war ein Leichtes, sie in den Green Park zu locken. Sie würde den Buckingham Palast, den sie sehen wollte, nie zu Gesicht bekommen. Sie schrie nicht einmal, als er sie in eine abgelegene Ecke des Parks zog, sondern riß die Augen nur ungläubig auf, als sie das Messer in seiner Hand erblickte. Die scharfe Klinge, die ihr das Leben nehmen und Roderick frisches Blut bescheren sollte, blitzte tückisch in der Dunkelheit auf, doch beinahe sanft fuhr die Schneide in ihr Fleisch. Der Schock und der jäh aufpeitschende Schmerz erlaubten ihr nur ein gepeinigtes Wimmern; die dunkle Woge, die über sie kam und erfaßte, lähmte sie.

Oh, wie Roderick das liebte. Es hatte etwas von Defloration. Das Messer in seiner Hand teilte ihren Schoß, als sei es sein Phallus. Wieder und wieder fuhr es hinein, mit einem leise schmatzenden Geräusch, und löschte alles in ihr aus...

Als er sein Werk vollendet hatte, den regungslosen Körper beinahe sanft niederbettete und sich an dem süßen Blut gütlich tat, war das Entsetzen nicht von ihrem starren Gesicht gewichen...

Roderick wachte schweißüberströmt auf.

Dieser Traum, der ihn seit geraumer Zeit immer häufiger heimsuchte, raubte ihm den Schlaf und säte Unruhe in sein sonst so konstantes Leben – mehr noch, er nahm beständigen Einfluß auf seine Persönlichkeit. Jedoch so subtil, daß es Roderick selbst nicht auffiel. Dafür den Menschen seines Umfeldes umso deutlicher, besonders seinen Anwaltskollegen und Freunden. Mit wachsender Sorge beobachteten sie, daß er sich mehr und mehr zurückzog und immer häufiger seine Arbeit vernachlässigte, was ihm wiederum ganz und gar nicht ähnlich sah. Irgend etwas Einschneidendes mußte in seinem Leben geschehen sein, dessen waren sie sich sicher. Etwas, das er vor ihnen verbarg und das somit nichts Gutes verheißen konnte.

Daher beschlossen sie, ihn und seine Verhaltensweise im Auge zu behalten.

Roderick hingegen nahm die Besorgnis seiner Kollegen und Freunde nicht wahr. Ihn beschäftigte nur die brennende Frage, was ihm dieser Traum sagen wollte. Warum sah er sich in seinem Unterbewußtsein als Mörder und Blutsauger? Und vor allem, warum träumte er dies alles in regelmäßiger Reihenfolge; seit einigen Wochen beinahe jede Nacht, obwohl er es noch nie zuvor geträumt hatte?

Was ihn aber am meisten beschäftigte, war die Tatsache, daß er das untrügerische Gefühl hatte, daß es sich um keinen Traum im klassischen Sinne handelte. Es war mehr ein Déjà vu, als habe er das alles tatsächlich erlebt und sein Unterbewußtsein rolle es nun wieder auf. Ihm war, als erinnere er sich alle dieser entsetzlichen Morde, die er begangen hatte, und all der Menschen, die er getötet und deren Blut er getrunken hatte.

Die Vorstellung allein war entsetzlich.

Das konnte und durfte nicht wahr sein!

Roderick setze sich abrupt im Bett auf, versuchte sich daran zu erinnern, wann der Traum zum ersten Mal seine Nächte zum Alptraum gemacht hatte. Er erinnerte sich an den Abend im Club, als er mit Lucas Gray über Dilara – er nannte sie längst nicht mehr *die schöne Unbekannte*, ihr Name war das einzige, das ihn derzeit mit ihr verband – gesprochen hatte. Hatte der Professor nicht gescherzt, daß es sich bei ihr schon um eine Vampirin handeln müsse, wenn sie mit der Frau auf dem Portrait identisch war?

Das mußte der Grund für seine Alpträume sein.

Roderick seufzte erleichtert. Ja, das war des Rätsels Lösung. Seine Phantasie spielte ihm einen üblen Streich. Nur zu bereitwillig glaubte er an diese Möglichkeit, *wollte* daran glauben und auch daran festhalten. Wenn doch alles so einfach wäre, dachte er. Das Frauengesicht mit den melancholischen Augen schob sich wieder vor sein geistiges Auge. Als wolle es ihn mahnen, sich seiner Wurzeln zu besinnen.

Seiner Wurzeln?

Roderick schob diese Frage beiseite. Besann sich wieder auf die Frau aus der Galerie.

„Dilara", murmelte er. Er liebte den Klang ihres Namens. „Wenn es doch auch so einfach wäre, dich zu finden! Aber ich muß es! Ich muß dich wiedersehen!"

Greg fiel ihm ein. Greg Lane, sein Freund aus Kindertagen, der sich wacker als Gesetzeshüter durch das Leben schlug; was für einen Homosexuellen ein oft sehr steiniger Weg in der strengen Hierarchie der Polizei war. Aber Greg wäre nicht Greg gewesen, wenn er sich davon hätte beirren lassen. Er war schon immer ein couragierter Kämpfer gewesen und hatte sich wie ein Terrier durch alle Widrigkeiten des Lebens gebissen. Ein Charakterzug, der Roderick Respekt abnötigte.

Roderick verließ sein Bett und das Schlafzimmer. Noch bevor er in das Badezimmer ging, betrat er sein Arbeitszimmer und wählte die Telefonnummer des Freundes. Als sich dieser meldete, hielt sich Roderick Herrington nicht mit einer langen Vorrede auf. „Du mußt mir helfen, Greg!" Und als am anderen Ende der Leitung ein amüsiertes Lachen erklang, erzählte er auch Greg Lane von seiner Begegnung im Apsley House und dem mysteriösen Bild und endete mit den Worten: „Ich habe bereits mit Professor Gray gesprochen, er konnte mir schon soviel sagen, daß in der Nische nur Bilder von Menschen ausgestellt sind, die an den Tyburn Gallows ihr Leben gelassen haben... Somit kommen wir zu dir. Kannst du herausfinden, ob eine Frau mit dem Vornamen Dilara darunter war?"

Wieder ertönte das amüsierte Lachen. Aber auch hier wäre

Greg nicht Greg gewesen, wenn nicht längst sein Interesse geweckt worden wäre. Darüber hinaus hätte er keinen seiner Freunde jemals im Stich gelassen.

Greg Lane war die Loyalität in Person. Auch das zeichnete ihn aus.

Dilara schlenderte gedankenversunken durch Notting Hill auf das rege Treiben des Portobello Road-Marktes zu. Der tägliche Wochenmarkt war samstags ein gutbesuchter Antiquitätenmarkt, der allwöchentlich wahre Massen anzog. Dilara tauchte liebend gerne in dem Menschentrubel, der größtenteils aus Touristen bestand, unter. Man konnte zwar nicht mehr wie früher für einen geringen Geldbetrag ein echtes Kunstwerk erstehen, das verstaubt auf einem Speicher gefunden worden war; mittlerweile beherrschten kommerzielle Antiquitätenhändler die Szene. Doch das hinderte sie nicht daran, beinahe jeden zweiten Samstag dem Markt einen Besuch abzustatten.

Die multikulturelle Atmosphäre von Notting Hill hatte für Dilara einen besonderen Charme. Sie vermittelte ihr die Illusion eines wahrhaft friedlichen Miteinanders der unterschiedlichsten ethnischen Gruppen. Sie wußte, daß das ein Trugschluß war, aber es erinnerte sie daran, wie viele Menschen in ihrem langen Leben schon ihren Weg gekreuzt und sie sogar ein Stück weit begleitet hatten. Wie viele Rassen und Kulturen hatten sie in ihren Bann gezogen... in den verschiedenen Epochen... in denen sie... *gelebt* hatte...

Da! Glommen da wieder Erinnerungsfetzen an die vergangenen Jahrhunderte in ihr auf? Mehr noch, konnte sie gar einen ersten flüchtigen Blick zurück in die Zeit vor ihrem Leben als

Sterbliche werfen? Denn über eines war sie sich mittlerweile sicher: Antediluvian hatte die Wahrheit gesprochen, die abgebildete Frau in der Schattenchronik war sie. Was nur darauf schließen ließ, daß sie vor ihrem Leben als Sterbliche schon einmal gelebt hatte. Noch vor über vierhundert Jahren hätte Dilara über eine solch „gewagte" These gelacht. Doch mittlerweile wußte sie, daß noch ganz andere Dinge zwischen Himmel und Erde möglich waren.

Aber wenn dem so war, warum konnte sie sich dann nicht mehr erinnern? Welchen Sinn und Zweck sollte das haben?

Dilara wollte den Gedanken aufgreifen und weiterverfolgen, doch er verflüchtigte sich wieder wie Nebelschwaden in der Nacht.

Dilara lächelte wehmütig und blickte sich um, besann sich auf das Hier und Jetzt und erinnerte sich daran, welchen Boom das Viertel und ganz besonders die Portobello Road nach dem Film *Notting Hill* mit Julia Roberts und Hugh Grant erlebt hatten. Ihr Lächeln wurde eine Spur zynischer. Wie lenkbar die Menschen doch waren, denn der Film war keineswegs nur hier an den Originalschauplätzen gedreht, sondern viele Szenen waren im Studio nachgestellt worden. Das hatte die Touristen aber nicht davon abgehalten, in Scharen in Notting Hill aufzutauchen und den Buchladen zu suchen, der in dem Film vorkam und den es in Wirklichkeit gar nicht gab.

Dilara ging an den Trödelständen vorbei. Wie immer auf der Suche nach einem alten oder besonderen Buch. Literatur war ihr wichtig. Es verging kein Tag, an dem sie nicht gelesen hätte. Das war immer schon so bei ihr gewesen. Als Kind hatte sie sich mit einem Buch in eine stille Ecke verkrochen. Während ihre Freundinnen mit Puppen spielten oder sich von den Nachbarjungen ärgern ließen, hatte Dilara gelesen. Sie war mit ihrer Phantasie in die Welt des geschriebenen Wortes eingetaucht und hatte die Geschichten von abenteuerlichen Welten begierig in sich aufgenommen. Bücher hatten sie immer begleitet... bis ein bestimmtes ihr zum Verhängnis geworden war: die Schattenchronik, mit der alles begann...

Dilaras Gedanken schweiften wieder ab. Sie besann sich einer Anekdote aus den zwanziger Jahren des 20. Jahrhunderts. Zu den prominenten Bewohnern der Portobello Road hatte damals auch der Schriftsteller George Orwell gehört. Als er eines Abends mit seiner Frau und dem Nachbarehepaar Craig ausgegangen war, stellten beide Ehepaare bei der Rückkehr fest, daß sie vergessen hatten, die Schlüssel einzustecken. Nachbarn boten an, mit einer Leiter auszuhelfen. Das lehnte die verschlossene Mrs. Craig jedoch entschieden ab, da sie vierzehn Jahre lang mit niemandem aus der Nachbarschaft ein Wort gewechselt hatte und dieses Verhalten auch nicht zu ändern beabsichtigte. Es blieb den Orwells nichts anderes übrig, als sich von Verwandten, die über eine Meile entfernt wohnten, eine Leiter zu borgen.

„Manche Menschen sind schon sonderbar", murmelte Dilara vor sich hin. Wenngleich sie für Mrs. Craig Verständnis hatte. Auch sie hielt sich von ihren Nachbarn fern. Gottlob lebten auch nicht sehr viele in ihrer direkten Nähe. Der Einlaß zu ihrem Haus blieb dem Gros verwehrt, was Dilaras Einsamkeit verstärkte. Auch wenn sie selbstgewählt war, schmerzte sie manches Mal. In letzter Zeit eigentlich immer mehr. Aber sie war für eine ihrer Art auch unerläßlich, nein, geradezu lebenserhaltend.

Dilara löste sich auch von diesem Gedanken, stöberte an einigen Ständen, an denen Bücher feilgeboten wurden, war aber selbst dort nur halbherzig dabei. Immer häufiger mußte sie an den Fremden in der Galerie des Apsley Houses denken. Instinktiv wußte sie, daß sich ihre Wege wieder kreuzen würden, und sie konnte nicht ergründen, ob sie erfreut darüber war oder ob sie vor ihm auf der Hut sein sollte. Sie war neugierig, wie immer, wenn ein Mensch ihren Weg kreuzte, der ihre Aufmerksamkeit auf sich zog. Aber ihr Verstand riet ihr, wachsam zu sein.

Dilaras Blick schweifte über die Stände und blieb an einem mit Büchern hängen. Doch dieses Mal erregte der junge Mann, der sie feilbot, mehr Interesse als seine Waren. Dilara hatte ihn noch nie auf dem Portobello-Markt gesehen. Er war schlank... sehr schlank, beinahe mager und hatte lange dunkle Haare. Sein Gesicht trug einen gewissen Ernst zur Schau. Durch seine schwarze Kleidung vermittelte er zusätzlich eine gewisse Strenge und einen düsteren Kontrast zu dem bunten Treiben des Marktes.

Dilara blieb nur wenige Meter von dem Stand entfernt stehen.

Der Blick des Schwarzgekleideten traf sie. Ein Blick aus dunklen, forschenden Augen, der sich in aller Ruhe in sie hineinfraß.

Das Urweib in ihr, das so lange brachgelegen hatte, erwachte und forderte sein Recht. Der Mann sprach etwas in ihr an. Eine Lust, die keines ihrer Opfer in ihr stillen konnte, weil über die Begierde des Fleisches und Blutes hinaus etwas fehlte: die Seele.

Die ihrige berührte der Fremde durch seine intensiven Blicke und brachte etwas in ihr zum Schwingen, was andere nicht vermochten. Wo andere vor eine emotionale Wand liefen, drang er mit dem ersten Blick bis in ihr Inneres vor. So empfand sie es zumindest. Es war wie eine Art Magnetismus, der zwischen ihnen schwang, ohne eines einzigen Wortes zu bedürfen. Da war eine Art Seelenverwandtschaft zwischen ihnen, dessen war sich Dilara sicher, auch wenn sie es nicht hätte erklären können. Er berührte etwas in ihr, das andere nicht erreichen konnten, das sie nicht einmal wahrnahmen. Dilara hütete ihr Innerstes wie die kostbare Perle in einer Austernschale. Niemand hatte bisher vermocht, sie zu öffnen. Sie war verwundbar, so verwundbar, wie es keiner von ihr annahm, da sie nach außen die Starke, die Unantastbare darstellte.

Dabei war sie viel zerbrechlicher, viel ausgelieferter, als sie wirkte. Erst recht, wenn sie sich einmal hingab. Genau *das* hatte sie in den letzten Jahrhunderten zu verhindern gewußt oder hatte eigenwillige Wege beschritten. Wieder flackerten Erinnerungen in ihr auf. Sie hatte alles, was sie emotional forderte, was ihre Schutzmauern gefährdete, immer wie fließendes Wasser gemieden. Tiefe Gefühle waren ihr suspekt und machten ihr Angst, denn sie forderten letztlich immer ihren Tribut. *Immer.* Sie fingen stets vielversprechend an, beinahe unverbraucht und rein, erfüllend und beseeligend. Doch sie ebbten schnell – viel zu schnell – wieder ab, verloren sich im Nichts, in Gleichgültigkeit. Im Grunde waren sie nur dem Gesetz des „Reiz des Neuen" unterworfen, der sichtbaren Erotik, und endeten immer im Schmerz. Jenem Schmerz, der Kraft forderte, den sie nicht wollte und den sie fürchtete. Um ihn von vorneherein auszuschließen, ließ Dilara keine Gefühle mehr zu. Sie sah das als seelische Vorsichtsmaßnahme und als Schutzmechanismen, die sie stärkten und das Leben erträglicher machten. Vor allem aber ungefährdeter für sie.

Doch da war er.

Er war plötzlich da, als wäre es das Selbstverständlichste auf der Welt. Er erreichte sie mit seinen Blicken, so leicht wie ein Fingerschnippen.

Wie oft schon hatte sie gelesen, daß man eine verwandte Seele auf den ersten Blick erkannte! Daß es Liebe auf den ersten Blick gab. Daß man sich beidem nicht entziehen konnte: dem Seelenpendant und der Liebe.

Dieser Jüngling, in schwarzer Lederhose und ebenso schwarzem Pullover, mit einem Blick, der Löcher in sie bohrte, war anders als die anderen. Das erkannte sie sofort. Er erreichte sie ohne Worte und ohne großes Dazutun. Somit bedeutete er eine Gefahr, der ihre Austernschale nicht gewachsen war... der *Dilara* nicht gewachsen war, denn ihr waren Gefühle suspekt. Sie war ihnen schutzlos ausgeliefert, weil sie mit ihnen nicht vertraut war. Gewiß, sie war einige Male verliebt gewesen, wobei es für sie keinen Unterschied gemacht hatte, ob sie sich in einen Mann oder eine Frau verliebte. Es war das Wesen, das sie ansprach, nicht das Geschlecht; wenngleich sie sich vorrangig zu Männern hingezogen fühlte. Dennoch hatte sie nie zugelassen, daß ihre Gefühle in die Tiefe gingen – *wirklich* in die Tiefe gingen.

Dilara strich sich gedankenverloren die vorwitzigen Locken aus der Stirn und löste sich endlich aus dem Blickkontakt mit dem Dunkelgekleideten. Sie mußte ihm künftig aus dem Weg gehen.

Dilara drehte sich abrupt herum und verließ so eilig den Portobello-Markt, als wären sieben Teufel hinter ihr her.

Das Telefon klingelte – laut und herrisch, wie es Roderick schien. Seit er nachts nicht mehr ausreichend Schlaf fand, war er tagsüber noch ruhebedürftiger geworden und lebte noch zurückgezogener als zuvor. Er fühlte sich schon durch das kleinste Geräusch gestört. Am liebsten hätte er sich gänzlich in seiner Wohnung eingeigelt.

Einzig und allein die Galerie im Apsley House lockte ihn hinaus. Immer häufiger suchte er sie auf, saß still und in sich gekehrt vor dem Portrait der Frau, die er inzwischen liebte, wie er sich längst eingestanden hatte. So unsinnig und überspannt das auch klang. Vor allem für einen Mann, wie er einer war. Ein Mann, der sein Leben lang ein beherrschter Verstandesmensch gewesen war, dem Gefühle verpönt gewesen waren und der sich ihnen nie vollends hingegeben hatte. Und nun saß er wie ein pubertierender Jüngling vor dem Portrait dieser Frau, in der Hoffnung, ihr Ebenbild aus Fleisch und Blut wiederzusehen.

Doch das war ihm nicht vergönnt.

Je mehr er sich nach ihr verzehrte, in um so weitere Ferne schien der Tag zu rücken, an dem er Dilara das erste Mal im Apsley House erblickt hatte. Lag es Wochen zurück? Monate? Er wußte es nicht mehr. Es kam ihm wie eine Ewigkeit vor. Eine qualvolle Ewigkeit, die kein Ende nahm.

Das Telefonklingeln durchbrach seine Gedanken. Der Anrufer schien über eine Engelsgeduld zu verfügen und nicht so schnell aufzugeben. Benommen hob Roderick den Hörer ab und ging mit dem drahtlosen Telefon in die Küche seiner Penthousewohnung.

„Herrington."

„Grüß dich, altes Haus!" erklang die muntere Stimme seines Freundes Greg an seinem Ohr.

„Greg!" Mehr brachte Roderick Herrington nicht heraus. Aber das war gottlob auch nicht nötig, sein Freund sprach schon weiter. Gutgelaunt, wie es so seine Art war. Man hatte immer Mühe, bei ihm zu Wort zu kommen.

„Du hast mich doch gebeten, nach dieser Schönen zu forschen..."

„Sie heißt Dilara!" fühlte sich Roderick befleißigt einzuwenden.

„Genau", klang es unbeeindruckt durch die Leitung. „Ich

muß schon sagen, da handelt es sich um eine sehr geheimnisvolle Dame."

„Erzähle!"

Gregs amüsiertes Lachen erklang. Ein Lachen, das jeden sofort für ihn einnahm. Es hatte Wärme – viel menschliche Wärme.

„Greg! Bitte!" Ungeduld schwang in Rodericks Stimme mit.

„Na, du hast es aber eilig!"

„Greg!"

„Schon gut, schon gut. Ich merke schon, deinen Humor hast du ebenso wie deine Geduld verloren, seit es um diese Schönheit geht... ich habe mir ihr Bild angesehen... also, wenn ich nicht auf Männer stünde..."

„Greg!" Mittlerweile klang Roderick nicht mehr ungeduldig, sondern verärgert.

„Die Lady auf dem Portrait im Apsley House wurde 1601 an den Tyburn Gallows hingerichtet... die..."

Rodericks Keuchen unterbrach Gregs Redefluß. „Dann hatte Lucas recht."

„So ist es, altes Haus!"

„Konntest du herausfinden, weshalb sie hingerichtet wurde?"

Wieder ertönte Gregs Lachen. „Das wollte ich ja schon sagen, bevor mich dein Keuchen so rüde unterbrochen hat."

Nun war es Roderick, der lachte. Eindeutig amüsiert. „Daß du immer so schamlos übertreiben mußt." Er wurde wieder ernst. „Dann verrate mir bitte jetzt, weshalb man Dilara hingerichtet hat."

„Na, das hört sich doch schon besser und vertrauter an. Nach meinem alten, höflichen Freund, der selbst in seinen Shorts Bügelfalten trägt." Greg kicherte. Bevor Roderick Herrington etwas erwidern konnte, fuhr er fort. „Viel konnte ich über die mysteriöse Dame nicht in Erfahrung bringen. Nur, daß sie der Hexerei beschuldigt wurde, nachdem ein Mann, mit dem sie sich häufiger traf, auf rätselhafte Weise zu Tode gekommen war. Man fand ihn tot auf ihrem Bett." Greg kicherte. „Und sie stand im dünnen Nachthemd davor... blutbesudelt. Die Leiche des Mannes wies deutliche Bißspuren auf... Seine Kehle war regelrecht zerfetzt... Was ebenfalls sonderbar war, in dem Leichnam konnte kein einziger Tropfen Blut mehr gefunden werden... sie hat ihn regelrecht..." Er stockte, als wäre es ihm peinlich, weiterzusprechen.

„Sie hat was?" Rodericks Stimme war nur noch ein tonloses Flüstern.

„Na, du weißt schon... sie hat ihn leergezapft", wich Greg flapsig aus.

Blut, wisperte die Stimme in Roderick, *ich will Blut.* Roderick stöhnte.

Greg deutete die Reaktion seinen Freundes falsch. „Du weißt, wie die Leute früher waren, der Bericht sähe heutzutage völlig anders aus. Wer weiß, wie harmlos die Verletzungen tatsächlich waren und woran er gestorben ist", versuchte er seinen Freund zu beruhigen. „Was mich aber stutzig macht, und besonders an ihrem Fall, ist, ist die Tatsache, daß sie unter Ausschluß der Öffentlichkeit hingerichtet wurde und ihre Leiche verschwand..."

Roderick stieß einen scharfen Laut aus. „Höre ich recht?"

„Und ob!"

„Und ihre Leiche wurde nie gefunden?" Roderick wußte nicht warum, aber er mußte wieder an Professor Lucas Grays Scherz denken, daß es sich bei der Frau aus der Galerie um eine Vampirin handeln müsse, wenn sie mit der Dame auf dem Portrait identisch war. Und plötzlich fügte es sich zusammen. Die Art, wie ihr Geliebter gestorben war, die Tatsache, daß ihre Leiche verschwunden war... Roderick fühlte Schwindel in sich aufsteigen.

„Die Leiche wurde nie gefunden“, bestätigte Greg Lane. Er räusperte sich. „Da ist noch was, Roderick.“

Roderick Herrington stutzte. Sein Freund sprach ihn selten beim Vornamen an. Meist war er nur das „alte Haus“, der „alte Junge“ oder schlicht Rick für ihn.

„Ich weiß nicht warum, aber nachdem ich über deine geheimnisvolle Schöne recherchiert hatte, kam ich auf die Schnapsidee, auch ein wenig über dich nachzuforschen. Vielmehr – über deine Eltern. Du weißt, daß ich dich immer ein wenig wegen deiner Herkunft beneidet habe. Ich bin da über etwas gestolpert...“ Er zögerte. „Es betrifft dich...“ Wieder legte er eine Pause ein, als fiele es ihm schwer, weiterzusprechen.

„Du machst es aber spannend.“

„Ich weiß nicht, wie ich es formulieren soll“, gestand Greg.

„Das ist ja völlig neu. Du bist doch sonst nicht auf den Mund gefallen.“

Gregs Lachen wirkte nun eindeutig verkrampfter. Die Wärme war beinahe gänzlich daraus gewichen. „Ich glaube, deine Eltern waren nicht deine leiblichen Eltern.“

Roderick glaubte seinen Ohren nicht zu trauen. „Könnest du das bitte noch einmal wiederholen?“ bat er mit einer Stimme, aus der alles Leben gewichen war.

Greg räusperte sich. „Du weißt doch, ich kenne da diesen hübschen Kerl, der an die Daten des Geburtsregister herankommt... dem habe ich einen kleinen Besuch abgestattet und einen Blick in die alten Unterlagen geworfen. Ich habe keinen Eintrag am Tage deiner Geburt im Register gefunden. Nirgends tauchen deine Eltern oder du auf.“

„Bist du sicher, daß du auch nichts übersehen hast?“

„Ich bin mir sogar hundert Prozent sicher! Ich habe es wieder und wieder überprüft.“

„Aber ich habe doch eine Geburtsurkunde!“

„Dann muß sie gefälscht sein."

„Und warum sollte sie das sein?"

„Ich kann es mir nur so erklären, daß deine Eltern vielleicht verschleiern wollten, daß du adoptiert bist. Stellt sich für mich nur die Frage, warum sie es dir verheimlicht haben?"

„Die stellt sich für mich allerdings auch", krächzte Roderick.

„Bedauerlich, daß du sie nicht mehr fragen kannst."

Roderick nickte und vergaß dabei, daß sein Freund es nicht sehen konnte. Ja, es war bedauerlich. Seine Mutter war vor drei Jahren an einem Krebsleiden verstorben. Sein Vater hatte ihren Tod nie überwunden und war ihr fast ein Jahr später gefolgt. War freiwillig aus dem Leben geschieden, was ihm Roderick unterschwellig immer übelgenommen hatte. Freitod stellte für ihn die schlimmste Form der Feigheit dar. Daß sein Vater ihn gewählt hatte, erfüllte Roderick mit besonderem Zorn, da gerade er es gewesen war, der seinem Sohn mit militärischer Strenge immer und immer wieder gepredigt hatte, daß es für einen „richtigen" Mann nichts Verwerflicheres gab, als Schwäche zu zeigen. Diese Erziehung hatte Roderick Herrington zeitlebens Probleme im Umgang mit Frauen beschert. Er hatte sich ihnen nie völlig öffnen können. Emotionen zuzulassen, war ihm fremd, ja geradezu verpönt. Umso erstaunlicher war für ihn seine Reaktion auf die unbekannte Frau in der Galerie.

„Alles in Ordnung mit dir?" drang es besorgt an sein Ohr.

„Nicht wirklich!" Rodericks Stimme klang spröde wie aus Glas. Sollte seine bisherige Existenz tatsächlich auf einer Lüge basieren?

„Das kann ich mir vorstellen. Hey, Rick, wenn du jemanden zum Reden brauchst, ich bin immer für dich da."

„Danke!" Mehr brachte Roderick nicht heraus. „Aber im

Moment muß ich das erst einmal verarbeiten und möchte allein sein."

„Natürlich. Und wenn du es verdaut hast, treffen wir uns mal wieder zu einem kühlen Bierchen oder Drink."

„Ja, das machen wir." Roderick war in Gedanken meilenweit von dem Gespräch entfernt.

„Kopf hoch!"

Roderick murmelte etwas Unverständliches und hörte schon nicht mehr, daß sich Greg von ihm verabschiedete, sondern vernahm nur noch das Klicken am anderen Ende der Leitung, als der Freund das Gespräch beendete.

Roderick blieb eine Weile regungslos sitzen. Alles in ihm befand sich in Aufruhr, dennoch saß er wie betäubt da. Das war ungeheuerlich... seine Eltern sollten ihn adoptiert, es ihm verschwiegen und sogar seine Geburtsurkunde gefälscht haben? Seine rechtschaffenen Eltern? Sein so gestrenger Vater, der ohne Fehl und Tadel gewesen war? Für den Zucht und Ordnung mehr als Vaterliebe wogen und der letztendlich doch gezeigt hatte, daß er ein Wesen mehr liebte als sich selbst: Rodericks Mutter. *Mutter?* schoß es ihm ketzerisch durch den Kopf. War die Frau mit den sanften Augen, die ihn mit zärtlicher Liebe großgezogen hatte, wirklich seine Mutter gewesen? Hatte ihr Schoß ihn in diese Welt entlassen? Roderick wußte in dem Augenblick, als er sich diese Frage stellte, daß es für ihn keinen Unterschied machte, ob sie ihn tatsächlich geboren hatte, ob er ihr eigenes Fleisch und Blut war. Diese Frau mit dem großen, gütigen Herzen *war* seine Mutter. Daran würde nichts und niemand etwas ändern. Die Bande zwischen ihnen waren ehrlich und fest gewesen. Sie würde immer ihren angestammten Platz in seinem Herzen innehaben. Den Eindruck, den sie in ihm hinterlassen hatte, die Liebe, zu der sie fähig gewesen war und die sie ihm geschenkt hatte, hatten einen unauslöschlichen Eindruck in ihm hinterlassen. Dennoch schwor sich Roderick Herrington in diesem Moment, daß er den wahren Ursprung seiner Herkunft klären würde. Um seines Seelenfriedens und der offenen Rechnung mit dem Mann, der sich sein Vater genannt hatte, willen.

„Ich werde herausfinden, was du mir verschwiegen hast, Vater!" entfuhr es ihm haßerfüllt, und er erschrak über den eisigen Klang seiner Stimme.

Evaline saß in ihrem eleganten mitternachtsblauen Mercedes-Cabrio und beobachtete nervös den Eingang des Hauses, in dem sich Roderick Herringtons Wohnung befand. Seit Wochen hatte sie nichts mehr von ihm gehört, hatte er sie mit Nichtachtung gestraft. Selbst ihre Anrufe in seiner Anwaltskanzlei hatten sie nicht weitergebracht. Rodericks Sekretärin ließ sie kühl und sachlich wissen, daß Mr. Herrington seine Arbeit auf unbestimmte Zeit von zu Hause aus erledige. Mehr konnte Evaline ihr nicht entlocken. Die gouvernantenhafte Endfünfzigerin hatte sie noch nie gemocht. Das stand so fest wie der Tower zu London. Ebenso unumstößlich war die Tatsache, daß die „graue Maus", wie Evaline die Sekretärin immer abfällig nannte, ein Auge auf Roderick geworfen hatte.

Evaline verzog geringschätzig ihren Mund und gab einen abfälligen Laut von sich, als sie an die verhärmt wirkende Frau mit dem straff zurückgekämmten graumelierten Haar und den strengen schmucklosen Kostümen dachte, die sie zu tragen pflegte.

Doch sie war im Moment nicht wichtig.

Es stimmte Evaline noch nachdenklicher, daß sich Roderick

Herrington weitestgehend aus seiner Kanzlei zurückgezogen hatte. Sie wußte, wie wichtig ihm seine Arbeit war. Wie ernst er sie nahm. Daß er sich jetzt nicht nur privat, sondern auch beruflich – also völlig – abschottete, mußte einen Grund haben.

Genau den wollte sie ermitteln, weil er vor allem ihrem Bestreben entgegenstand, Roderick zurückzuerobern. Ihn und das angenehme Leben, das er ihr geboten hatte. Und wenn Evaline etwas wollte, konnte sie sehr hartnäckig sein.

Doch wo sollte sie ansetzen? Wie konnte sie wieder an ihn herankommen? Roderick selbst bot ihr keinerlei Möglichkeit. Ihre Nachrichten auf seinem Anrufbeantworter und ihre E-Mails ließ er alle unbeantwortet, was der Höflichkeit, die ihm sonst zu eigen war, nicht entsprach, aber deutlich zeigte, daß sie auf diese Weise nicht mehr zu ihm vordrang.

Sie mußte einen anderen Weg gehen.

Nur, welchen?

Evaline erinnerte sich an den Abend, als er über das Bild in der Galerie des Apsley Houses gesprochen hatte. Von der Frau, die darauf abgebildet war. Sie erinnerte sich seiner Stimme und ihres beinahe schwärmerischen Klanges, besann sich der besonderen Wärme, die darin schwang, dieses Feuers – all dessen, was sie gerne darin gehört hätte, wenn er von oder mit ihr sprach, und was sie nie darin vernommen hatte.

Evaline verspürte brennende Eifersucht. Eifersucht und Haß auf die Frau auf einem Bildnis, die – ohne einen Funken Leben in sich – so viele Emotionen in Roderick Herrington ausgelöst hatte.

Das ist doch töricht, schalt sich Evaline, es ist nur ein Bild, keine reale Frau. Ein Bild kann mir nicht gefährlich werden, dachte sie und versuchte sich zu beruhigen. Aber es gelang ihr nicht. Sie spürte förmlich die Gefahr, die von diesem Gemälde ausging, fühlte, daß sie immer mehr an Boden verlor und bereits auf verlorenem Posten kämpfte. Dennoch wollte sie es sich nicht eingestehen.

Das wäre ja noch schöner, dachte sie finster, wenn ich vor dem Abbild einer Frau kapitulieren würde.

Doch sie wußte eins, sie mußte das Portrait sehen!

Evaline drehte den Schlüssel im Zündschloß, gab Gas und fuhr in langsamem Tempo Richtung Hyde Park

Der junge Mann in der engen, schwarzen Lederhose sah sie herausfordernd an. So wie man eine Frau musterte, die man erobern und besitzen wollte. Dilara kannte das verräterische Glitzern in seinem Blick, das Erregung und Furcht zugleich ausdrückte. Das verriet mehr als ein Händedruck, eine Berührung oder ein Kuß, weil es ein Schlüssel zu seiner Seele war, in die Dilara sah. Sie begegnete stumm dem Blick, tauchte förmlich in ihn hinein, drang tiefer und tiefer – bis in seine Grundfesten.

Ihr Gegenüber zuckte leicht zusammen. Dilara entging auch das nicht, und es stimmte sie zufrieden, weil es ihr zeigte, daß er sich ihr nicht entziehen würde. Entziehen konnte. Trotz all ihrer inneren Schutzmechanismen, die sie bei ihrer Wandlung zu einer der Nosferati erhalten hatte – die jedoch auch schon vorher in ihr gewesen waren –, hatte es sie wieder und wieder in die Nähe des Dunkelgekleideten gezogen.

Das Menschengewühl des Portobello-Marktes verblaßte um sie herum. Er sah nur sie und sie ihn. Die Zeit schien für Sekunden stillzustehen. Dann warf Dilara das lange Haar mit einer anmutigen Bewegung zurück. Sonnenlicht reflektierte in der blauschwarzen, taillenlangen Lockenpracht. Dilara war sich dieses erotischen Signals bewußt und vermochte es gezielt einzusetzen. Ebenso wie den Blick ihrer grünen, katzenhaften Augen, der sich an seinem festsog und nicht mehr losließ, oder das sanfte Wiegen ihrer Hüften, als sie auf den Buchstand zuschritt. Die Augen des Mannes dabei immer noch fest in ihrem Blick. Ein Lächeln umspielte ihre Mundwinkel. Ein Lächeln, das neben einer betörenden Sanftheit einen Hauch Arroganz in sich trug, und das er sofort und nur zu bereitwillig erwiderte.

Das Glitzern in den Augen des Jünglings nahm zu. So, wie es sich – seit sie das erste Mal an seinen Stand getreten war – von Mal zu Mal gesteigert hatte. Von Samstag zu Samstag, Woche zu Woche... seit sechs Monaten.

Sie hatte es sich zur Gewohnheit gemacht, bei ihm immer länger als bei den anderen Händlern zu verweilen. Hatte somit den Angelhaken ausgeworfen, an dem er schon längst zappelte, ohne sich dessen bewußt zu sein. Oder wenn er es war, dann genoß er es sogar. Es war wie eine Art Vorspiel, kam der Balz gleich, dem ewigen Spiel der Geschlechter, in dem es immer um die weibliche Gunst ging, die sich nur zu gerne umwerben ließ. Die selbst aber auch geschickt zu umgarnen wußte, die mit Blicken taxierte, mit Gesten ausreizte, geschickt lenkte, erfahren stellte und schlußendlich unterwarf.

Besonders *ihn* wollte sie unterwerfen.

Und Dilara nahm mit Genugtuung zur Kenntnis, daß auch dieses neue Opfer auf ihre lockenden Reize reagierte. Sie verspürte seit Wochen das parasitäre Verlangen, sich nicht nur in seinem Fleisch und in seinen Venen zu verbeißen. Sondern darüber hinaus in die tiefsten Facetten seiner Seele vorzudringen und Dunkelheit darin zu säen und sie auf ewig an sich zu binden, um daraus Kraft und Lebensenergie zu schöpfen. Er war wie geschaffen dafür. Er war noch jung, *sehr* jung. In einem Alter, in dem eine erfahrene Frau wie sie leichtes Spiel mit ihm hatte, weil sie auf ihn eine besondere Anziehungskraft ausübte. Eine, der er sich wissentlich auslieferte, die zu verführerisch war, als daß er ihr hätte entsagen können, die dem Tanz auf einem Drahtseil gleichkam, dessen Gefahr man sehr wohl erkannte, dessen Ekstase man sich aber nicht entziehen konnte – nicht entziehen *wollte*.

Dilara sah in seine dunklen Augen, die sie intensiv musterten und in sich aufnahmen, wie sie mit der rechten Hand durch ihr Haar, das ihr schon wieder ins Gesicht zu fallen drohte, fuhr und es zurückstrich, damit der Blickkontakt nicht abbräche.

Gegen ihre sonstige Gewohnheit trug sie keine dunkelgetönte Brille, die sonst dazu diente, allen den Blick in Dilaras Augen zu verwehren und ihre Lichtempfindlichkeit, die im Laufe der Jahrhunderte zugenommen hatte, erträglich zu halten; aber auch, um zu verbergen, daß sich ihre Pupillen veränderten, sobald sie in einen Erregungszustand verfiel. Ihre grünschimmernden Augen wurden dann beinahe schwarz. Jetzt waren sie es auch wieder. Als Reaktion auf ihr Gegenüber, auf das sie ansprach. Er hatte eine Art, sie anzusehen, die sie unruhig machte. Nicht nur mental, sondern auch vom Bauchnabel abwärts.

Dilara blieb vor seinem Stand stehen, und ihr Lächeln wurde eine Nuance strahlender und wärmer.

„Da bin ich wieder“, sagte sie, als ob es das Selbstverständlichste auf der Welt wäre. Als ob sie sich schon eine Ewigkeit kannten. Und genauso kam es ihr auch vor.

„Ja, da sind Sie wieder.“ In seiner Stimme schwang ein leichtes Vibrieren, das deutlich verriet, daß ihn ihr Erscheinen nicht unberührt ließ und etwas in ihm auslöste.

Dilara war zufrieden, *sehr* zufrieden. Er war so unverbraucht und voller Lebensenergie, und doch war etwas Weises in seinem Blick. Wenn er sie ansah, hatte sie hin und wieder das Empfinden, daß er der Ältere von beiden war. Doch in diesem

Moment glomm ein anderes Licht in seinen Augen, die Dilara unverwandt ansahen. Sie sah Leidenschaft darin, Sehnsucht, Zärtlichkeit und einen starken Willen. Die Signale, die sie ausgesandt hatte, waren bei ihm auf fruchtbaren Boden gefallen. Er wollte sie ebenso sehr wie sie ihn.

„Wenn du mich weiter siezt, sinke ich vor deinem Stand auf den staubigen Boden. Ich komme mir ja uralt vor“, sagte sie mit einem Schmeicheln, das ihn erschaudern ließ.

Wenn er wüßte, wie alt du in Wirklichkeit bist, würde es i h n umhauen!“ hetzte die Stimme in ihr.

Dilara lachte. Der Ton hatte etwas Dunkles, aber dennoch Perlendes. Er ging ihrem Gegenüber durch und durch. „Okay, okay“, sagte er. „Das will ich ja nicht, denn das wäre ja eine Schande.“ Und lachte ebenfalls. Doch es klang verunsichert.

Dilara betrachtete ihn. Sein Körper war von jener ekstatischen Magerkeit, die sie an Männern liebte, weil sie im Gegensatz zu ihrer weichen Weiblichkeit stand. Er war nicht übermäßig groß. Hätte sie hochhackige Schuhe getragen, so hätte sie ihn überragt. Doch an diesem Tag hatte sie instinktiv flache Absätze gewählt. So standen sie sich Auge in Auge gegenüber. Betrachteten einander stumm einige Atemzüge lang und genossen den Zauber des Augenblicks. Sein Haar war lang. So lang, daß es eigentlich nicht mehr modern war. Doch er sah nicht aus, als ob er sich darum scheren würde. Dilara gefiel es. Sie mochte langhaarige Männer, wenn auch nicht alle. Das lange Haar mußte *passen*: zum Typ, zum Gesamtbild, zur Ausstrahlung und zur Seele. So überzogen das auch klang, für sie „paßte“ es nur, wenn es Ausdruck von etwas war. Verkörperter Idealismus. Bei den meisten Künstlern, für die es cool war, langes Haar zu tragen, fand sie es affig und beinahe schon langweilig. Weil fast alle es trugen, es somit einer Uniformierung gleichkam und nichts mehr mit Individualismus gemein hatte.

„Wie heißt du?“ fragte sie. Es war das erste Mal, daß sie ein Gespräch aufnahmen, nach den Wochen des flüchtigen Beäugens. Ihre Blicke taxierten ihn immer noch.

„Calvin.“ Seine Stimme hatte eine anregende Mischung aus Jugend und Abgeklärtheit, die Dilara an anderen Männern seines Alters immer vermißt hatte.

„Und weiter?“

Er lachte. „Du willst es aber genau wissen. Calvin... das reicht doch.“ Sein Blick wurde eine Spur forscher. „Und du? Wie heißt du?“

„Dilara.“ Ihr Lächeln wurde spitzbübischer. „Und bevor du fragst, wie weiter... Dilara reicht auch.“ Sie griff wahllos zwischen die ausgelegten Bücher. Ohne ihn dabei aus den Augen zu lassen.

Sein Blick begegnete dem ihren schon unerschrockener und steter. Was sie freudig erregt stimmte.

Die Beziehung begann sich zu entwickeln...

„Kannst du mir ein bestimmtes Buch besorgen?“ fragte sie und glaubte etwas wie Enttäuschung in seinem Blick zu sehen. Enttäuschung, daß sie nicht seinetwegen gekommen zu sein schien. Gut, dachte sie triumphierend, sehr gut.

„Natürlich kann ich das!“

Oho, dachte sie. Er klang „verschnupft“. Dilara schenkte ihm einen koketten Augenaufschlag. „Das dachte ich mir. Du hast auch sonst ein gutes Angebot.“

„Welches Buch suchst du?“ Er ging nicht auf ihren schmeichelnden Ton ein.

„Eines über Vampire.“

Sie sah sein Erstaunen, das er meisterhaft zu verbergen suchte.

„Vampiiiiire?“ fragte er langgezogen und stieß dann einen abfälligen Laut hervor. „So ein ausgelutschtes Thema!“

Oho, dachte Dilara ein weiteres Mal, ein Softie bist du nicht gerade. Ein Gedanke, der ihr sehr behagte, denn wenn sie eines verabscheute, waren das Männer, die nicht wußten, was sie wollten, und mit denen sie sich nicht messen konnte. Calvin schien alles zu haben, was sie an einem Mann reizte. Er schien sich als Glücksfall zu entpuppen.

„Nicht direkt Vampire... aber etwas, was damit in Zusammenhang steht... es soll ein bestimmtes Werk über die Blutopfer der Azteken geben..." Dilara musterte ihn forschend.

„Hm." Calvin schien mit einem Mal nicht mehr sehr gesprächig zu sein. Sein Blick war eine Spur mißtrauischer geworden. Ob er sie für eine überkandidelte Frau hielt, die sich mit Vampiren und Geheimkulten beschäftigte? Oder für eine durchgeknallte Esoteriktante?

Womit er schon sehr nahe dran wäre, aber so lange er dich nicht bittet, dir sein Gebiß zu zeigen..., durchzog es sie kichernd.

Dilara hätte beinahe eine unwillige Handbewegung gemacht, um die Stimme in sich zum Verstummen zu bringen.

„Den Titel des Buches kennst du nicht?" fragte Calvin. Seine Hand umfaßte automatisch ein Amulett, das er um den Hals trug.

Dilara schüttelte den Kopf. „Leider nicht." Sie schilderte ihm, worum es im Wesentlichen in dem Werk ging, dann sah sie Calvin bittend an. „Hörst du dich mal um? Ich komme nächste Woche und frage nach, ob du etwas erreicht hast."

Er nickte. Das erfreute Blitzen in seinen Augen verriet wieder sein Interesse an ihr.

Wenn Dilara ehrlich zu sich selbst war, so fand auch sie allmählich immer mehr Gefallen an ihm.

Evaline eilte durch den Hyde Park, ohne auch nur im geringsten auf das beruhigende Grün um sie herum zu achten. Sie war noch nie naturverbunden gewesen, so wie es Roderick Herrington war. Evaline vermochte sich nicht an der Schönheit der Flora zu erfreuen. Ihr fehlte die Gabe, sie zu sehen und zu erkennen. Was bedeutete schon eine einzelne Wildrose für eine Frau wie sie? Ein surrealistisch verkrüppelter Baumstamm? Malven... buntblühende Büsche... Evaline hastete achtlos an all dem vorüber.

Zwei Pferde preschten im gestreckten Galopp an ihr vorbei.

Reiter spielten immer noch ein große Rolle im Erscheinungsbild des Hyde Parks. Besonders in den frühen Morgenstunden wurde er auch von der königlichen Familie zu einem Ausritt genutzt.

Aber auch das nahm Evaline nur am Rande wahr.

Sie kannte nur ein Ziel: das Apsley House. Und dort die Galerie. Evaline erreichte das unansehnliche Gebäude in einem Rekordtempo, rannte förmlich die Stufen zur Galerie empor. Roderick hatte die Nische, in der das Gemälde hing, ausführlich genug beschrieben. Noch immer glaubte sie seine Stimme mit der unüberhörbaren Wärme und für ihn so untypischen Begeisterung in ihrem Ohr zu hören.

Begeisterung für diese Frau, vor deren Portrait Evaline jetzt stand.

Minutenlang verharrte sie regungslos davor, als wäre alles Leben aus ihr gewichen.

Diese Frau war eine Schönheit!

Evaline spürte die Eifersucht wieder jäh in sich aufsteigen. Diese mentale Natter des Egos, die sofort und schnellwirkendes Gift in ihre Gedanken versprühte. Evaline rief sich energisch zur Ordnung. Was sollte ihr ein Bildnis, tote Materie, anhaben? Von ihm drohte keine Gefahr. Selbst wenn Roderick bis an sein Lebensende vor dem Portrait säße, so könnte ihm dieses doch keine Liebe, keine Nähe schenken.

Ich aber kann das, dachte sie selbstgefällig, und ich werde es! Dabei ignorierte sie geflissentlich die Tatsache, daß er nur allzu deutlich zeigte, daß sein Interesse an ihr – sofern jemals vorhanden – erloschen war.

Evaline wollte sich schon wieder umdrehen und die Galerie verlassen. Sie schalt sich insgeheim eine Närrin, überhaupt in das Apsley House gekommen zu sein. Doch mitten in der Bewegung glaubte sie aus den Augenwinkeln eine Regung auf dem Portrait ausgemacht zu haben. Meinte zu erkennen, daß in den Augen der gemalten Frau ein amüsiert-arrogantes Funkeln zu sehen war. Doch das war unmöglich!

Evaline ging wie eine Marionette näher an das Bildnis heran. Hatte immer noch das Gefühl, das Frauenantlitz würde leben. Evaline verspürte den inneren Drang, es zu berühren. Doch da war nur starre Leinwand unter ihren Fingern.

„Nicht berühren!" zischte eine unfreundliche Stimme hinter ihr. „Daß aber auch keiner dieser Touristen die Hände bei sich behalten kann!"

Evaline fuhr schuldbewußt herum, wollte dem Mann, der ihr gegenüberstand, ein einstudiertes Lächeln schenken. Das gefror aber, als sie die ungepflegte Erscheinung erblickte, die ihr gegenüberstand und sie ärgerlich musterte.

„Was die alle mit dem Gemälde haben... in letzter Zeit..." Er zog eine Grimasse und gab einen abfälligen Laut von sich.

Evaline wollte sich bereits umwenden, ihn mit Mißachtung strafen, drehte sich aber hellhörig geworden wieder herum. „Wie meinen Sie das? Was ist mit dem Gemälde?"

„Erst der Verrückte, der mich danach ausgefragt hat... und nach dieser Frau, die angeblich davor gesessen haben soll. Dann dieser Professor... und nun auch noch Sie!“ Er wollte weitergehen, doch Evaline hielt ihn am Ärmel seines Kittels fest. Dabei fiel ihr Blick auf das Namensschild, das auf der Brusttasche befestigt war.

„Mr. Deas, wissen Sie denn mehr über das Gemälde?“ Sie brachte doch noch ein honigsüßes Lächeln zustande, das aber auf ihn keine Wirkung zu haben schien. Er wirkte ohnehin irgendwie „entrückt“... wie nicht von dieser Welt. Dabei aber durchaus nicht geistig behindert, allenfalls verwirrt oder überspannt.

Evaline hatte noch nie Menschen ausstehen können, die ihr – während sie mit ihnen sprach – nicht in die Augen sahen. Dieser Mann zählte dazu. Er starrte entweder zu Boden, oder sein Blickt irrte unstet umher. Als suche er etwas. Oder jemand?

„Die Herkunft des Bildes ist ungeklärt“, sagte er jetzt. Widerwillig, als wäre sie eine Aussätzige. Aber Evaline nahm deutlich wahr, daß er generell nicht gerne sprach, daß er darüber hinaus kein Menschenfreund zu sein schien. Die Vermutung lag nahe, so wie er sich verhielt: beinahe feindselig. Aber warum nahm er dann gerade einen solchen Beruf an, bei dem er nur mit Menschen zu schaffen hatte?

„Sie wissen gar nichts über das Gemälde?“ nahm sie hastig das Gespräch wieder auf, bevor der seltsame Mann entschwinden konnte. „Das kann ich mir nicht vorstellen, Mr. Deas. Sie vermitteln mir den Eindruck, daß Ihnen nichts entgeht.“ Evalines Stimme klang so klebrig, wie ihr Lächeln wirkte.

Nicht einmal Justin Deas konnte sich dem gänzlich entziehen. Er kicherte geschmeichelt. Evalines Rechnung ging auf. Zumindest in dem Moment. Sie hatte Zugang zu dem jungen Sonderling gefunden.

„Ich weiß mehr, als so mancher denkt. Da haben Sie recht." Ein weiteres Kichern bestätigte Evalines Verdacht, daß Justin Deas nicht ganz „richtig im Kopf" war. „Ja ja, ich bin nicht der trottelige Justin, für den mich alle halten." In seinen Augen trat ein heimtückischer Glanz. „Der nicht mal zwei und zwei zusammenzählen kann. Das denken alle und ich lasse sie in dem Glauben... weil das besser für uns..." Er stockte, als habe er ein Geheimnis preisgegeben, sprach dann aber weiter. „Weil das besser für *mich* ist!"

Evaline fröstelte plötzlich. Der Gesichtsausdruck des Mannes hatte sich schlagartig verändert und war unversehens von einer offensichtlichen Niedertracht. Eben noch der einsiedlerische Sonderling, jetzt ein Mensch, der genau zu wissen schien, was er wollte. Der den Eindruck vermittelte, ein ganz bestimmtes Ziel vor Augen zu haben und zu verfolgen. Evaline zog die Schultern zusammen. Der jähe Stimmungswandel konnte nur einen Grund haben. In Justin Deas schienen zwei Seelen zu wohnen. War er schizophren? Sprach er deshalb im Plural?

„Die Frau auf dem Bild wurde wegen Hexerei gehängt... hier im Park... an den Tyburn Gallows...", sprach er – wie zu sich selbst – weiter.

Das Frösteln in Evaline nahm bei dem zufriedenen Klang seiner Stimme zu.

„Was die meisten aber nicht wissen, ihre Leiche hing nicht mehr an dem Galgen... im Morgengrauen", fuhr er fort.

Evaline stieß einen überraschten Laut aus. „Wurde sie denn später gefunden?"

Justin Deas schüttelte heftig den Kopf. „Niemals." Er musterte Evaline mißtrauisch. „Aber warum wollen Sie das alles wissen?"

Evaline zögerte eine Weile, entschied sich dann für die Wahrheit. Sie hätte ihm auch eine phantastische Geschichte erzählen können, aber aus irgendeinem Grund wußte sie, daß sie damit nicht weiterkam.

„Der Verrückte, wie Sie eben so treffend formuliert haben, der sich nach dem Gemälde erkundigte, ist mein Mann." Nichts sprach dagegen, wenn sie die Wahrheit ein wenig „ausschmückte". In die Richtung, in die sie ihre Beziehung mit Roderick Herrington gerne gelenkt hätte.

„Er war mehr an der Frau, die in der Galerie war, interessiert als an dem Gemälde. So hatte ich zumindest das Gefühl." In Justin Deas' Stimme schwang nun ein eindeutig schadenfroher Klang.

Evaline versetzte es einen Stich. Also steckte doch eine Frau hinter allem. Wußte ich es doch, dachte sie und fand sich und ihre Ahnung bestätigt. Sie sinnierte weiter. Vielleicht war diese Frau aus der Galerie sogar der Grund, warum Roderick ihre Beziehung beendet hatte? Evaline äußerte diese Vermutung laut, um auch die Rolle der Verlassenen zu untermauern.

Rolle? hetzte es in ihr. *Rolle? Er hat dich doch verlassen. Fallengelassen hat er dich, wie eine heiße Kartoffel. Wegen einer anderen Frau!*

Evaline konnte nur mit Mühe ihren heftig aufwallenden Zorn unterdrücken. „Und ich vermute, daß er mich wegen der Frau verließ, nach der er sich bei Ihnen erkundigt hat."

„Hm." Justin neigte den Kopf und legte nachdenklich die Stirn in Falten. „Einige Besucher behaupten – seit das Bild hier in der Galerie hängt – davor eine Frau sitzen gesehen zu haben, die der Gehängten wie ein Zwilling ähnelt." Er kicherte wieder. Dieses Mal eindeutig irrsinnig, diagnostizierte Evaline. „Dann müßte sie jetzt schon über vierhundert Jahre alt sein, wenn Ihr Mann sie auch gesehen hat. Denn damals wurde die „Dame" auf dem Portrait gehängt."

Evaline riß die Augen auf. „Das ist doch unmöglich, Mr. Deas!“ entfuhr es ihr.

Sein Gesichtsausdruck wurde verschlossener. „Das ist es keineswegs. Was wissen Sie denn schon?“ Er sah sie beinahe angewidert aus zusammengekniffenen Augen an und schüttelte fassungslos den Kopf. „Die Dummheit der Menschen ist manchmal wirklich bodenlos.“

Evaline zuckte bei der offensichtlichen Feindseligkeit, die plötzlich in seiner Stimme schwang, zusammen. Sie wollte etwas erwidern. Ihn wieder versöhnlicher stimmen, um weitere Informationen aus ihm herauszulocken. Aber er ließ sie einfach stehen und ging, immer noch abfällig vor sich hinmurmelnd, davon.

Als führe er mit einem unsichtbaren Wesen Zwiegespräche. „Du hast recht, die Menschen sind dumme Geschöpfe. Mehr noch als alle Unsterblichen.“

„Warten Sie!“ rief Evaline hinter ihm her.

Doch er beachtete sie nicht mehr. Schien ihre Anwesenheit vergessen zu haben. Er schlurfte einfach weiter. Evaline schüttelte den Kopf. Was für ein merkwürdiger Mann.

Mehr noch als das Gemälde und die mysteriöse Frau aber beschäftigte sie der Name, den Justin Deas immer wieder vor sich hingemurmelt hatte. Den er der Wesenheit gab, mit der er sich offensichtlich imaginär unterhielt: Antediluvian.

„Schön, dich endlich mal wiederzusehen, altes Haus!“ Greg streckte Roderick die Rechte entgegen, ergriff damit die des Freundes und schüttelte sie kräftig.

Roderick Herrington verzog spöttisch das Gesicht. „Wenn

du so weitermachst, stehst du gleich einem Einarmigen gegenüber. Man könnte fast meinen, wir hätten uns Jahrzehnte nicht mehr gesehen."

Greg Lane schüttelte unbeeindruckt weiter. „So kam es mir auch vor. Du hast dich ganz schön rar gemacht in letzter Zeit. Dabei hatte ich fest damit gerechnet, dich wieder häufiger zu sehen, seit du dich von dieser blondierten Nervensäge getrennt hast, die das Kunststück fertiggebracht hat, locker immer noch einen draufzusetzen... an Peinlichkeit." Er seufzte bühnenreif und ließ endlich die Hand des Freundes los. „Es war aber auch allerhöchste Zeit, daß du dieser fleischgewordenen Barbie-Puppe den Laufpaß gegeben hast."

„Na, so schlimm war Evaline nun auch wieder nicht", beschwichtigte Roderick halbherzig. Insgeheim gab er seinem Freund in allem recht, aber die Zeit mit seiner ehemaligen Geliebten war so weit weggerückt, als habe es sie nie gegeben. Seit... ja, seit ihm Dilara in der Galerie des Apsley Houses begegnet war.

„Daß du diese berechnende Person immer noch in Schutz nimmst, verstehe wer will... ich jedenfalls nicht! Das war nun wirklich *die* Klischeefrau schlechthin. Der personifizierte Blondinenwitz. Wie du dir das antun konntest, wird mir immer schleierhaft bleiben. Vor diesem Frauentyp hast du doch sonst ein Kreuz geschlagen."

Rodericks Lächeln wirkte gequält. „Vielleicht werde ich alt. Erst der personifizierte Blondinenwitz, wie du so schön sagst, und dann eine unbekannte Schöne, die iber vierhundert Jahre alt sein muß." Sein Lachen klang gezwungen. Er vermittelte überhaupt den Eindruck eines bis in die Haarspitzen angespannten Menschen.

Greg betrachtete ihn aufmerksam. Sie hatten in den schweren Ledersesseln Platz genommen, etwas abseits von dem regen

Clubtreiben, wo sie in Ruhe reden konnten. „Was ist los mit dir, Rick?“ fragte Greg besorgt.

Roderick Herrington betrachtete seine langen, schlanken Finger, legte die Fingerspitzen gegeneinander und blickte seinen Freund offen an. „Das ist eine sehr gute Frage, auf die ich leider keine klare Antwort zu geben weiß.“

„Du machst den Eindruck, als wärst du auf der Flucht.“ Greg zögerte. „Oder als hättest du deine Bodenhaftung verloren.“

„Wäre mir das zu verdenken? Ich erfahre, daß ich nicht der bin, für den ich mich immer hielt. Daß meine Eltern nicht meine Eltern waren...“

„Da gibt es noch etwas... ich habe noch etwas entdeckt“, druckste Greg herum.

Rodericks gespannte Haltung nahm zu. „Ich befürchte nichts Gutes, wenn ich deinen Gesichtsausdruck richtig deute.“

„So kann man es nicht sagen. Es ist eher... sonderbar.“

Roderick seufzte vernehmlich. „Was ist in letzter Zeit nicht sonderbar? Zumindest, wenn es um mich und mein Leben geht.“

„Und es wird immer merkwürdiger.“

„Kannst du bitte etwas weniger kryptisch reden und zum Punkt kommen!“

„Ich hab noch einige Nachforschungen über deine mögliche Herkunft durchgeführt.“

„Und was ist dabei herausgekommen?“ fragte Roderick ungeduldig.

„Du hast angeblich deine ersten drei Lebensjahre als Findelkind im Kloster Christ the King verbracht und bist dann von deinen Eltern adoptiert worden.“

„Was du immer alles herausfindest.“ Aus Rodericks Stimme klang Verwunderung. „Also stimmt es. Meine Eltern“ – er weigerte sich, sie anders zu nennen – „haben mich adoptiert.“ Er sah Greg ernst an. „Hast du sonst noch etwas herausgefunden?“

„In dem Punkt sind meine Nachforschungen im Sande verlaufen. Dafür...“

„Dafür? Du machst es aber wieder spannend.“ Roderick Herrington setzte sich kerzengerade auf. Er hielt es kaum noch in dem Sessel aus. Am liebsten wäre er aufgesprungen und nervös hin- und hergelaufen.

„Ich habe mit dem Oberhaupt der Klostergemeinschaft Kontakt aufgenommen...“

„Warum machst du das alles, Greg?“

Man sah Greg an, daß er sich unwohl fühlte. „Na ja, weil du mir leid tust... es war ja offensichtlich, wie sehr dich das alles getroffen hat... und... na ja...du kennst mich...“ Er lachte. „Ich war neugierig...“

Roderick nickte. „Das dachte ich mir. Also gut, bringen wir es hinter uns. Was hast du noch entdeckt?“

„Im Kloster geht die Mär, daß du – oder der Säugling, von dem wir annehmen, daß es sich um dich handelt, und der auf den Stufen des Klosters abgelegt wurde...“

„Das erinnert mich an einen üblen Groschenroman.“

Greg lachte auf seine herzerfrischende Art. Die Fröhlichkeit tat Roderick gut. „Ich hatte einen ähnlichen Gedanken, wenn ich ehrlich bin. Also, der Säugling, von dem wir ausgehen, daß es sich um dich handelt, wurde 1949 auf die Stufen vor das Klosterportal gelegt. Einen Tag, nachdem man John George Haigh hingerichtet hatte. In dem Tuch, in das das Kind eingewickelt war, lag ein Zettel...“

„Du machst es aber spannend.“

Greg verzog den Mund zu einem breiten Grinsen und fuhr sich mit der Hand durch das blonde, kurze Stoppelhaar. „Ich muß ja ein bißchen Spannung reinbringen.“

Roderick Herrington fiel nur zu gerne in den seichten Plauderton ein.

„Dann läute jetzt bitte den Showdown ein! Du hast mich genug auf die Folter gespannt."

„Seit wann hast du denn so schwache Nerven?" Gregs Grinsen wurde noch einen Deut breiter, soweit das überhaupt möglich war. „Du bist doch sonst immer ganz der kühle, berechnende Anwalt, den nichts aus der Ruhe bringen kann."

„Greg! Bitte!"

„Schon gut, schon gut." Greg Lane hob gespielt erschrocken die Hände. „Ich sage ja schon alles, was ich weiß!" Er nestelte umständlich ein zusammengefaltetes Blatt Papier aus seiner Jackentasche und schob es seinem Freund über den kleinen Tisch, an dem sie saßen, zu.

Roderick Herrington ergriff es zögernd. „Was kommt jetzt noch?" murmelte er, las die wenigen Zeilen des Textes und sah dann wieder auf. „Jetzt brauche ich einen doppelten Whisky!"

„Das kann ich verstehen."

„John Haigh", murmelte Roderick.

„Jawohl, alter Kumpel." Greg streckte die langen schlanken Beine von sich. „Und damit ist nicht dein heißgeliebter schottischer Whisky gemeint." Er tippte an das Glas seines Freundes.

„Sondern?"

„Der *Vampir von London*, der 1949 hingerichtet wurde." Greg begegnete beinahe mitleidig Rodericks fragendem Blick. „In dem Jahr, als du geboren wurdest." Er stieß einen belustigten Laut aus. „Du gibst mir in letzter Zeit Rätsel auf. Da kennt man einen Menschen so lange... so gut... und kennt ihn doch nicht."

„Da sind wir schon zwei." Rodericks Gesichtsausdruck verfinsterte sich. „Meinst du, ich fühle mich noch wohl in meiner Haut? Ich kenne mich selbst nicht mehr. Mir ist plötzlich, als ob ich zwei Seelen in meiner Brust hätte. Als ob mein ganzes Leben eine einzige Lüge sei."

„So dramatisch ist es ja nun auch wieder nicht. Deine Eltern haben dir schon einiges verschwiegen." Greg musterte Roderick. „Aber vielleicht war es nur zu deinem Besten. Wer weiß das schon? Und für den Rest deines Lebens bist du selbst verantwortlich, das hast du doch selbst bestimmt."

„Ja... schon... wenngleich, wer weiß das schon?" Roderick Herrington zögerte. „In letzter Zeit komme ich mir eher *fremd*bestimmt vor."

„Die Träume?" fragte Greg mitfühlend.

Roderick nickte. „Und dann diese Ungewißheit... meine Eltern... sie haben ihr Wissen mit ins Grab genommen. Ich werde die volle Wahrheit wohl nie erfahren. Das ist sehr belastend." Rodericks Stimme klang kraftlos. In den letzten Nächten hatte er kaum geschlafen, weil ihn dieser Traum wieder heimgesucht hatte.

Greg nickte. „Irgendwie scheint dein Leben aus den Fugen zu geraten, alter Freund." Er hielt einen Moment inne. „Wenn ich es recht bedenke, begann wohl alles mit der mysteriösen Frau auf dem Bild... sie hat indirekt den Stein ins Rollen gebracht... deine plötzlich mehr als fragliche Herkunft... und der Traum, von dem du mir erzählt hast... dann der Hinweis auf den Vampir von London... Ich müßte nicht einmal bei der Polizei sein, wenn mir das nicht zu denken gäbe... das ist schon alles mehr als mysteriös..."

Roderick lachte freudlos. „Um beim Thema zu bleiben, wenn du einmal *Blut geleckt* hast, läßt du so schnell nicht wieder locker. Bis du eine Antwort auf alle deine Fragen hast... das macht einen guten Polizisten aus."

Roderick starrte wieder auf das Papier in seiner Hand. „Des Leibes Leben ist im Blut!" stand dort geschrieben. Es war seine

Handschrift und doch wieder nicht. Was ihn noch mehr verunsicherte, war die Unterschrift.

„John George Haigh“, murmelte Roderick immer wieder vor sich hin. Der Klang des Namens hatte etwas Vertrautes.

Etwas furchteinflößend Vertrautes.

Dilara wälzte sich unruhig in ihrem Bett. Sie war zwar übermüdet, konnte aber dennoch nicht schlafen. Immer wieder blickte sie auf die Uhr, wünschte sich, noch etwas zur Ruhe zu kommen. Es war noch zu früh, um aufzustehen, und sie verspürte auch wenig Lust dazu. Sie mußte diese Anspannung in ihrem Innern endlich vertreiben, durfte sich nicht zum Spielball ihrer überreizten Nerven und Psyche machen.

Als löste ihre existenzielle Zerrissenheit nicht schon genug Unruhe in ihr aus, mußte sie auch noch ständig an Calvin denken. An ihn, den sie zu Beginn, als sie auf ihn aufmerksam wurde, als schnelles, leichtes Opfer auserkoren hatte. Doch sie verspürte mittlerweile den Wunsch nach mehr. Sein Blut und seine Seelenenergie reichten ihr nicht. Sie wollte etwas Dauerhaftes mit ihm, einen Bund, Zusammengehörigkeit, Vervollkommnung – Vereinigung.

Wäre da nicht die Zerrissenheit gewesen, die sie schon immer in sich getragen hatte, die ihr in die Wiege gelegt und nun durch ihr neues Dasein verstärkt wurde. Je mehr Platz sie in dem Schattenreich fand, das durch zwei Dinge Unsterblichkeit verlieh...

Blut und Seele.

Seele und Blut.

Beides gehörte selbst für eine ihrer Art zusammen, machte

sie erst möglich; im doppelten Sinne. Es war Nahrung, aber es war auch Erfüllung. Doch nicht jede Seele schwang mit der anderen im Gleichklang. Das perfekte Gegenstück zu finden, war schwer... beinahe unmöglich. Es für sich zu finden, hatte Dilara längst aufgegeben. Vor einer Ewigkeit, wie ihr schien. Dennoch brannte die Sehnsucht nach der absoluten Einheit, der Verschmelzung mit einer anderen Wesenheit, die sie ergänzte, in ihr. Immer deutlicher sprach die Stimme in ihr, daß es irgendwo jemanden geben mußte, der sie vollkommen werden ließ.

In Calvin meinte sie ihn gefunden zu haben.

Von dem Moment an, als sie sich das erste Mal gegenüberstanden, schwang etwas zwischen ihnen, das sie noch nicht benennen konnte, das aber definitiv vorhanden war. Es war ungewohnt für sie, vollkommen neu, etwas in sich zu fühlen, das einer absoluten inneren Nähe gleichkam. Nähe, die man nur einmal zu einem anderen verspürte. Oder *durch* einen anderen. Diese Nähe – selbst in der Unsterblichkeit – gerade für sie war sie wertvoll; in ihrem Dasein, das nicht von begrenzter Dauer war. Doch Calvins Leben war noch vergänglich.

Das mußte sie ändern!

Sie wollte nicht über ihren inneren Schatten springen und sich auf ihn zubewegen, nicht nur äußerlich, sondern auch innerlich – *besonders* innerlich. Sie wollte nicht eins mit ihm werden, ganz und gar, sich fallenlassen, um ihn dann irgendwann an den Tod zu verlieren. Und dann mit dem Gefühl der Amputation weiterexistieren müssen. Sie wollte diesen Phantomschmerz, der dann vorprogrammiert war, nicht.

Dann würde sie Calvin lieber in das Schattenreich holen. Mehr noch, er sollte freiwillig einer der ihren werden. Dilara benötigte das als zusätzlichen Liebesbeweis, als besondere Hingabe an sie.

In ihr wurde der Drang, Calvin an sich zu binden, immer stärker. Seit sie von dem Blut anderer lebte, waren auch ihre Sinne geschärft. Besonders die erotischen. Doch wen sie liebte, dem brachte sie den Tod. Bisher war es bestenfalls Verliebtheit gewesen. Das Gefühl der tiefen Liebe war ihr fremd wie das des Vertrauens, das Dilara bisher nur einem geschenkt hatte: Antediluvian. Wie man einem Vater vertraute, der über einen mit gütiger Strenge und Weisheit wachte. Allen anderen gegenüber verspürte Dilara Argwohn. Dem Clan der Nosferati war sie immer noch fremd und den Sterblichen in ihrer Scheinwelt gehörte sie schon lange nicht mehr an.

Doch auch das Fundament ihres Verhältnisses zu Antediluvian hatte Risse bekommen und drohte ins Wanken zu geraten. Sie wußte, daß er nicht das uneigennützige Clanoberhaupt war, dessen Anschein er sich gegeben hatte. Dilara wußte, daß er machthungrig ein ganz bestimmtes Ziel verfolgte. Und sie war die einzige, die dieses Wissen preisgeben konnte. Sie spürte seit geraumer Zeit, daß er ihr ablehnender gegenüberstand, daß er sie sorgsam im Auge behielt.

Und sie wiederum mißtraute ihm immer mehr.

Auch aus diesem Grund wäre es besser für sie gewesen, einen Gefährten zu haben, einen Verbündeten. Calvins Gesicht schob sich vor Dilaras geistiges Auge. Seine ausgeprägten Züge, die noch eine letzte Spur knabenhafter Weichheit erkennen ließen, sprachen sie an. Ebenso seine Art, seine ruhigen Gesten, aber vor allem die deutliche Sprache seiner Augen.

Sein Obolus an die Liebe, die sie ihm schenken wollte, war der Tod. Um ewig mit ihr zu leben. So aberwitzig das auch klang.

Wieder diese Gegensätzlichkeit, die sich dennoch ergänzte.

Leben und Tod.

Tod und Leben.

Das eine konnte ohne das andere nicht existieren.

So wie Dilaras Leben ohne den Tod anderer nicht mehr möglich war. In ihr klang stets das Lied des Blutes. Es sammelte sich rhythmisch in ihren beiden Lippenpaaren. Das eine feucht zum Kuß der Verdammnis geöffnet, das andere bereit zur Vereinigung.

Dilara hielt es nicht mehr in ihrem Bett. Sie glitt aus den Laken, setzte sich auf die Bettkante und ging in das Badezimmer. Dort blickte sie benommen in den Spiegel und betrachtete ihr Spiegelbild. Sie verzog geringschätzig den Mund, als sie an den Volksglauben dachte, der besagte, daß Vampire kein Spiegelbild warfen.

Eine knappe Stunde später verließ Dilara ihr Haus und machte sich auf den Weg zum Portobello-Markt. Schnellen Schrittes kämpfte sie sich dort durch das Menschengewühl auf den Buchstand zu. Schon von weitem sah sie Calvin, umringt von drei Frauen, in ein angeregtes Gespräch mit ihnen vertieft. Dilara verspürte Unbehagen angesichts der weiblichen Kundschaft. Calvin hatte einen besonderen Charme, der ankam. Charme, der nur für sie bestimmt sein sollte, beschloß Dilara in dem Augenblick, als sie die Frauen einfach beiseite schob.

„Sorry!“ murmelte sie ohne wirkliches Bedauern und verzog dann den Mund zu einem strahlenden Lächeln, das sie Calvin schenkte. Das erfreute Funkeln in seinem Blick stimmte sie sofort wieder versöhnlich. Ebenso sein jähes Desinteresse den Frauen gegenüber. Er schien deren Anwesenheit von einer Sekunde auf die andere zu vergessen.

„Dilara!“

Sie liebte die Art und Weise, wie er ihren Namen aussprach. Es klang melodisch und irgendwie zärtlich. So als streichele seine Stimme sie. Sie hätte ihm stundenlang lauschen können.

„Hallo", brachte sie nur hervor und versuchte krampfhaft die gewohnte Festigkeit ihrer Stimme zu halten. Doch sie konnte nicht verhindern, daß sich ein leichtes Zittern hineinstahl. Auch das war neu für sie, neu und verunsichernd. Sie verlor nie die Kontrolle. Nie! Doch jetzt...

„Hast du das Buch gefunden, um das ich dich gebeten habe?" Ihr Blick suchte den seinen. Auch wenn sie an diesem Tag das Licht in den Augen besonders schmerzte, hatte sie erneut auf die dunkle Brille, die sie sonst immer trug, verzichtet. Sie wollte nicht einen Blick aus Calvins Augen unerwidert lassen, wollte ihm nicht die Fenster zu ihrer Seele durch dunkle Brillengläser versperren.

Calvin griff unter den Stand, zog ein in braunes Packpapier gewickeltes Buch hervor. „Dein Wunsch war mir Befehl." Er zwinkerte ihr verschwörerisch zu. „Auch wenn es mich befremdlich stimmen sollte, daß eine derart schöne Lady so düstere Kost liest." Er zwinkerte erneut und beugte sich zu ihr herüber. „Sollte ich etwa Angst vor dir haben?"

Ja, das sollte er! kicherte es schadenfroh hinter Dilaras Stirn. *Aber der Hölle sei Dank hat er es nicht. Das macht es leichter.* Dilara lächelte geheimnisvoll. „Hast du Angst vor mir?" fragte sie in ihrer gelassenen, lasziven Art, die jetzt herausfordernd klang.

Er erwiderte ruhig und fest ihren Blick, antwortete nicht gleich, als müsse er überlegen, gar abwägen. „Angst? Vor dir? Ich glaube nicht." Er klopfte erneut auf das verpackte Buch. „Wenngleich, das ist schon straighte Kost! Wenn das alles wahr wäre, könnte man sich nachts nicht mehr sicher fühlen. Bei dem, was sich da alles herumtreiben müßte. Heavy... echt heavy..." Er schüttelte sich, als wolle er ein lästiges Insekt abwehren. Seine Haare, die er sonst zu einem strengen Zopf trug, fielen offen über seine schmalen Schultern. Erst jetzt fiel ihr auf, wie lang sie waren; sie reichten ebenso bis an die Taille wie ihre. Dilara lächelte in sich hinein, verspürte aber auch eine Regung in sich, die deutlich zeigte, daß sie auf ihn reagierte. In einer Art und Weise, die sie unsicher machte, weil sie sie in dieser Form nicht kannte. Aber gerade *das* reizte sie.

Sie drehte das Buch in den Händen, versuchte, sich darauf zu konzentrieren und Calvins Blick zu ignorieren, um ihre Fassung wiederzuerlangen.

Als ihr das nicht vollends gelang, tippte sie auf das Päckchen. „Danke!" sagte sie leise. Ihre Wangen hatten sich leicht gerötet. „Was bin ich dir dafür schuldig?"

„Ein Abendessen!" lautete die rasche Antwort. Als habe er nur darauf gewartet.

Dilara stutzte einige Sekunden. Dann warf sie den Kopf in den Nacken und lachte lauthals. „Du hältst dich nicht mit langem Vorgeplänkel auf, nicht wahr?"

Calvin sah sie ernst an. Er war überhaupt von einer erstaunlichen Strenge, bedachte man sein Alter, das sie auf Mitte bis Ende Zwanzig schätzte. „Wenn mir etwas wichtig ist, nicht."

Dilara lachte erneut. „Das gefällt mir!" gestand sie freimütig und fügte mit ihrer rauchigen Stimme hinzu: „*Du* gefällst mir!"

Sein Blick wurde eine Spur tiefgründiger. „Du mir auch. Wenngleich das sicher allen Männern so geht und du das ständig zu hören bekommst."

„Charmeur!"

Die Betitelung schien ihm nicht zu gefallen. Denn sein Blick wurde noch ernster und eine Spur frostiger. „Ich meine das so, wenn ich es sage! Du bist sehr schön, und du weißt das auch. Ich bin sicher nicht der einzige Mann, der dir das sagt."

Es erstaunte Dilara, wie selbstsicher er ihr gegenüber war. Das war sonst nicht so. Männer fühlten sich von ihr verunsichert, besonders jüngere. Sie war nicht nur schön – in dem Punkt hatte Calvin recht –, sie setzte ihre optischen Reize auch immer wieder gezielt ein. Aber selbst in dem Punkt war sie innerlich zerrissen. Denn reduzierte man sie auf ihr Äußeres, nahm sie das sehr übel.

Das „Chez Nico" war das beste französische Restaurant Londons. Dilara liebte die Fischgerichte, die eine Spezialität des Gourmettempels waren. Täglich wurden die Zutaten frisch vom Pariser Großmarkt eingeflogen, was sich nicht nur auf den Gaumen, sondern auch auf die Preise auswirkte.

Calvin hatte nicht mit der Wimper gezuckt, als Dilara das teure Restaurant für das Abendessen vorgeschlagen hatte. Er hatte es sich auch nicht nehmen lassen, sie abzuholen. Dilara wunderte sich über sich selbst, daß sie ihm verriet, wo sie lebte. Ihr altes Haus lag verborgen am Rande des Hyde Parks und vermittelte von außen einen unbewohnten Eindruck. Dicht gewachsene hohe Hecken zäunten das Grundstück ein und verwehrten vorbeigehenden Passanten neugierige Einblicke.

Calvin schien das nicht sonderlich aufzufallen. Er hatte ohnehin nur Augen für Dilara, als sie das Haus verließ und ihm entgegentrat. Sie trug ein dunkelrotes, enganliegendes Cocktailkleid aus Seide, von dem sich ihr dunkles, lockiges Haar, das sie offen trug, effektvoll abhob. Über die Schultern hatte sie eine dazu passende Stola drapiert. Durch die farblich darauf abgestimmten Handschuhe, die ihr bis über die Ellbogen reichten, und die hochhackigen, spitzen Pumps wirkte sie wie eine Schauspielerin aus den fünfziger Jahren.

Calvin schluckte. Er brachte kein Wort heraus. Sein Mund war plötzlich wie ausgetrocknet. Stumm reichte er Dilara zum Gruß die Hand, hielt diese auf dem Weg zu seinem Auto fest. Linkisch bewegte er sich neben Dilara her. So kam er sich jedenfalls vor. Er wußte später nicht einmal mehr zu sagen, wie er seinen Wagen bis zu dem Restaurant gesteuert hatte; wie sie es betraten, an dem reservierten Tisch Platz nahmen, ihre Speisen wählten und die Bestellung aufgaben.

Immer noch antwortete er einsilbig. Konnte sich nicht von ihrem Anblick losreißen.

„Du bist so still. Gefällt es dir hier nicht?“ Dilaras grüne Augen taxierten ihn. Ihr Gesicht wirkte so hell und zerbrechlich wie Porzellan. Calvin hätte es am liebsten in seine Hände genommen und mit Küssen bedeckt. Ihre Wangen... Augen... die stolz geschwungenen Augenbrauen... die vollen Lippen...

Ein leises Schwindelgefühl erfaßte ihn bei ihrem Blick. „Doch, doch“, versicherte er hastig.

Eine Spur *zu* hastig, wie sie fand. „Und warum bist du dann so schweigsam?“

Er wußte nicht, was er erwidern sollte. Sollte er sagen, daß er fasziniert von ihr war? Daß er ihr seit dem ersten Blickkontakt verfallen war? Daß er sich – gegen seine sonstige Gewohnheit – Hals über Kopf in sie verliebt hatte? Daß seither keine Sekunde vergangen war, in der er nicht an sie dachte, daß nur die Momente mit ihr für ihn zählten und sie sein Leben bereicherte – jetzt schon. Daß er mit ihr zusammen sein wollte, für immer. Daß ihn manchmal die Gier nach ihr übermannte, der Wunsch, sie zu besitzen – ganz und gar.

Nein, dachte er, all das würde abgedroschen klingen, wenn er es in Worte zu fassen versuchte, und nicht einmal ansatzweise das treffen, was in ihm vorging, wenn sie in seiner Nähe war – oder gerade dann, wenn sie es *nicht* war. Dabei brannte er darauf, ihr zu sagen, was ihn bewegte, was er fühlte, sich wünschte und von ihr erhoffte.

„Was ist mit dir?“ Dilara beugte sich nach vorn. Es sah aus, als wolle sie mit ihrer Hand nach seiner greifen.

Calvin wurde gottlob durch das Essen, das man ihnen servierte, seiner Antwort enthoben.

Er betrachtete Dilara versonnen. Wie sie an ihrem Weißwein nippte, ihn in kleinen, langsamen Schlucken trank, den Fisch entgrätete und ihn mit der Gabel zum Munde führte. Wie sie das Weißbrot brach und Zitrone über ihren Salat träufelte.

Sie war eine Genießerin. Das sah man ihr an. Sie aß und trank nicht, sie zelebrierte es. Calvin gefiel das, weil ihm das sehr ähnlich war. Er fragte sich, ob sie in allem so genußvoll war. Ob sie, wenn sie liebte, ihre Lust ebenso auskostete. Allein bei diesem Gedanken, bei der Vorstellung, wurde ihm heiß, verspürte er einen angenehmen Schwindel. Er stellte sich vor, wie sie wohl war. Nackt, verführerisch, lasziv, weich und anschmiegsam, leidenschaftlich, hingebungsvoll, wild...

Der Blick seiner dunklen Augen schien ihn zu verraten.

Dilara lachte kokett. „In deinen Kopf würde ich jetzt gerne mal einen Blick werfen. Was darin so vorgeht.“

„Warum?“

Seine Frage hatte etwas Herausforderndes, auf das sie allzu bereitwillig einging. „Vielleicht, weil ich mehr von dir wissen möchte?“

„Vielleicht?“

Sie nickte. „Vielleicht!“

„Du legst dich wohl nicht gerne fest.“ Eine Spur Enttäuschung schwang in seiner Stimme.

Dilara nickte erneut, hielt dann aber inne. „Bisher zumindest.“

Es blitzte in seinen Augen. „Bisher?“ Er musterte sie ernst. „Du hast Angst vor Gefühlen, nicht wahr? Du befürchtest, daß du – wenn du sie zuläßt – deine Unabhängigkeit verlierst und verletzlicher wirst.“

Dilara setzte zu einem weiteren Nicken an, überlegte es sich aber dann und schüttelte den Kopf. „Ich laufe jedenfalls keinem Mann hinterher, ich lasse gehen, wer gehen will. Aber das ist es nicht. Es hat einen triftigen Grund, warum ich so bin, wie ich bin.“

Calvins Lachen hatte etwas ungemein Frisches und Jungenhaftes. Es machte ihr deutlich, um wieviel älter sie wirklich war. Das versetzte ihr einen Stich, der aber durch Calvins anhaltendes Lachen wieder vertrieben wurde.

Doch er wurde rasch wieder ernst. Ergriff nun seinerseits ihre Hand, hielt sie fest und strich mit der anderen sanft über ihren Handrücken.

„Du wirst die Liebe nie kennenlernen, wenn du dich ihr nicht hingibst, Dilara.“

„Ich weiß!“ Sie zögerte einen Augenblick, und ihre Miene blieb unbewegt. Dafür wurde der Blick, den sie ihm schenkte, tiefgründiger. „Ich bin anders als andere Frauen... anders als du denkst.“

„Ich weiß!“ sagte nun auch er.

Sie lachte leise, mit einer Spur von Trauer. „Nein, du weißt es eben leider *nicht*.“ Ihre melancholischen Augen schimmerten verräterisch feucht.

Calvin strich ihr mit der Rechten sanft über die Wange. „Was ist mit dir?“ fragte er besorgt. „Ist es denn nicht wundervoll, daß wir uns begegnet sind?“

Dilara nickte stumm.

„Spürst du es nicht? Was zwischen uns schwingt?“

Wieder nickte Dilara.

„Was stimmt dich dann so traurig?“

„Daß ich dich eigentlich nicht lieben darf“, sagte sie schlicht.

Calvin beugte sich über den Tisch. Sein Gesicht näherte sich dem ihren. „Tust du es nicht bereits?“ fragte er leise und küßte sie zärtlich.

„Ja“, flüsterte sie, als sich seine Lippen wieder von den ihren lösten. „Doch wen ich liebe, dem bringe ich den Tod.“

Sie erwartete, daß er ihre Worte ins Lächerliche ziehen würde. Doch er tat es nicht. Wieder berührte sein Mund den ihren. Kaum wahrnehmbar, wie eine sanfte Brise, aber gerade dadurch um so intensiver.

„Ich werde ihn in Kauf nehmen, denn ich möchte lieber mit oder durch dich sterben, als ohne dich zu leben.“

Höllenbrut - Carpe noctem
(Nutze die Nacht)

Dilara rannte... sie rannte um ihr Leben. Sie wußte zwar nicht, wovor sie floh oder vor wem, aber sie spürte die Anwesenheit einer Kraft, die ihr nicht wohlgesonnen war.

Dilara lauschte elektrisiert in die Dunkelheit, um auszumachen, aus welcher Richtung sich die Bedrohung näherte.

Doch da war nur Stille. Kein einziger verräterischer Laut war zu vernehmen. Doch da! Dilara hörte ihren rasselnden Atem, der von einem tuberkulös klingenden Keuchen begleitet wurde. Ihr Herz hämmerte hart und schmerzhaft in ihrem Brustkorb. Sie war bis an die Grenzen ihrer körperlichen Belastbarkeit gegangen. Doch nun waren ihre Kraftreserven allmählich verbraucht.

Dilara blieb stehen und schöpfte tief Atem.

Hatte sie ihre Verfolger abgeschüttelt?

Bevor sie sich diese Frage beantworten konnte, fiel ein absonderlicher Schatten über sie. Einer, dessen Silhouette Assoziationen an eine bekannte Gestalt in ihr weckte. Dilara blickte sich irritiert um. Das vage Gefühl der Gefahr stieg wieder in ihr auf. Sie zuckte heftig zusammen, als sie wahrnahm, daß dem Schatten kleinere, verkrüppelte Schemen folgten. Es waren Nosferati. Mitglieder ihres Clans. Sie flossen bizarr verzerrt näher und näher, hüllten sie ein und nahmen Dilara mit sich fort. Etwas Bedrohliches ging von ihnen aus. Panik stieg in Dilara auf. Panik, die sie sich nicht erklären konnte. Sie war eine von ihnen. Und dennoch... etwas hatte sich verändert. Etwas Wesentliches war anders geworden.

Dilara hatte keine Gelegenheit mehr, weiter darüber nachzudenken. Sie tauchten in die Finsternis ein, die sie feuchtkalt in sich aufnahm.

Doch wohin brachte man sie?

Dilara mobilisierte ihre allerletzte Energie, versuchte sich durch heftige Bewegungen der Umklammerung zu entziehen und zu befreien. Doch es gelang ihr nicht. Es war, als ob hunderte Hände sie festhielten. Hände mit langen, scharfen, spitzen, fast krallenartigen Nägeln, die sich erbarmungslos durch ihre Haut in ihr Fleisch gruben und ihr unzählige kleine Wunden zufügten.

Dilara schrie leise auf.

Doch sie wurde weitergezerrt. Grob, ohne Rücksicht darauf, daß sich der lange, zipfelig geschnittene Rock, den sie trug, immer wieder im Buschwerk, das den Weg säumte, verfing. Dünne Äste peitschten ihr Gesicht. Dilara spürte den Schmerz kaum. Ihre Aufmerksamkeit wurde auf etwas anderes gelenkt. Sie glaubte ein Wispern um sich herum zu vernehmen. Wortfetzen wie Verräterin... Abtrünnige... drangen an ihr Ohr.

Was wollten die Nosferati von ihr? Vor allem, warum schlug ihr plötzlich so viel Feindseligkeit von ihnen entgegen? Die Clanmitglieder waren sonst loyal gegen die Ihren, und Dilara hatte sich nichts zuschulden kommen lassen. Oder doch? Hatte sie sich in letzter Zeit nicht immer häufiger gegen Antediluvian aufgelehnt? Gegen seine Machtstellung und Einflußnahme?

Ja, sie hatte begonnen, ihre Zukunft selbst in die Hand zu nehmen. Aber das war ihr gutes Recht. Wer wollte schon nach den Regeln eines anderen leben? Selbst wenn er ihr eben jenes Leben auf ewig geschenkt hatte. Aber der Preis dafür war ihr längst zu hoch. Sie wollte nicht länger Antediluvians Marionette sein.

Dilara wußte, daß sie sich in Gefahr begab, wenn sie sich allzu offen dem Urahnen widersetzte. Der Verbund der Nosferati glich dem eines Rattenheers. Er lebte nach dem Gesetz der Sippe, die ihn stärkte. Je mehr sich zusammenscharten und je enger ihre Gemeinschaft war, desto sicherer waren sie, und um so besser konnten sie dem Feind trotzen. Jeder, der aus dem Gefüge ausscherte, wurde automatisch auch zu einem solchen...

Doch was war daran verwerflich? Was war daran falsch, eigene Wege zu beschreiten?

Das Mondlicht fiel in langen, dünnen Bahnen auf Dilara und die Schatten, wanderte in Richtung der unwirklich anmutenden Gestalt, der alle mit zunehmender Geschwindigkeit entgegenstrebten.

Die Schöße seines langen Mantels flatterten im Wind. Seine Gesichtszüge konnte sie nur erahnen, aber dennoch erkannte sie ihn sofort. Es war Antediluvian, der sich ihrer zu entledigen trachtete.

Nur das war Sinn und Zweck ihrer Entführung. Dessen war sich Dilara mittlerweile sicher. Aber sie würde nicht kampflos aufgeben. Würde sich ihm und seinem Gefolge widersetzen.

Dilaras Blick wanderte suchend umher, durchforschte die Dunkelheit nach einem Fluchtweg, nach einer Möglichkeit, doch noch zu entkommen.

Hinter Antediluvian erhob sich der Glockenturm des Big Bens. Er schien in den düsteren Himmel zu wachsen. Nun ahnte Dilara, wohin man sie brachte: vor den Rat der Alten, der in den Katakomben unter dem Glockenturm seine Zusammenkünfte hatte.

Eine Windbö erfaßte Dilaras Haar und wirbelte ihr einige Strähnen ins Gesicht. Sie strich sie mit einer provokativen Geste wieder zurück und maß Antediluvian mit feindseligen Blicken. Versuchte eine gewisse Festigkeit hineinzulegen, um sich ihre Angst nicht anmerken zu lassen.

Doch sie wußten beide, daß sie ihm im Endeffekt nicht gewachsen war. Noch nicht, dachte sie aufsässig. Sollte sie sich diesem nächtlichen Überfall entziehen können, würde sich *das ändern. Würde sie Antediluvian endgültig trotzen. Es war an der Zeit! Es war allerhöchste Zeit.*

Der Ur-Nosferatu lächelte auf eine heimtückische und siegessichere Weise.

Das vertrieb Dilaras Angst schlagartig und machte sie wütend. Sie würde es ihm zeigen! Sie wehrte sich heftiger, auch wenn sie wußte, daß das sinnlos war. Als die Schatten sie, wie um ihre Macht zu demonstrieren, wieder fester umfingen, gab sie ihren Widerstand erst einmal auf und ließ sich mit ihnen treiben – dem Glockenturm entgegen, in dem Big Ben die Mitternacht ankündigte.

Beim letzten Glockenschlag übertraten sie die Grenze des dunklen Reiches, das vom Tode beherrscht wurde. Über diesem Hort der Schatten schwebte eine satte Blutwolke in der Luft. Da waren verkrüppelte, geduckte Schemen, die in allen Ecken auf sie lauerten... alle tasteten nach ihr... zerrten an ihr... fuhren in ihr Haar... rissen daran...

Dilara schrie auf und schlug wild um sich. Doch die Hände mit den dolchartigen Nägeln griffen immer wieder nach ihr... in sie... bald schon hingen ihr Rock und Oberteil in Fetzen... fielen gänzlich von ihr ab... nackt und schutzlos war Dilara den Angriffen ausgeliefert... der Unersättlichen... der Blutdurstigen... sie hörte ihr Raunen... spürte ihren Atem... fühlte ihre Lippen... ihre Zähne, die sich immer heftiger in ihr verbissen...

Dilara wachte mit einem erstickten Schrei auf und fuhr jäh in ihrem Bett hoch. Sie saß minutenlang regungslos da, bis sie erkannte, daß sie geträumt hatte. Wie zur Bestätigung tastete sie über ihre unversehrte Haut an Hals und Armen. Sie wies keinen Kratzer, keine einzige Wunde auf.

Dilara atmete erleichtert auf, ließ sich erneut in die Kissen zurücksinken und blieb eine Weile gedankenverloren liegen. Der Traum hatte wie jeder andere eine Bedeutung, eine *besondere* Bedeutung. Er war wie eine Warnung, und Dilara gedachte nicht, diese zu mißachten.

Antediluvian, dachte sie, was führst du im Schilde?

War ihr Mißtrauen ihm gegenüber gerechtfertigt? Dilara war sich beinahe sicher. Aber eben nur beinahe. Ein Rest der alten Gewogenheit, der Dankbarkeit, die sie immer noch unterschwellig empfand, weil er sie vom Galgen – an den er sie zuvor gebracht hatte – und dem sicheren Tod gerettet hatte, glomm wieder in ihr auf.

Aber das lag Ewigkeiten zurück.

Ewigkeiten der Manipulation durch ihn.

Die Wut auf ihn stieg wieder in ihr auf. Sie mußte und würde ihm zeigen, daß sie stärker war, als er in seiner Arroganz und durch den sicheren Rückhalt des Nosferati-Clans dachte.

Sie war schon in ihrem Leben als Sterbliche eine unabhängige Kämpfernatur gewesen. Eine Frau, die sich nicht den Normen und den Regeln anderer unterwarf. Und seit sie das Bild der Frau, die ihr wie ein Zwilling glich, in der Schattenchronik gesehen hatte, fragte sich Dilara, ob sie nicht auch schon vorher existiert hatte. Auch wenn sie die dunkle Mauer der Vergangenheit noch nicht durchdringen konnte, so war es ihr gerade in letzter Zeit, als wolle sich ein Stück einer uralten Wesenheit in ihr zu neuem Leben entwickeln. Besonders, seit Antediluvian eine Gefahr für sie darstellte, wuchs etwas in ihr, was sich gegen ihn behaupten wollte. Ganz so, als wäre es ihm nicht erlaubt, über sie zu befehligen – als müsse es umgekehrt sein. Dilara war es, als stünden sie am Anfang eines Kampfes, der schon vor Urzeiten vorherbestimmt worden war und vielleicht schon begonnen hatte. Doch Dilara wußte noch zu wenig über ihre eigene Identität, und ihr wurde immer deutlicher bewußt, daß sie an die Schattenchronik gelangen mußte, um mehr Aufschluß über sich zu erhalten.

Antediluvian, blitzte es hinter ihrer Stirn auf; *wie es den Eindruck erweckt, willst du mich vernichten.* Dilara brauchte Gewißheit. Gewißheit über das, was Antediluvian im Schilde führte.

Noch spürte sie Furcht in sich. Furcht vor ihm und seinem Machtpotential, das er als Oberhaupt des Nosferati-Clans innehatte und ausübte. Aber von dieser Furcht mußte sie sich befreien, weil sie sie lähmte.

Dilara warf die Decke mit einem ungestümen Ruck zur Seite. So heftig, daß das edle Seidenlaken zu Boden glitt.

„So leicht mache ich es dir nicht, Antediluvian!“ murmelte sie rebellisch und verließ das Bett.

„Wie hast du das letztens eigentlich im „Chez Nico“ gemeint?“ Calvin sah Dilara aufmerksam an.

„Was?“ lautete ihre einsilbige Gegenfrage. Mehr, um Zeit zu schinden, als aus Unwissenheit, denn sie wußte auf Anhieb, was Calvin meinte. Ein Thema, das zwischen ihnen angesprochen werden mußte, das unausweichlich war, wenn er ihre Ewigkeit teilen sollte. Es gab nichts, was sie sich mehr wünschte, aber es barg auch Gefahren. Allen voran das Risiko der Offenbarung. Sie mußte sich ihm öffnen, ihn in ihr Geheimnis einweihen und somit sich selbst in Gefahr bringen. Aber sie würde das Wagnis eingehen!

Doch auch für Calvin würde sich wesentliches ändern, wenn er sich entschloß, an ihrer Seite zu bleiben. Sie mußte ihn in die Mysterien der menschlichen Seele und des Lebens einweisen und darüber hinaus auch in das Phänomen des Todes, das vielen Menschen verschlossen blieb, das aber für ihre Art *lebenserhaltend* war.

„Daß du dem, den du liebst, den Tod bringst." Calvin musterte sie eindringlich und erwartungsvoll. Sein Blick drang ihr bis ins Mark. „Kannst du mir bitte mal erklären, was du damit gemeint hast? Mir fiel sofort das Buch ein, das ich dir besorgen sollte und das..." Er stockte. „... schon sehr sonderbar war. Zugegeben, Vampirbücher und sonstiger Kram erleben ja gerade wieder einen Boom, aber dieses..." Er musterte sie erneut. „Ich hoffe, das hat nicht auf dich abgefärbt. Bei deiner Bemerkung, daß du den Tod bringst, drängte sich mir der Verdacht förmlich auf." Er verzog den Mund zu einem jungenhaften Lächeln. Doch diesmal wirkte es etwas verkrampft und aufgesetzt.

Dilara wich seinem Blick aus und senkte den ihrigen. „Ich bin anders, als..." begann sie, wurde aber von Calvin unterbrochen.

„Ich weiß, daß du anders als andere Frauen bist. Das ist ja gerade das Reizvolle an dir." Er schenkte ihr ein charmantes Lächeln, das Pole schmelzen konnte. „Du vereinigst alles in einem: Verstand, Schönheit, Sexappeal, Verletzlichkeit..."

„Hör auf!" sagte sie scharf.

Calvins Augenbraue hob sich zu einem spitzen Dreieck. Er schätzte es nicht, wenn sie ihm ins Wort fiel. Er schätzte es *ganz und gar* nicht. Das konnte sie an seinem Gesichtsausdruck deutlich ablesen. Er öffnete den Mund zu einer scharfen Erwiderung, so wie er es stets zu tun pflegte, wenn ihn etwas ärgerte.

Dilara ignorierte es. Auch wenn es sie sonst ansprach, geradezu in Erregung versetzte, wenn er so unerbittlich darin war, seine Wertvorstellungen zu vertreten, oder wenn er mit ihr uneins war. Es hatte etwas ungeheuer Erotisches, wenn er vehement wurde.

„Darum geht es nicht, Cal“, sagte sie sanft. „Es hat mit mir als...“, sie zögerte, den Begriff auszusprechen. „Mensch... zu tun.“

In seinen dunklen Augen blitzte es auf. Dilara sah ihm deutlich an, daß er sich nur mit allergrößter Mühe beherrschen konnte. Sein Gesichtsausdruck zeigte deutlich, daß er kurz davor war, die Fassung zu verlieren. Sie wußte, wie sehr er es haßte, wenn sie kryptisch daherkam, wie er sich auszudrücken pflegte. Wenn sie sich nur in Andeutungen verlor, eine Marotte, die zu ihr gehörte wie das jähe In-sich-Zurückziehen, wenn er ihr ungewollt zu nahe trat. Dilara neigte dazu, dann von einer Sekunde auf die andere mitten im Gespräch zu verstummen, und niemand kam mehr an sie heran. Zugleich neigte sie zu konfusen Gedankensprüngen, denen die wenigsten hätten folgen können. Calvin gelang beides, was Dilara glücklich machte. Er war der einzige, der sie nach dem Verstummen erreichte, und ihren Gedankensprüngen war er oft sogar etliche Schritte voraus, weil sie ihm ebenso zu eigen waren. Das verband sie über die Faszination hinaus, die sie füreinander verspürten, und die emotionalen und erotischen Schwingungen zwischen ihnen.

Calvin beugte sich nach vorn. Wie immer war er völlig schwarz gekleidet – so wie sie. Noch etwas, das sie gemeinsam hatten – wie so vieles. In den ersten Tagen und Wochen ihres Kennenlernens waren ihnen immer mehr Punkte aufgefallen, die sie gemeinsam hatten und die sie verbanden.

Calvin strich ihr das lockige Haar aus der Stirn, küßte diese sanft und streichelte Dilaras Wangen.

„Was ist so anders an dir?“ Seine Stimme war dunkel und heiser. „Sag es mir! Bitte!“

Dilara nickte entschlossen, setzte sich kerzengerade auf und schob Calvin von sich. „Du hast recht“, sagte sie. „Und du sollst alles wissen...“ Sie stockte. „Auch wenn es mein Ende ist.“ Sie sah ihm an, daß er etwas Scherzhaftes erwidern wollte, doch ihr ernster Blick hielt ihn dann doch davon ab.

„Ich bin ganz Ohr. Du kannst mir vertrauen.“

„Ich weiß,“ sagte sie schlicht, was dem mehr Gewicht verlieh. „Aber vorher muß ich dir etwas zeigen.“

Calvin sprang auf. Er war ohnehin ein unruhiger Typ und saß nie lange still. Oft lief er während ihrer Gespräche vor ihr auf und ab, wenngleich ihre Ruhe, die ihn so faszinierte und anzog, schon ein wenig auf ihn abgefärbt hatte.

„Dann los!“ forderte er sie auf.

Dilara lächelte. Sie liebte seine jugendliche Spontaneität und die Ungezügeltheit, die ihn hin und wieder befiel. Sie stand auf und blieb dicht vor ihm stehen. Wie immer, wenn sie sich ihm näherte, konnte er nicht widerstehen, griff nach ihr und zog sie fest an sich. Seine Hände wanderten ihre Taille entlang, über ihren Rücken und hinauf in den Nacken.

Sie liebte es, wenn er ihn streichelte.

Wenn er *sie* streichelte.

Aber in diesem Augenblick waren ihre Gedanken ganz woanders, und sie waren düster und aufgewühlt bei der Vorstellung, wie Calvin auf das, was sie ihm zeigen wollte, reagieren würde.

Sein Gesicht näherte sich dem ihren, vergrub sich in ihren Haaren und preßte sich an ihren Hals. „Was willst du mir zeigen?“ murmelte er, während seine Lippen spielerisch über ihre Haut fuhren.

„Das wirst du sehen.“ Dilaras Körper versteifte sich. Mit Bedauern löste sie sich aus Calvins Umarmung, blickte über seine Schultern hinweg unruhig zum Fenster. Es dunkelte bereits, aber es war noch zu früh. Ein Blick auf die Uhr zeigte, daß es genaugenommen noch knapp vier Stunden zu früh war für das, was sie ihm zeigen wollte. „Wir gehen später los", sagte sie mit einem Mal wortkarg. „Um Mitternacht."

Evaline war es trotz aller Bemühungen immer noch nicht gelungen, an Roderick Herrington heranzukommen. Mittlerweile hatte er sich völlig von der Außenwelt abgeschottet, so daß ihn nur noch das Telefon und seine Internetverbindung damit verbanden. Doch er reagierte immer noch nicht auf ihre Anrufe und Nachrichten. Evaline wußte, daß er sie erhalten hatte, so wie sie wußte, daß er sie absichtlich ignorierte.

Längst waren ihre Wut und Eifersucht auf die unbekannte Frau einer ehrlichen Sorge um das Wohlergehen ihres ehemaligen Geliebten gewichen. Darüber hinaus war sie neugierig geworden. Und das war bei einer Frau ihres Schlages eine nicht zu unterschätzende Triebfeder. Sie war neugierig darauf, mehr über die Frau, das Portrait und Justin Deas zu erfahren... und Antediluvian. Wer oder was das auch immer war.

Evaline hatte lange darüber nachgedacht, wie sie möglichst schnell und umfangreich an Informationen gelangen konnte, und war schlußendlich auf die Idee gekommen, Rodericks Freund Greg anzurufen. Sie wußte zwar, daß er sie nicht leiden konnte, aber er war bisher höflich genug gewesen, es ihr nicht deutlich zu zeigen.

Evaline rief Greg an, erzählte ihm von ihren Sorgen um Roderick, und da Greg sie teilte, hörte er ihr zu. Von ihm erfuhr sie dann auch, wer die Frau auf dem Portrait war, was Evaline zwar interessant, aber weniger spektakulär fand. Was sie über Justin Deas zu hören bekam, dafür um so mehr.

„Er war fast fünf Jahre in einer Nervenheilanstalt“, wußte Greg zu berichten.

Eine Auskunft, die Evaline nicht erstaunte. „Das wundert mich nicht. Er machte auf mich einen etwas *abgehobenen* Eindruck.“ Sie lachte geziert. „Um es vorsichtig zu formulieren.“

Greg erzählte ihr, daß Justin Deas als geheilt entlassen worden war und durch ein Sozialprogramm in der Galerie des Apsley Houses eine Anstellung gefunden hatte.

„Ich hörte allerdings, daß er immer noch als verschroben gilt und sich einbildet, mit einer *höheren Macht* oder ähnlichem in Verbindung zu stehen und ständig Zwiegespräche damit führt.“

Wieder erklang Evalines gekünsteltes Lachen. „Eine Kostprobe habe ich auch schon davon erhalten. Ich muß gestehen, das war sehr beeindruckend.“ Sie zögerte einen Moment, entschloß sich dann aber doch, die Frage an Greg zu richten, die ihr auf der Seele brannte. „Sagt dir der Name Antediluvian etwas, Greg?“

„Nein!“ lautete die prompte Antwort. „Aber ich werde versuchen, es herausfinden!“

So kritisch Evalines Meinung über Rodericks homosexuellen Freund auch war, das glaubte sie ihm aufs Wort. Dennoch hegte sie Zweifel, ob er erfolgreich sein würde.

Sie hasteten Hand in Hand durch die Dunkelheit. Dilara lief so schnell – und immer einen Schritt voraus –, daß Calvin kaum mit ihr Schritt halten konnte.

„Wozu die Eile?“ fragte er keuchend und versuchte das Tempo etwas zu drosseln, indem er Dilara zurückhielt.

Sie antwortete jedoch nicht und lief wie ferngesteuert weiter, den Blick immer starr auf einen imaginären Punkt in der Dunkelheit fixiert, auf den sie zuzueilen schien. Calvin beobachtete mit Sorge die Veränderung, die mit ihr vorgegangen war. Da war plötzlich etwas Fremdes an ihr. Es umgab sie wie eine düstere Aura. Als ob sie in einen Mantel geschlüpft sei, der auch ihre Persönlichkeit verändert hatte. Kälte ging von ihr aus. Kälte und etwas Unheimliches. Etwas, das Calvin Angst machte. Mit jedem Schritt war ihm, als nähere er sich etwas Dunklem, einer negativen Energie, die ihn gleichermaßen warnte und anzog. Dabei gehörte er nicht zu den ängstlichen Menschen. Er hatte schon immer den Reiz des Dunklen und somit auch der Nacht empfunden und wußte, daß es bei Dilara ebenso war.

Aus dem Grund trafen sie sich beinahe nur abends und nachts. Es erstaunte ihn nicht, als sie schon sehr bald nach ihrem ersten Treffen diese Bitte äußerte. Im Grunde kam das seinem Empfinden und seinem inneren Rhythmus sehr nahe und mehr als gelegen.

Doch nun fragte er sich erstmals, ob es noch einen anderen Grund für ihre Bitte gab. Einen abwegigen, aber dennoch naheliegenden Grund. Die Bücher fielen ihm wieder ein. Zwei Bücher, die er ihr besorgt hatte. Das eine über die Blutopfer der Azteken, das andere gab über Vampire Aufschluß, die besonders hier in London angeblich ihr Unwesen getrieben hatten und immer noch treiben sollten.

Calvin hatte in diesem Werk gelesen, bevor er es an Dilara weitergab, und einige Stellen des Inhaltes waren ihm im Gedächtnis haften geblieben. Besonders das Kapitel über den Aberglauben, der über die Blutsauger und Seelenvampire herrschte, hatte ihn interessiert, weil es aufzudecken versuchte, daß es Vampiren sehr wohl möglich war, ihr Unwesen auch bei Tageslicht zu treiben. Und daß weder Holzpflock noch Weihwasser oder Kreuz sie bannen oder gar vernichten konnten.

Während Calvin hinter Dilara, die mittlerweile seine Hand losgelassen hatte, herrannte, versuchte er all die Ungewöhnlichkeiten, die Dilara ausmachten, zusammenzufassen, und er kam zu dem Schluß, daß eigentlich nichts an ihr „normal“ war. Nichts an ihrem Verhalten und ihrer facettenreichen und teilweise sehr widersprüchlichen Persönlichkeit.

Ohne es zu bemerken, war Calvin langsamer geworden. Erst jetzt fiel ihm auf, wie neblig-kalt es war. Es war eine typische Londoner Nacht: feucht, dunstig und von einer Kühle, die beim Atmen unangenehm in den Lungen schmerzte. Vor allem, wenn man in so einem Tempo durch die Gegend läuft, dachte Calvin mißmutig und verfluchte sich, daß er nie Sport getrieben hatte und über eine mehr als schlechte Kondition verfügte. Letzteres konnte man von Dilara nicht gerade sagen. Mit rosigen Wangen drehte sie sich im Laufen zu ihm um und fragte mit blitzenden Augen: „Was ist? Warum folgst du mir nicht?“ In ihrer Stimme lag ein herrischer Ton, den er noch nie bei ihr gehört hatte.

„Weil ich keine Flügel habe!“ Calvin machte aus seiner Verärgerung keinen Hehl. „Man könnte fast meinen, wir wären auf der Flucht. Gibt es da etwas, das du mir sagen solltest? Du hast doch nicht etwa eine Bank überfallen?“ fragte er in dem krampfhaften Bemühen, einen Scherz zu machen.

Dilara wedelte ungeduldig mit einer Hand vor seinem Gesicht. So ruhig sie auch ansonsten war, so temperamentvoll konnte sie mitunter sein, wenn sie zornig oder – wie jetzt – ungeduldig war. Auch letzteres verband sie: die Ungeduld. Was mitunter ein Problem darstellte, wenn sie es beide zur selben Zeit waren.

Calvin lächelte breit, als er sie jetzt so sah. Sie war wunderschön – mit ihrem wilden Temperament, dem Unangepaßtsein und vor allem ihrer Art, wie sie ihn ansah, so als blicke sie bis tief in seine Seele. Er wußte, daß sie nur *ihn* so ansah. Das machte ihn stolz und glücklich. Immer noch verspürte er dieses fassungslose Staunen, daß eine Frau wie sie sich ausgerechnet in ihn verliebt hatte. Denn daß sie es hatte, wußte er seit ihrem Abendessen im „Chez Nico". Immer noch konnte er sein Glück kaum fassen. Und immer noch hatte er Verlustängste. Der Gedanke oder alleine die Vorstellung, ohne sie sein Dasein zu fristen, war unerträglich. Er wußte, er konnte sein bisheriges Leben nicht weiterführen – ohne sie.

Dilara war nun wie er stehengeblieben und lächelte ihn amüsiert an. „Du mußt aber finstere Gedanken hegen, deinem Gesichtsausdruck nach zu urteilen." Übermütiger Schalk blitzte in ihren Augen. „Hast du etwa Angst, daß ich dich in eine dunkle Ecke zerre und über dich herfalle?" Sie klapperte bühnenreif mit dem Gebiß. Erst jetzt fielen ihm ihre spitzen Schneidezähne auf. Ein Frösteln überfiel ihn, für das er sich augenblicklich schalt. Er war doch sonst kein Hasenfuß. „Und dir in deinen knackigen Hals beiße... und dich aussauge... so lange, bis kein einziger Blutstropfen mehr in dir ist."

Sie sah, wie sein Mienenspiel entglitt. „So schlimm wird es wohl nicht sein."

Ihr Lächeln verschwand von einer Sekunde auf die andere, und sie ergriff wieder seine Hand und zog ihn mit sich fort, nachdem sie ihm leise zugeraunt hatte. „Vielleicht ist es sogar noch viel schlimmer."

Ihre letzten Worte hallten in Calvins Kopf und setzten sich darin fest. Das Buch, dachte er, das Buch über die Vampire! War es ein Zufall, daß Dilara gerade den Scherz machte, der so sehr zum Inhalt dieses Buches paßte?

Schweigend ging er mit schnellen Schritten hinter ihr her und glich sein Tempo nun klaglos ihrer Geschwindigkeit an. Er brannte darauf, zu erfahren, wohin sie ihn so eilig brachte, und folgte ihr nicht nur aus Neugier, sondern auch in der Hoffnung, mehr Aufschluß über Dilara und ihr Leben zu gewinnen. Ich bringe denen den Tod, die ich liebe, hatte sie gesagt.

Wie sich alles zusammenfügte!

Zusammenfügte?

Calvin schalt sich, kaum daß er den Gedanken zu Ende geführt hatte, augenblicklich einen Phantasten. Er hatte eindeutig zu viele Dark Fantasy-Bücher gelesen. Doch diese naheliegende Erklärung beruhigte ihn nicht, denn alles, was er bisher mit Dilara erlebt, was er an ihr beobachtet hatte, entsprach der Realität und entsprang keiner Schriftstellerfeder.

Calvin keuchte. Allmählich ging ihm der Atem aus. Zu allem Überfluß bekam er auch noch heftige Seitenstiche. Wie er das haßte, derart zu schwächeln. Womöglich noch vor Dilara. Das würde er sich niemals verzeihen. Reiß dich zusammen, forderte er sich selbst verbissen auf, du willst dich vor ihr doch nicht bis auf die Knochen blamieren.

Dilara schien ein Einsehen zu haben. Endlich verlangsamte sie ihren Schritt. Wenig später wußte Calvin auch, daß sie das nicht aus Rücksichtnahme auf ihn tat.

„Wir sind da!“ verkündete sie.

Schatten lagen über der Welt. Schatten, die ihn wieder heraustrieben... aus seinem Penthouse... und in den Hyde Park.

Dort wartete die finstere Nacht.

Schnell hatte er sein nächstes Opfer ausgemacht, aufgespürt und mit seinem gespielt freundlichen und weltmännischen Auftreten in ein Gespräch verwickelt. Wortgewandt flirtete er mit ihr, umgarnte sie und registrierte erfreut und mit steigender Wollust, daß er sie schon gewonnen und sie somit ihr Leben verloren hatte. Sie fühlte sich geschmeichelt. Männer seiner Art interessierten sich sonst nicht für sie. Als er den Arm um ihre Taille legte, sie tiefer in die Dunkelheit führte und küßte, wehrte sie sich nicht. Er preßte sie fest an sich. Dieses junge, ahnungslose Ding mit den naiven Vergißmeinnicht-Augen. Seine Hände legten sich plötzlich wie Schraubstöcke um ihren schlanken Hals, schnürten ihr brutal Atem und Blutzufuhr ab. Erkennen und Erschrecken traten in ihre Augen. Sie versuchte sich aus seinem Klammergriff zu befreien, versuchte zu schreien... doch seine Hand legte sich blitzschnell auf ihren Mund, verschloß ihn und erstickte jeden Laut, der aus ihrer Kehle dringen wollte. Aber sie gab noch nicht auf und trat um sich, traf sein Schienbein, versuchte ihn in den Schritt zu treten. Das gelang ihr nicht, doch ihre heftigen Bewegungen brachten sie beide zu Fall, was ihr Todesurteil endgültig besiegelte, als er mit seinem vollen Gewicht auf sie fiel. Sie zappelte einige bebende Atemzüge lang wie ein Beutetier unter ihm. Doch er hielt sie fest. So fest, daß er ihre Knochen knirschen hörte. Er küßte gierig ihren Hals, den seine Hände wieder freigegeben hatten. Sie fuhr wie elektrisiert zusammen durch die Intensität dieses Kusses, aber auch von der Vorahnung ergriffen, daß Böses folgen würde. Sein Mund wanderte ihre Halsschlagader entlang. Küßte beinahe sanft ihre Haut... ihr Fleisch... dieses weiße, junge Fleisch. Er erzitterte vor Be-

gierde, fühlte das Pochen ihres Pulses unter seinen Lippen und geriet in den Rausch, nach dem es ihn beinahe Nacht für Nacht gelüstete. Wie er das liebte... wie er ihn liebte... diesen Lebensnerv. Sein Mund öffnete sich, gab seine Zähne frei... und er biß hinein... in dieses warme Fleisch – und verbiß sich darin wie eine Kanalratte. Endlich... endlich spürte er das frische Blut zwischen seinen Lippen und Zähnen. Die junge Frau bäumte sich auf, kämpfte immer noch gegen ihn an. Wie töricht sie doch war. Sie hatte sich immer noch nicht vor Augen geführt, daß sie ihm auf Gedeih und Verderb ausgeliefert war. Er fühlte beinahe Dankbarkeit in sich, daß sie die Einzigartigkeit dieses Moments nicht schmälerte, indem sie sich ihm verbal widersetzte. Indem sie durch hysterische Stimmgewalt den Zauber des Augenblicks verjagte, wenn er ihren krampfartigen Todestanz unter sich spürte, die orgasmischen Wellen ihres Dahinsiechens. Seine Hand hatte sich längst von ihrem Mund gelöst, doch sie stand zu sehr unter Schock und brachte längst kein Wort, keinen einzigen Schrei mehr hervor. Ihre Befreiungsversuche waren nur noch rein mechanisch und ließen schon an Kraft vermissen. Er konnte sich nicht von dem Aderlaß lösen, den er ihr bereitet hatte. Ekstatisch leckte er an der Wunde, die er ihr zugefügt hatte, nahm gierig jeden Blutstropfen in sich auf und schluckte den süßmundigen Lebenssaft lüstern hinunter... so lange, bis er ihm schwächer und schwächer entgegensprudelte. Bis er schließlich völlig versiegte. Die Zuckungen des Opfers ließen nach, es wurde schlaff in seinen Armen und ruhte dann still an seiner Brust. Als habe es sich diesen Platz selbst ausgesucht, um seinen letzten Lebenshauch auszuatmen.

Er ließ die regungslose Gestalt beinahe liebevoll zu Boden sinken, hatte sie ihm doch die Erfüllung seiner Genüsse geschenkt. Er wollte sie – wie alle die anderen – betrachten. Ihr

Gesicht, ihre gebrochenen Augen, die Wunde an ihrem Hals, die versiegt war. Im Blick eines Sterbenden konnte er a l l e s lesen. Alles, was ihn ausgemacht hatte.

Doch nun war sie nur noch eine leere Hülle, an der er jegliches Interesse verlor. Sie hatte ihren Zweck erfüllt, war von ihm ausgeblutet worden.

Sie blickte mit ihren leeren Augen, die riesig zu sein schienen, zu ihm auf und hatte immer noch leicht die Lippen geöffnet. Als warte sie darauf, von ihm geküßt zu werden.

Er schloß für Sekunden die Augen und verspürte Ruhe und Zufriedenheit in sich, war seit langer, langer Zeit wieder glücklich. Ein Glück, das ihn erwärmte, zwar nicht bis in die Tiefe seiner Seele, sondern nur an der Oberfläche, aber dennoch so nachhaltig, daß er schon jetzt wußte, daß es ihn immer wieder danach gelüsten würde. Daß ihn dieses leidenschaftliche Sehnen erneut hinaustreiben würde... in die Nacht.

Roderick ließ sich auf die Knie fallen, kroch auf allen vieren von der Leiche weg. Ein Stück weiter blieb er hocken und vergrub seine Finger im frischen Erdreich. Als wolle er das Blut daran abwischen.

Da fiel ein Schatten über ihn, und eine dunkle Stimme sagte ruhig: „Hallo John! Wie schön, dich wiederzusehen."

„Roderick... mein Name ist Roderick!"

Roderick wurde durch den lauten, hysterischen Klang seiner Stimme wach. Er hörte sie, als ob er einen Fremden belauschte, der immer wieder stammelte: „Mein Name ist Roderick! Mein Name ist Roderick!"

Auf seinem Körper klebte kalter Schweiß. Wie erstarrt saß

er eine Weile im Bett. Diese Träume... immer wieder diese Träume, in denen er Blut trank, in denen das andere Ich in ihm erwachte und sein Recht forderte.

Doch Roderick wußte, daß es dieses Mal kein Traum gewesen war. Er blickte auf seine scharlachroten Hände. Sah das Blut an ihnen, roch und schmeckte es, leckte daran und genoß das Gefühl, das es in ihm wachrief. Als ihm das jedoch bewußt wurde, hätte er sich vor Ekel beinahe erbrochen.

Er verließ das Bett, blickte mit einem Gesichtsausdruck äußersten Abscheus an sich herab. Nicht nur seine Hände waren blutverschmiert, auch seine Hose. Erst jetzt bemerkte Roderick, daß er keinen Pyjama trug, sondern normale Kleidung, die deutliche Spuren seines mitternächtlichen Treibens aufwies.

Roderick spürte kalte Geisterfinger seinen Rücken entlangtasten und Schauer auslösen. Irgend etwas ging mit ihm vor. Etwas Fremdes ergriff von ihm Besitz, dafür glitt Vertrautes mehr und mehr von ihm ab. Seine Welt veränderte sich. *Er* veränderte sich.

Roderick stöhnte auf. Es mußte ein Ende haben. Diese Träume, die keine waren... diese Morde... dieser Blutdrang... dieses Sehnen... vor allem aber diese Suche nach einer Frau, die mehr ein Phantom als fleischlich war.

Roderick befiel das beklommene Gefühl, immer mehr den Bezug zur Realität zu verlieren. Er mußte wieder die Kontrolle über sich erlangen, mußte wieder seinen Seelenfrieden finden und das Dunkle, das sich immer mehr in ihm ausbreitete, verdrängen.

Doch da war die Ahnung in ihm, daß er sich all dem nicht entziehen konnte.

Sein Leben hatte eine sonderbare Eigendynamik entwickelt... seit... seit jenem Tag in der Gemäldegalerie des Apsley Houses... als er das Portrait und die Frau davor erblickt hatte...

„Wir sind da?“ wiederholte Calvin fragend und zog die rechte Augenbraue in einem spitzen Dreieck in die Höhe. Ein sicheres Zeichen dafür, daß ihm etwas nicht behagte.

Dilara nickte stumm. In ihren grünen Augen nahm er plötzlich wieder etwas Fremdartiges wahr. Ein sonderbares, kaltes Funkeln.

Calvin schüttelte den Gedanken ab. Seine Nerven waren überreizt. Das war der Grund, warum er Dinge sah und empfand, die nicht real waren. Im Augenblick interessierte ihn ohnehin nur, wohin ihn Dilara geführt hatte und was sie ihm so dringend zeigen wollte. Ihm war nicht entgangen, wie wichtig es ihr war, und er spürte deutlich, daß es auch bedeutend für ihn sein würde, weil es sie beide betraf. Dilara und ihn... ihr Verhältnis... ihre Liebe... ihr künftiges Miteinander...

Doch was wollte sie hier?

Er brachte die Frage laut vor. „Was willst du hier? Hier an den Houses of Parliament?“ Verständnislosigkeit lag in seinem Blick und schwang in seiner Stimme mit.

Dilara lachte amüsiert. Der Klang brachte die Vertrautheit zwischen ihnen zurück.

Calvin liebte ihr Lachen. Es war so warm, so melodisch und erotisch, daß man sich ihm nicht entziehen konnte. Es war wie eine heitere Tonfolge, die in das Innere desjenigen vordrang, dem sie es entgegenbrachte.

Sie ergriff seine Hand und zog ihn näher an das Parlamentsgebäude, dessen Geschichte bis ins 11. Jahrhundert zurückreichte, heran.

„Wenn Steine reden könnten, Cal... besser noch: wenn Orte reden könnten!“

„Was dann?"

„Dieser hätte einiges zu berichten."

„Du machst mich neugierig."

„Wußtest du zum Beispiel, daß der erste Palast von Westminster 1834 einem Brand zum Opfer fiel?" fragte sie mit einem Gesichtsausdruck, als wäre sie höchstpersönlich dabeigewesen.

Wenn Calvin geahnt hätte, wie nahe er mit seiner Vermutung der Wahrheit kam! „Nein, das wußte ich nicht." Er maß sie mit einem aufmerksamen Blick und grinste dann. „Du scheinst nicht nur Bücher über Blutsauger zu lesen, sondern auch historisch sattelfest zu sein. Ich muß gestehen, daß ich da nicht mithalten kann." Er grinste. „Da habe ich wohl in der Schule gefehlt."

„Du bist doch sonst so wißbegierig", erwiderte Dilara erstaunt.

Calvin nickte. „Aber ich interessiere mich mehr für andere Gebiete." Seine Hand umschloß instinktiv das Amulett, das er um den Hals trug. Dilara hatte ihn einmal darauf angesprochen, und er hatte sehr ablehnend darauf reagiert. So hatte sie das Thema nie wieder erwähnt.

Dilaras Blick wurde mysteriöser und verschleierter. Ein sicheres Zeichen, daß sie sich ihm entziehen wollte. Wie sie es immer tat, wenn er etwas in ihr berührte, das sie verbergen wollte. So fuhr Calvin hastig fort. „Dann erzähle mehr über diesen Ort... über diese Steine... was hätten sie zu berichten, wenn sie sprechen könnten?"

„Einiges, Cal... einiges."

„Ich bin ganz Ohr." Calvins Stimme klang zwar ruhig, verriet aber dennoch seine Neugier und Anspannung.

Dilara schaffte es immer wieder, ihm Rätsel aufzugeben. So auch jetzt. Ganz so, als wäre das ein Grundstein ihres Naturells. Doch wie gut kannte er sie schon? Wie weit konnte er sie überhaupt einschätzen? Gar nicht, hetzte eine bösartige Stimme hinter seiner Stirn. Calvins Blick klebte förmlich an Dilara. Wieder fragte er sich, was sie damit bezweckte, ihn mitten in der Nacht durch London zu schleppen. Auch wenn sie nachtaktiv war, auch wenn sie erst bei Einbruch der Dunkelheit Energien entwickelte, war ihm ihre hektische Betriebsamkeit doch ein Rätsel.

Die Luft lastete plötzlich schwer. Sie war im Laufe der letzten Stunden immer schwüler geworden. Es herrschte eine unwirkliche, bedrückende Stille um sie herum. Die Zeit und alles andere schienen stillzustehen. Die sicheren Vorboten eines nahenden Gewitters, das kurz vor der Entladung stand.

„Der erste Palast fiel – wie du sicher weißt – den Flammen zum Opfer. Nur die Westminster Hall überstand ja den Brand.“ Sie schien in Gedanken zu versinken, tief in ihrem Gedächtnis zu forschen, bevor sie weitersprach. „Wenn man mal bedenkt, daß seit dem 16. Jahrhundert der Palast nicht mehr Königssitz, sondern ausschließlich der Sitz der Gesetzgebung ist...“ Sie blickte Calvin ernst an. „Du weißt sicher, daß das House of Lords sehr luxuriös ausgestattet ist.“

„Natürlich, ich gehe dort täglich ein und aus“, entfuhr es ihm ironisch. Manchmal ärgerte ihn ihre Art, die dann für seinen Geschmack zu schulmeisternd klang. Er fragte sich, ob es daran lag, daß sie älter als er war. Bisher war er nur mit jüngeren Frauen zusammen gewesen und hatte diese Reaktionen davor nicht an sich bemerkt. Wenngleich ihn der Altersunterschied nicht kümmerte. Die meiste Zeit, wenn sie zusammen waren, vergaß er ihn sogar. Und auch Dilara schien ihn nicht wahrzunehmen. Doch zuweilen stieß er durch ihr Verhalten an seine Grenzen.

Dilara ging auf seine Bemerkung nicht ein, sprach wie in

Gedanken weiter. „Was mich wiederum an dem Palast reizt, sind die zahlreichen Bibliotheken." Ein sehnsüchtiges Lächeln verklärte ihre Züge. „In denen möchte ich mal für einige Wochen eingesperrt sein und ungestört lesen."

Eine Welle der Zärtlichkeit für sie, aber auch das jähe Gefühl der Zusammengehörigkeit übermannte Calvin. Keine seiner bisherigen Frauen hatte seine bibliophile Ader geteilt und so unzweifelhaft mitempfunden wie Dilara. Und so war es auch in anderen Dingen. Es war, als wäre sie speziell für ihn geschaffen worden. Als habe sich der Schöpfer etwas dabei gedacht. Welcher Schöpfer, fragte sich Calvin im selben Atemzug, fragte sich ernsthaft, ob sie dem Himmel oder der Hölle entsprungen war, und wußte dies nicht zu beantworten. Lag sie vielleicht, wie so oft, in der Mitte?

Während des letzten Gedankens rollte der erste Donner über den Nachthimmel. Blitze spalteten die düsteren Wolkenwände, umfuhren die etwa einhundert Meter hohen Türme des Gebäudekomplexes, vor dem sie standen.

Dilaras Blick war Calvins gefolgt.

„Der Glockenturm!" murmelte sie, plötzlich wie in Trance, wie benommen. „Der Glockenturm mit Big Ben..."

„... und der Victoria Tower", beendete Calvin, um auch etwas zu sagen. Sein Blick wanderte über die reichverzierte gotische Fassade des Gebäudes, das gespenstisch vom Licht der Blitze im Dunkel der Nacht ummantelt wurde. Dabei wäre dieses Naturschauspiel nicht nötig gewesen, um den Turm auch in der Finsternis auszumachen, denn sein Anblick war besonders imposant bei Nacht, wenn er mit goldgelbem Licht angestrahlt wurde und sich in seiner ganzen Pracht zeigte.

Calvins Blick verharrte an dem berühmtesten Wahrzeichen Londons. Die meisten Menschen verbanden den Namen Big Ben mit dem bereits aus weiter Ferne sichtbaren hohen Turm und dessen riesiger Uhr. Genaugenommen hieß aber nur die schwere Glocke, die seit gut hundertfünfzig Jahren schlug, so.

Calvin wollte sich gerade abwenden, als Big Ben zur vollen Stunde schlug, der bekannte Westminster Gong, der von so vielen kleinen Uhren nachgeahmt wurde, *zur Mitternacht* schlug. Calvin lauschte dem Klang der vier kleinen Glocken, die sonst jede Viertelstunde anzeigten, doch jetzt zur vollen Stunde vereint mit der großen erklangen. Als der Glockenschlag verhallt war, wandte Calvin seinen Blick wieder Dilara zu.

Sie stand nur wenige Schritte entfernt von ihm und wirkte erotischer denn je. Anmutig schlank und dennoch mit weichen, femininen Kurven. Calvin seufzte. Sie war die personifizierte Verführung, der fleischgewordene Rausch. Doch es waren nicht ihre weiblichen Reize, die seinen Blick bannten, sondern das, was Dilara plötzlich umgab, seit die Glocken zur Mitternacht geschlagen hatten. Zu ihren Füßen und um sie herum bewegte sich etwas. Schatten umschwärmten sie. Die Schatten verkrüppelter Gestalten, die sich aber immer dann aufzulösen schienen, wenn Calvin näher hinsah. Dilara schienen sie nicht zu beunruhigen – im Gegenteil, sie schienen ihr vertraut. So vertraut, als wäre sie eine von ihnen. Einer der Schatten löste sich von ihr und floß auf Calvin zu...

Calvin schrie leise auf.

Der Schatten erreichte ihn in Sekundenschnelle.

Plötzlich herrschte Eiseskälte um Calvin und Dilara herum. Aber nicht nur die Witterung schien einem abrupten Wandel unterzogen worden zu sein. Rund um ihn befand sich plötzlich nur noch Zerfall. Selbst der Glockenturm des Big Bens war nicht mehr unversehrt. Alles schien vor Calvins Augen zu *altern*. Die Bäume warfen ihr Laub ab, der Palast wirkte plötzlich unbewohnt und verwittert. Es schien sich mit einem Mal um einen seelenlosen Ort zu handeln.

Calvin schwankte leicht. Ihn befiel ein beklommenes Gefühl, eine Ahnung, daß sein Leben nach dieser Nacht nicht mehr dasselbe sein würde. Als er sich zu Dilara herumdrehte, schrie er erneut. Jetzt eindeutig entsetzt, denn für einige Sekunden blickte er in ein altes, ein *uraltes* Gesicht. Bevor er etwas sagen konnte, sie fragen konnte, was das alles zu bedeuten hatte, verlor ihr Körper die Konturen. Auch sie wurde zu einer der Schattengestalten und floß von ihm weg wie die anderen Schemen... in die Richtung des Glockenturms.

„Bleib hier... Dilara, was soll das? Bleib hier!" brüllte er über die Geräuschkulisse des Sturmes hinweg. Angst schwang in seiner Stimme mit, Angst, sie auf ewig zu verlieren. „Was soll das? Erst lockst du mich hierher und dann läßt du mich einfach hier stehen... Dilara... Dilara?"

Doch es blieb stumm um ihn. Sie war fort. Nur noch das Tosen des Gewitters, das zugenommen hatte, umgab ihn.

Dilara!

Calvin hatte nur diesen einen Gedanken.

Er mußte ihr in den Glockenturm des Big Bens folgen, unabhängig davon, was ihn dort erwartete.

Justin Deas betrachtete das Frauenportrait mit gemischten Gefühlen. Als er es in der Galerie des Apsley Houses hängen gesehen hatte, war die Stimme in ihm das erste Mal erklungen. Diese Stimme, die nun fortwährend in ihm sprach und pausenlos Befehle hämmerte. Die ihn und seine Seele einer Ambivalenz unterwarf, die an Schizophrenie grenzte.

Sie war omnipräsent.

Oftmals klang sie so realistisch, daß er ihr laut Antwort gab.

Schwieg sie einmal beharrlich, wartete er voller Sehnsucht, daß sie wieder erklang, weil er sich ohne sie mittlerweile hilflos fühlte. Die Stimme war eindeutig männlich und hatte einen befehlsgewohnten Klang. Ihr widersetzte man sich nicht, das wurde mit jedem Wort deutlich. Justin würde es erst recht nicht tun. Er hatte von jeher eine schwache, instabile Persönlichkeit gehabt. Schon als Kind war er immer ein Mitläufer, Duckmäuser und Leisetreter gewesen und dann als Jugendlicher der devote Handlanger anderer. Und Frauen... er hatte immer nur die abbekommen, die keiner wollte. Die Mauerblümchen und Abgelegten, die Häßlichen und Verzweifelten. Irgendwann hatte sich Justin dann völlig aufgegeben. Das war der Zeitpunkt, zu dem seine Psyche zu kippen drohte – zu dem man ihn in die geschlossene Psychiatrie einwies. Doch dort hörte er die Stimme in sich nicht. Sie erklang erst, als er zum ersten Mal die Galerie betrat und bei seinem Rundgang das Portrait erblickte. Sofort hatte es ihm die darauf abgebildete Frau angetan. Eine Frau von einer solchen Schönheit, daß es ihm den Atem verschlug, die er in beinahe demütiger Verehrung betrachtete – oft stundenlang, wenn die Galerie geschlossen war. Er wußte viel mehr über sie als jeder andere und als er zugeben wollte. Er wußte es von der Stimme und dem her, was er beobachtet hatte. So zum Beispiel, daß die Frau auf dem Portrait mit der Frau, die hin und wieder abends in der Galerie auftauchte, identisch war. So aberwitzig das auch klang. Aber für Justins Geist war alles möglich, nichts abwegig oder abnormal. Er unterwarf sich sofort den Befehlen der Stimme, die ihn anwies, die Frau aufmerksam im Auge zu behalten. Das hätte er ohnehin, denn er vermochte sich ihrer hypnotischen Wirkung nicht zu entziehen. Dachte er an sie, befand er sich bald im Taumel freudiger Erregung. Immer häufiger saß er in der Nische, die von den meisten Besuchern mißachtet wurde, und betrachtete stumm das Bildnis. Besonders abends, wenn der Strom der Besucher versiegt war. Er liebte die Stille und Einsamkeit, denn sie hatten etwas Schützendes.

Um so empörter war er, als diese Ruhe von einer Stimme gestört und vertrieben wurde.

„Wie schön, Sie wiederzusehen!“ erklang es schmeichelnd hinter ihm.

Justin Deas seufzte geplagt. Langsam und umständlich, wie es seine Art war, drehte er sich auf der Bank herum und musterte die Blondine, die vor ihm stand, mit einem ärgerlichen Stirnrunzeln.

„Sie schon wieder?“ fragte er nicht gerade freundlich.

Doch sie ließ sich nicht abschrecken und schenkte ihm ein strahlendes Lächeln. „Ja, ich schon wieder. Ich wollte noch einmal mit Ihnen sprechen.“ Sie deutete in die Richtung des Portraits. „Über unsere gemeinsame Freundin dort.“

Dilara setzte zögernd einen Fuß vor den anderen. Der Wind pfiff so heftig um den Glockenturm des Big Bens, als wolle er daran rütteln und ihn in seinen Grundmauern erschüttern. So eilig sie es eben noch gehabt hatte, in die Katakomben des Palastes von Westminster zu gelangen, desto zurückhaltender verhielt sich Dilara nun.

Die Suche nach einer Antwort auf ihre Fragen hatte sie hierhergetrieben. Sie wollte Gewißheit, ob Antediluvian tatsächlich eine Gefahr für sie geworden war... weil... sie es auch für ihn war. Seit sie den „Codex Vaticanus“ für ihn erbeutet hatte, wußte sie, was er vorhatte. Ein Wissen, das ihre Position ihm gegenüber bestärkte und das sie zu nutzen wußte. Sie wollte endlich wieder unabhängig von ihm werden, sich aus seiner Beeinflussung befreien. Und sie wollte endlich wissen, wer sie wirklich war.

Dilara war sich der Gefahr, die daraus erwuchs, bewußt. Man widersetzte sich Antediluvian nicht ungestraft. Doch sie wollte und mußte das Risiko eingehen.

Dilara verharrte einige Minuten unbeweglich. Es war kurz nach Mitternacht und das Schattenreich war zu eigenständigem Leben erwacht.

Dilara wurde jedes Mal von Ehrfurcht erfaßt, wenn sie die Katakomben betrat. Diese knapp dreihundert Meter langen, geheimen Gänge, von denen nur die Nosferati wußten und in denen deren Rat der Alten tagte; in denen sie über die Geschicke des Clans befanden.

Das House of Lords existierte nicht nur oberirdisch.

Es besaß auch eine finstere Bruderschaft. Eine, die fern des Lichtes zusammenkam, die fern jeder Menschlichkeit war und dadurch um so stärker.

Schale, abgestandene Luft schlug Dilara entgegen. Sie spürte nichts von der feuchten Kälte, die hier unten herrschte. Für sie war es so, wie wenn man nach Hause kommt. Sie fühlte sich wohl hier. Es zog sie immer wieder hierher. Hier wurden nicht nur die Gesetze der Nosferati beschlossen, sondern auch abgeurteilt und verbunden, was zusammengehörte. Aber es wurde auch über die Menschen in der Stadt über ihnen beschlossen, ohne daß diese auch nur den Hauch einer Ahnung hatten, was sich in den Katakomben abspielte.

Dilara bewegte sich jetzt immer zielsicherer durch diese Unterwelt, dem Saal der Ältesten entgegen. Die Dunkelheit war ihr Wegweiser, sie schärfte Dilaras Sinne.

Sie mußte schmunzeln bei dem Gedanken an eine andere Katakombe Londons. Tief im Herzen der Stadt, unter der

U-Bahn-Station London Bridge befand sich das London Dungeon, ein Gruselkabinett, das eine *der* Touristen-Attraktionen war. Der einstündige „Walk of Horror" war nichts für schwache Nerven und zeigte Beispiele von Großbritanniens dunkler Vergangenheit: Jack the Ripper, die Pestjahre, das große Feuer von London... und vieles andere mehr.

Dilaras Schmunzeln wurde eine Spur zynischer. Wenn die Menschen gewußt hätten, was sich unter ihrer Stadt tatsächlich abspielte, wäre ihnen der inszenierte Grusel vergangen.

Dilara atmete die Luft tief ein. Ja, hier war das Leben, die wahre Autorität. Dieser Ort atmete aus jedem Stein, aus jedem Staubkorn, aus jedem *Schatten* Macht. Und genau davon fühlte sich Dilara schon immer angezogen. Macht hatte etwas Berauschendes, etwas Erotisches. Etwas, dem sie sich allzu gern hingab.

Wie immer sog sie den modrigen Fäulnisgeruch, der diese unterirdische Welt bestimmte, gierig in sich ein. Ja, das war ihre Welt – dieser seelenlose Ort. Hier lebte sie auf.

Dilara trieb in der Schwärze dahin, dem Nosferati-Rat entgegen, von dem sie wußte, daß er in dieser Nacht wieder tagte.

Die Nosferati!

Bisher war sie noch kein fester Bestandteil des Clans geworden, denn sie unterschied sich nicht nur optisch von ihnen, sondern auch in ihrer Wesenheit. Dennoch fühlte sie sich ihnen zugehörig. Im weitesten Sinne waren sie artverwandt.

Dilara blieb stehen und atmete erneut tief durch.

Sie schalt sich eine Närrin, daß sie Calvin nicht mitgenommen hatte. Aber wie immer, wenn sie diesen Ort erreichte, trieb es sie voran. In dieser Nacht besonders, ohne darauf zu achten, ob Calvin ihr folgte, *folgen konnte*, doch instinktiv wußte sie, daß er folgen *würde*.

Wieder sog sie den faden, modrigen Geruch tief ein. Dilara

liebte diese morbide Note. Laue Feuchtigkeit ummantelte sie. Sie legte den steinernen Gang, der unendlich schien, im Rekordtempo zurück und kam dem unterirdischen Saal immer näher, in dem der Rat der Nosferati stets zusammentraf.

Schon von weitem vernahm Dilara undeutliches Stimmengemurmel.

Dilara preßte sich in eine Nische, die vor dem Saal lag. Konnte man ihn so nennen? Diese grob aus dem Felsen geschlagenen Wände, die klamme Feuchtigkeit, die hier herrschte, und das düster flackernde Licht einiger weniger Fackeln. Die Einrichtung war spartanisch. Aus schlichtem, schwerem Holz gezimmerte Stühle, die um eine lange rechteckige Tafel gruppiert waren.

Am Kopfende pflegte Antediluvian zu sitzen. Dilara war oft genug Zeuge seiner Machtausübung gewesen. Sie wußte, daß er nicht nur der gütige, der allwissende Ur-Nosferatu war, der selbstlos über seine Sippe wachte. Ihm zur Seite saßen die Ältesten, die Lords der Nosferati. Sie waren in alles, was Antediluvian zu tun gedachte, eingeweiht. In alles, fragte sich Dilara, wirklich in alles?

Sie wußte, daß dem nicht so war.

„Wir müssen etwas unternehmen."

Kälte. Dilara spürte plötzlich eine lähmende Kälte, als Antediluvians Stimme erklang. Sie war schneidend und erbarmungslos. Dilara zog fröstelnd die Schultern zusammen.

„Sie widersetzt sich meinen Anordnungen und handelt unseren Gesetzen zuwider. Wie oft habe ich ihr befohlen, endlich das Haus aufzugeben und in unserer Gemeinschaft zu leben. Hat sie es befolgt? Nein. Sie ist eine Gefahr! Eine Gefahr für unser Geschlecht!“

Zustimmendes Murmeln erklang.

Haß brandete in Dilara auf. Wenn ihr wüßtet, dachte sie zornig, wenn ihr wüßtet, daß er auch euch nur benutzt und daß er völlig andere Pläne verfolgt, dann würdet ihr ihm nicht so demütig zustimmen... so gebannt an seinen Lippen hängen.

Dilara kannte die Faszination, die er bei seinen Zuhörern und Anhängern erwecken konnte, durch seine zur Schau getragene Güte und Weisheit.

„Wir müssen sie in ihre Schranken verweisen!“

Dilara hätte am liebsten vor Empörung laut aufgeschrien und wäre aus ihrem Versteck in den Saal gestürmt. Doch im allerletzten Moment hielt sie sich zurück.

Antediluvian sprach bereits beschwörend weiter. „Notfalls müssen wir ihr den Kuß der Verdammnis wieder...!“

Erneutes Gemurmel erklang, verschluckte den Rest des Satzes.

Dilaras Herz klopfte zum Zerspringen. So heftig, daß sie befürchtete, Antediluvian und der Rat der Alten würden es vernehmen, als ihr ein Laut des Zornes entfuhr. Dilara hielt sich erschrocken die Hand vor den Mund. Doch so sensibel die Alten sonst reagierten, so sehr waren sie nun mit ihrem Problem beschäftigt, und es blieb ihnen verborgen, daß sich Dilara in ihrer Nähe befand. Einem anderen dafür nicht: Calvin!

Er regte sich plötzlich hinter ihr. War zielstrebig, als bewege er sich jede Nacht hier unten in den Katakomben, ihrem Schemen gefolgt und hatte eine Weile still die Szene beobachtet, ohne zu erfassen, was sich tief unter der Erde, unter dem Palast von Westminster abspielte.

„Was geht hier vor sich?“ flüsterte er.

Dilara fuhr erschrocken herum, zog ihn hastig in die Nische

und signalisierte ihm mit hektischen Handbewegungen, keinen Laut mehr von sich zu geben.

Dicht aneinandergepreßt standen sie eine Weile da. So dicht, daß sich Dilara wieder der körperlichen Anziehungskraft, die er auf sie ausübte, bewußt wurde.

Selbst in dieser Situation.

Calvin war wie ein Suchtmittel, war Dilaras Droge, die sie sich bewußt erlaubte und von der sie sich wissentlich abhängig machte. Aber nur so weit, wie es die unsichtbare Grenze, die sie für sich gezogen hatte, erlaubte. Es kam wie immer – auch hier – auf die Dosierung an. So versuchte sie sich insgeheim zu beruhigen. Und wie jede Süchtige sagte sie sich, du kannst ihn jederzeit aufgeben, dich jederzeit von ihm lösen. Es kommt nur auf die Dosierung an, wiederholte sie in Gedanken siegessicher, während sie an ihn gelehnt dastand. Wie man Arsen gut dosiert zu sich nahm, um eine ätherisch wirkende Haut zu erhalten, so hielt sie es auch mit Calvin. Aber das entsprach ihren natürlichen Schutzmechanismen. Immer, wenn sie meinte, daß sie einander zu nahe kamen, daß er zu sehr ihr Innerstes berührte, einen immer festeren Platz darin und in ihrem Leben einnahm, zog sie sich ein wenig von ihm zurück. Um dann erschrocken festzustellen, daß sie das kaum noch konnte, daß sie immer größere Schwierigkeiten hatte, von ihm zu lassen, und daß sie sich amputiert fühlte, wenn er nicht in ihrer Nähe war. Ganz so, als fehle das entscheidende Teil ihres Lebenspuzzles.

Dilara merkte, daß sie Calvin brauchte.

Sich das einzugestehen, war das schwerste. Sie tat es widerwillig, beinahe panisch. Sie, die sich immer als Einzelkämpferin gefühlt hatte. Als Einzelkämpferin, die sich gelegentliche Sehnsüchte und demzufolge Liebhaber gönnte.

Aber niemals mehr.

Niemals emotionale Tiefe mit dem Gefühl des Ausgeliefertseins. Sich fallenzulassen, war ihr nicht vertraut; das hatte sie sich nicht erlaubt. Dabei wünschte sie sich nichts mehr, als sich richtig hinzugeben.

Sich *Calvin* hinzugeben.

Und nun würde sie ihn in ihr Geheimnis einweihen. Nun würden die Weichen gestellt, ob sie ihn töten mußte, oder ob sie ihn durch den Kuß der Verdammnis zu ihrem Gefährten machen würde.

Calvin...

Die geisterhafte Gestalt floß rasch in der Dunkelheit auf sie zu. Dilaras Herz machte einen erschrockenen Satz. Sie fühlte Unbehagen in sich aufsteigen, auch wenn der Schatten nichts Bedrohliches an sich hatte. Er war kleiner als die anderen, denen sie sonst im Dunkel der Nacht begegnete... und er war ihr irgendwie v e r t r a u t .

Augen, die in der Dunkelheit wie Signalfeuer leuchteten, blitzten ihr entgegen. Doch die Gewogenheit in diesem Blick war unverkennbar, mehr gab die Dunkelheit nicht preis. Das Gesicht und die Gestalt waren in der nächtlichen Schwärze nicht genau auszumachen.

Dilara rannte los. Sie wußte zwar nicht, wohin – und warum sie weglief, aber irgend etwas trieb sie fort... von dem Schatten, der sich ihr immer schneller näherte... Dilara mobilisierte ihre letzten Kräfte und schrie entsetzt auf, als sich vor ihr plötzlich ein grenzenloser, schwarzer Abgrund auftat... doch sie konnte ihren Lauf nicht mehr rechtzeitig stoppen... und sie fiel und fiel...

Dilara keuchte vor Schmerz, blieb einen Moment regungslos liegen und kämpfte gegen den Schwindel an, der sich in ihrem Kopf breitmachte. Sie gab einen dumpfen Laut von sich und verbarg das Gesicht zwischen den Händen, bis diese sanft, aber bestimmt zur Seite gezogen wurden. Als sie den Blick hob, sah sie in ein Gesicht, das ihr seltsam bekannt vorkam.

Cippico, dachte sie. Ihr zwergenhafter Diener, der in der Lage war, sie in eine Art Traumruhe zu versetzen, die sie genossen hatte, und die ihr eine einzigartige Macht verlieh. Sie ersparte sich dadurch nicht nur die Vampirstarre, um Ruhe zu finden und neue Kräfte zu sammeln, nein, – wenn sie in der Traumruhe war – reichten schon wenige Minuten, um Kräfte zurückzugewinnen, für die andere ihresgleichen Tagesstunden in Särgen und womöglich noch in heimischer Erde zubringen mußten. Und darüber hinaus konnte sie ihre Träume gezielt auf Wanderschaft schicken – in eine vergangene Wirklichkeit, die ihr Aufschluß bot. Dies, so erkannte Dilara schnell, konnte die Macht ihres unheiligen Daseins auf eine Weise bereichern, die es ihr ermöglichen konnte, sich Antediluvians Kontrolle zu entziehen.

Cippico, dachte sie erneut und erinnerte sich an einen heftigen Streit, den sie gehabt hatten.

Dilara war wütend auf ihn gewesen, weil er sie die Erlangung der Traumruhe nicht lehren wollte.

Cippico hatte sie mit seinen ruhigen, dunklen Augen besonnen angesehen. Dilara fühlte sich ermahnt, geradezu verhöhnt, und schnaufte verächtlich, nur um daraufhin dem Blick ihres „Dieners“ trotzig auszuweichen.

„Es ist mein Ernst, Dilara, die Traumruhe ist nicht zu lehren. Du besitzt nicht die Anlage dazu, und könntest du sie erzwingen, sie würde dir nichts nützen.“

Dilara glaubte in den Worten einen falschen Ehrgeiz zu erkennen. Für einen Moment fragte sie sich, ob ihr der kleine, verwachsene Gnom aus Padua tatsächlich so ergeben zu Diensten war, wie er es immer darstellte.

„Du glaubst doch nicht, daß ich dir das abnehme, du Gnom. Die Anlage dazu muß bereits in mir sein, sonst könnte ich ja nicht in die Traumruhe fallen. Du willst doch nur Macht über mich gewinnen. Du willst deine Position in meinen Diensten verbessern, indem du mir deinen Wert zusammen mit deinen Taschenspielertricks verkaufst. Du willst dich auf diese Weise über dich selbst erheben, was bei einem wie dir wahrlich vonnöten ist."

Er schüttelte den Kopf und sah nicht im geringsten gekränkt aus.

„Du bist unverschämt und aufsässig. Hältst du mich für dumm, daß ich nicht deine Übungen erlernen kann?" fuhr sie ihn an.

„Kunst", verbesserte Cippico.

„Kunst? Du bist ja närrisch. Es ist ein Trick, billig und gemein, und nur zu dem Zweck bestimmt, Macht über mich zu gewinnen und deinen Wert für mich zu steigern." Dilara schritt nun wütend auf den kleinen Mann zu, doch er wich nicht zurück, wie er es niemals tat, nicht einmal, als sie ihn anfuhr, er müsse sie die Erlangung der Trance lehren.

„Nichts muß ich, außer dem Tode mit dem Narrenkäppi trotzen, wie es vor mir schon tausend andere Jecken mit Schellen taten. Und das werde ich, dem lieben Tod in die Augen schauen", sagte er. „Und ich allein entscheide, wem ich diene", fuhr er fort, „ohne zu zweifeln habe ich mich für dich entschieden. Ich bereue es nicht und werde es nicht bereuen. Doch die Traumruhe ist nicht zu lehren. Bediene dich meiner, aber zwing mich nicht zu lügen."

Dilara wachte benommen auf. Schon lange hatte sie nicht mehr von Cippico geträumt. Zu lange lag es zurück, und zu viel war seither geschehen. Warum suchten sie jetzt diese Traumbilder heim?

Weil du in Gefahr schwebst, gab sie sich insgeheim selbst die Antwort. Das hatte sie nun mit eigenen Ohren gehört, als sie und Calvin das Gespräch der Alten mit Antediluvian belauscht hatten.

Der Traum erinnerte sie an ihre Vergangenheit, daran, was sie erlebt hatte in der Zeit, als sich ihr Verhältnis zu Antediluvian zu wandeln begann.

Dilara seufzte. Cippico hatte nicht in allem recht behalten, aber es war jetzt nicht an der Zeit, darüber nachzudenken; wichtiger war es, mit Calvin darüber nachzusinnen, wie sie Antediluvian entgegentreten konnten. Der Schlüssel dazu stand in der Schattenchronik, die sie an sich bringen mußte. Dort würde sie die Antwort auf die Frage finden, wer sie vor ihrem Leben als Sterbliche gewesen war.

Dilara seufzte erneut. Dafür mußte sie sich in Antediluvians ganz persönliches Reich begeben und somit in allergrößte Gefahr. Aber nun war sie nicht mehr allein, nun hatte sie jemanden an ihrer Seite. Calvin, von dem sie untrügerisch wußte, daß er ihr in das Schattenreich folgen würde!

Justin Deas musterte die Frau in dem auffallend schwarzweiß gemusterten Kostüm und mit den hellblonden Haaren mißtrauisch. Sie ging auf ihren hochhackigen Pumps in kleinen Trippelschritten vor der Bank auf und ab, auf der er immer noch saß. Ihre langen, schlanken, schwarzbestrumpften Beine zogen seinen Blick auf sich. Ebenso ihre Brüste, die bei jedem Schritt wippten, und ihre hellblauen Augen, die ihn unvermindert anstrahlten.

Die Frau übte, auch wenn er sich insgeheim dagegen sträubte, einen gewissen Reiz auf ihn aus.

Justin versuchte sich krampfhaft an ihren Namen zu erinnern, aber es wollte ihm nicht gelingen. Doch wenn er sie jetzt danach fragte, dann würde er als genau der Trottel dastehen, den sowieso alle in ihm sahen. Er wußte nicht, wohin er bei ihr zuerst sehen sollte. In ihr Gesicht, auf den Busen oder ihren runden Po und ihre Beine. Die aufreizende Art, in der sie sich bewegte, war nicht dazu angetan, seine Ruhe zu bewahren.

Evaline lächelte zufrieden in sich hinein. Von seinem Mienenspiel war deutlich abzulesen, daß er sich ihren offensichtlichen Reizen nicht entziehen konnte.

Sehr gut, dachte Evaline, sehr gut. Sie würde mit Justin Deas' Hilfe hinter das Geheimnis der Frau kommen, die die Schuld daran trug, daß sich Rodericks Verhalten so nachhaltig veränderte hatte.

Mittlerweile war sie nicht die einzige, die sich ernsthaft um ihn sorgte, sondern auch seine Freunde – allen voran Greg. Er beobachtete mit wachsendem Mißtrauen, wie sich Roderick Herrington mehr und mehr auch von seinen engsten Vertrauten zurückzog. Auch mit seinem Charakter war eine drastische Wandlung vonstatten gegangen. Er, der immer ruhig und ausgeglichen gewesen war, zeigte plötzlich wankelmütige und sprunghafte Züge, war darüber hinaus launisch und neigte sogar zum Jähzorn. Sein Blick, der früher immer zielgerichtet und fest gewesen war, irrte nun unstet umher, entzog sich seinen Gesprächspartnern, sofern er überhaupt Gespräche zuließ und sie nicht sofort abblockte.

„Erinnern Sie sich an mich?“ fragte Evaline, nur um das Gespräch in Gang zu bringen und Justin Deas aus seiner Wortkargheit zu locken. „Ich bin Evaline Clayton und Sie...“

„Ich weiß, wer Sie sind!“ fiel er ihr barsch ins Wort. Und nun weiß ich auch wieder, wie du heißt, dachte er, konnte seinen Blick kaum von ihren wippenden Brüsten lösen.

Evaline hatte längst bemerkt, wohin sein Blick immer wieder schweifte. Sie kannte die Männer und ihre Wirkung auf sie. Sie wußte, daß sie zumindest auf den ersten Blick allein durch ihre Figur und das wallende blonde Haar auf sie wirkte. Bei Männern, die einen zweiten Blick wagten, hatte sie es allerdings schwerer. Doch Justin Deas zählte nicht dazu.

Evaline hatte ihren Kostümblazer geöffnet, um ihren Brüsten unter der Seidenbluse Gelegenheit zu geben, ihre deutliche Sprache zu sprechen. Sie sah an Justin Deas’ hungrigem Gesichtsausdruck, daß ihr simples Rezept aufging.

Evaline wußte, daß sie die Gunst der Stunde ausnutzen mußte. Sie ging auf die Bank zu und setzte sich dicht neben Justin Deas. So dicht, daß ihre Schenkel einander berührten. Sie spürte, wie der ungepflegte Mann zusammenzuckte, und fühlte Ekel in sich aufsteigen. Aber sie wußte sich zu beherrschen und rief sich das Ziel, das sie verfolgte, vor Augen. Dieses Ziel war fast jeden Einsatz wert.

„Mr. Deas... Justin“, hauchte sie, überwand ihre Abscheu und legte ihre Hand auf seinen Arm. „Laß uns über diese Frau reden!“ Ihre manikürte Hand deutete in die Richtung des Portraits. „Was weißt du über sie? Was ist so besonders an ihr?“

Evaline hatte nicht wirklich damit gerechnet, daß der verwirrte Mann ihr eine Auskunft gab. Eher erwartete sie, daß er sich von ihr zurückziehen und sein sonderbares Zwiegespräch – mit wem auch immer – wieder aufnehmen würde.

Als sie seine Stimme klar und deutlich an ihrem Ohr hörte und den Sinn seiner Worte begriff, hätte sie beinahe laut aufgeschrien.

„Sie ist unsterblich... ist eine Seelenfängerin... eine Tochter der Nacht, die vom Blut ihrer Opfer lebt... und vieles mehr.“ Seine Stimme sank zu einem beschwörenden Flüstern herab. „Sei auf der Hut vor ihr. Sie kennt kein Pardon, wenn man ihre Wege kreuzt.“

Calvin.

Dilara spürte ihn nicht nur in ihrer Seele, sondern auch in ihrem Schoß. Allein der Gedanke an ihn erfüllte sie mehr als all ihre anderen Galane zusammengenommen. Schuld daran war seine Präsenz, die sie faszinierte und anzog und auf die sie beinahe zornig war, weil sie ihr nicht ermöglichte, sich von Calvin zu trennen. So leicht wie von ihren anderen Liebhabern.

Im Gegenteil.

Diese Präsenz band sie an ihn und schürte das Verlangen in ihr, *eins* mit ihm zu werden. Eins in Seele, Geist und Fleisch.

Wenn sie mit ihm schlief, wollte sie ihn tiefer und tiefer in sich hineintreiben. Um ihn mehr zu spüren – heftiger und stärker – als alle anderen zuvor. Als wolle sie das auslöschen, was vor ihm gewesen war. Nur er sollte noch in ihr sein, sie ausfüllen und sich in ihr ergießen. Nur seinen Samen, sein Blut wollte sie trinken.

Sie wollte nur ihn in sich.

Ihn, ihn, ihn...

Sie setzte sich auf ihn, schraubte sich über ihn, mit kreisenden Bewegungen ihres Beckens. Mußte ihn dabei küssen,

küssen, küssen... hingebungsvoll an seinen Lippen saugen und wollüstig in sie hineinbeißen, bis sie sein zartbitteres Blut schmeckte. Sie erforschte mit ihrer Zunge seinen Mund, während ihre Finger seinen Hals liebkosten, langsam seinen Rücken hinabfuhren und jeden einzelnen Wirbel ertasteten... wieder zurückwanderten und in sein langes offenes Haar griffen.

Ihr Mund schien währenddessen an seinem festgeschweißt. Als ob sie seinen Atem mit dem ihren tauschen wollte. Ihre Art, sich auf ihm zu bewegen, hatte etwas Schlangengleiches. Weich und fließend vermochte sie es geschickt, ihr Tempo zu steigern und wieder zu drosseln. Dabei kostete sie jede auch nur kleinste Bewegung genüßlich aus.

Sie ließ sich Zeit... viel Zeit.

Als wolle sie auf ewig mit ihm verschmelzen.

Nur mit ihm, dessen Liebesdichte ihr manchmal Angst einflößte. Weil sie wußte, daß sie ohne sie nur noch dahinvegetieren würde. Weil sie sie nie wieder missen wollte.

Wie sie *ihn* nie mehr missen wollte.

„Calvin!" flüsterte sie. „Calvin... Calvin... Calvin..." Stöhnte immer nur seinen Namen. Das zitternde Timbre ihrer Stimme verriet den Grad ihrer wachsenden Erregung. Nur die Vereinigung mit ihm entlockte ihr diese rauhen Lustschreie. Nur bei ihm entfuhr ihr dieses Keuchen und Wimmern, das Calvin in dieser Form noch nie von einer Frau vernommen hatte. Diese kehlig-sanften Laute, die ihm durch und durch gingen und ihn zum Erbeben brachten. Diese Mischung, die einzigartig für ihn war, ihr Stammeln, ihre Stimme an seinem Ohr, ihr heißer Atem, der wie eine warme Brise über ihn strich... und ihr Mund... ihr Mund war überall, beinahe gleichzeitig an seinem Hals, auf seinen Augen und Brauen, an seinen Lippen, wanderte bis in seinen Schoß. Er wußte nicht, wie sie das vollbrachte, bei der

Ruhe, die sie sich nahm, wenn sie ihn liebkoste, gleichzeitig überall zu sein. Sie rieb sich an ihm. Schnurrend wie eine Katze. Haut an Haut fügte sie ihre Körper zusammen, so dicht, daß kein Sandkorn mehr zwischen sie paßte. Ihre langen Haare verwoben sich ineinander zu einem einzigartigen Gespinst. Ihr Atem vermischte sich mit seinem, und ihre Art, ihn zu küssen, sich an seinen Lippen festzusaugen, mit der Zunge seinen Mund zu erforschen, versetzte ihn in wohligen Schwindel.

War sie eine Vision? Eine Fata Morgana, wenn sie liebte?

Er wußte es nicht.

Aber er wußte eins. Sie war rätselhaft. Und Calvin ahnte bereits, er konnte sie noch so lange kennen, sie würde es immer bleiben. Doch genau das machte sie aus. Es würde ihr die Einzigartigkeit nehmen, wenn er ihre Geheimnisse vollends zu ergründen versuchte.

Er wollte es auch nicht.

Auch er wollte sich ihr hingeben. Ganz und gar und all seinen Ängsten zum Trotz. Er brauchte ihre Nähe und Wärme. Ihr Lachen, ihre Energie und ihre Andersartigkeit. Vor allem aber ihre Melancholie, die der seinen so ähnlich war, und ihre Düsternis, die sich mit der seinigen ergänzte. Sie waren zwei dunkle Seelen, die sich gefunden hatten, ohne auf der Suche nacheinander gewesen zu sein, und sich dennoch getroffen hatten. Weil sie füreinander bestimmt waren. Sie waren geschaffen für das Schattenreich.

Wenn sie sich stundenlang liebten – immer und immer wieder –, zärtlich, leidenschaftlich, hemmungslos und hingebungsvoll, als würden sie niemals genug voneinander bekommen, war es, als wenn sie unverwundbar wären – der eine durch den anderen. Dann war selbst Antediluvian machtlos.

Wenn sich Dilara von einem Orgasmus in den nächsten wimmerte, stöhnte und schrie, ihre langen, schlanken Beine mit katzenartiger Geschmeidigkeit um Calvins Taille schlang und die Füße hinter seinem Rücken verschränkte, um ihn noch tiefer in sich zu spüren, sich mit brennenden Brüsten an ihn preßte, mußte er sie immer und immer wieder nehmen. So lange und so heftig, bis sie sich vor Wollust in seiner Schulter verbiß. Er kannte sich selbst nicht mehr. Wenn er sich in ihr ergoß, brandete der Wind stärker auf, grollte der Donner lauter und tiefer. Calvin kümmerte es nicht. Er war besessen von ihr. Manchmal war er zutiefst erschöpft, konnte aber dennoch nicht aufhören, in sie zu dringen. Weil sie ihn trieb. Zu sich. *In* sich. Wenn sie das Allerletzte aus ihm herausholte, nannte er sie „Höllenbrut“, und sie wußte nicht, ob sie geschmeichelt sein sollte oder nicht. Dennoch erfüllte es sie. Weil ihre Liebe – einem Kampf gleich – authentisch war.

Jetzt schlief er neben ihr. Dilara betrachtete ihn. Wie sich seine Nasenflügel und sein Brustkorb synchron hoben und senkten.

Seine Lider flatterten unruhig im Halbschlaf und hoben sich dann sanft wie Vogelschwingen. Als er Dilara erblickte, zog er sie mit einem Seufzer des Wohlbehagens an sich. Sie schmiegte sich an ihn, bettete den Kopf an seine Brust und nahm den männlichen Geruch seiner Haut in sich auf. Calvin berührte sanft ihr seidiges Haar, das sich in dunklen Locken über ihren nackten Rücken ergoß, hob ihr Gesicht dem seinen entgegen und küßte sie sanft. Als sich seine Lippen wieder von ihr lösten, verklärte ein Lächeln ihr Gesicht. Versonnen sah sie ihn mit ihren grünen, verschleierten Augen an.

Calvin strich ihr die vorwitzigen Strähnen aus dem Gesicht. „Wir müssen uns etwas einfallen lassen“, sagte er leise.

Dilaras Gesichtsdruck verdüsterte sich. „Mußt du jetzt davon anfangen?“ fragte sie mißmutig.

Seine Hand streichelte ihren Rücken entlang. Doch sie entspannte sich nicht mehr. Die verkrampfte Haltung, die sie jäh angenommen hatte, blieb bestehen.

Calvin zog sie noch fester an sich. „Irgendwann müssen wir darüber reden. Die Situation wird immer brenzliger. Diese Höllenbrut wird keine Ruhe geben."

Dilara stieß einen amüsierten Laut aus. „Zu der ich auch gehöre... zu der *wir* auch gehören. Schon vergessen?"

Calvin grinste breit. „Da sieht man es wieder. Es gibt auch hier solche und solche!"

Dilara versetzte ihm einen liebevollen Stoß in die Rippen.

„Vorsicht", mahnte er gutgelaunt. „Ich bin nicht so gut gepolstert wie deine anderen Männer." Eine Spur Ernst klang in seinen Worten.

„Stimmt!" bestätigte sie, und das Funkeln in ihren Augen verriet sie. Er wußte längst, daß er die Erinnerung an andere Männer in ihr ausgelöscht hatte, doch immer noch plagten ihn hin und wieder Zweifel, ob er einer Frau, wie sie es war, auf die Dauer genügte. Dann brauchte er ihre Bestätigung.

Aber dieses Mal ging Dilara nicht darauf ein. Sie setzte sich neben ihm auf, streckte sich, reckte die Arme empor, so daß ihre langen Haare über ihren Rücken fielen und ihre nackten Brüste freiließen.

Calvin schluckte. Er mußte sich beherrschen, sie nicht zu berühren. Aber zu tief saßen noch die Geschehnisse der letzten Nächte in ihm und das, was er in den Katakomben des Palastes von Westminster gesehen und gehört hatte. Er wußte nun, daß dort die Machtträger der Nosferati ihre Versammlungen abhielten, mehr noch, daß die Schriften und alles, was die Nosferati an Wissen zusammengetragen hatten, in den Katakomben zu einer gewaltigen Bibliothek der dunklen Mächte aufgehäuft worden war. Dort befand sich sozusagen das „Gehirn" aller Vampirgeschlechter.

Calvin wußte nun auch, daß Dilara tatsächlich den Tod brachte, aber auch dem Ewigkeit schenken konnte, den sie sich dafür auserkor. Der Preis dafür war gering, und er würde ihn zahlen. Calvin lächelte glücklich bei dem Gedanken, daß sie ihn als ihren Gefährten erwählt hatte. Doch das Lächeln wurde von seinem Gesicht gewischt, als er an die Gefahr dachte, in der Dilara schwebte. Diese Gefahr hatte einen Namen: Antediluvian.

Ego tu sum, tu es ego, unius animi sumus

(Ich bin du, du bist ich, wir sind eine Seele)

Dilara starrte immer wieder auf die fettgedruckte Schlagzeile der Tageszeitung, die aufgeschlagen vor ihr auf dem Küchentisch lag.

„Jack the Ripper is back!“

Dilara wußte nicht, was sie an dem Artikel, der über einen Unbekannten berichtete, der seit Monaten in London sein Unwesen trieb und bevorzugt junge Mädchen tötete, derart anzog... bis sie die letzte Zeile des Artikels las.

... die Leichen wiesen brutale Verletzungen, die von einem Messer stammen, auf... alle Opfer wurden völlig blutleer aufgefunden...

Dilara las den Artikel so oft, bis sie jedes Wort vor sich hinbeten konnte. Danach fand sie keine innere Ruhe mehr. Blutleer, blutleer, blutleer, hämmerte es unaufhaltsam hinter ihrer Stirn.

Und sofort war da wieder dieses Sehnen, dieser Aufruhr in ihr, diese Erregung, die sie hinaustrieb.

Blut... sie wollte es schmecken, es riechen, spüren, wie es in ihren Mund sprudelte – warm und süß. Sie sehnte sich danach, sich daran zu berauschen... sie verspürte Verlangen nach dem Moment, in dem sich der dunkle Schlund ihrer Seele öffnete, wenn das frische, energetische Blut in sie hineinströmte und jede Zelle ihres Körpers mit neuem Leben erfüllte. Dilara war in dieser Hinsicht wie eine Schlange, je jünger das Opfer und je frischer das Blut war, desto länger hielt die Lebensenergie in ihr an. Doch auch das war gewissen Zyklen unterworfen. Es gab Zeiten, in denen sie sich auch psychisch an einem Opfer schadlos hielt und in denen sie daher kein Blut benötigte, es sie aber dennoch hinaus in die Nacht trieb – aus reiner, purer Lust am Töten, das nur ihre Sinne befriedigen konnte. Dann war nichts Menschliches mehr in ihr. Oftmals ließ sie in solchen Nächten das Blut des Opfers unangetastet oder trank nur wenige Schlucke, um zu kosten. Dann wiederum, wenn sie kein Seelenopfer ausgemacht hatte, war sie nächtelang unterwegs, trieb sich in dunklen Hinterhöfen herum oder saß stundenlang am Themse-Ufer, blickte dort in das dunkle Naß, das die einzige wirkliche Bedrohung für ihresgleichen darstellte: fließendes Wasser.

Dennoch fühlte sich Dilara von dem Element angezogen. In ihrem Leben als Sterbliche hatte es sie immer hierhin getrieben. Sie hatte oft stundenlang lesend dagesessen – in sich und die bibliophile Welt zurückgezogen.

Doch unabhängig von den Nahrungs-Zyklen zog sich durch ihr Verhaltensmuster ein roter Faden: die innere Unruhe. Jene Unruhe, die sie auch jetzt wieder befiel, seit sie von dem Mann gelesen hatte, der die grausamen Morde verübt hatte. Daß es sich um einen männlichen Täter handeln mußte, hatte die ermittelnde Behörde sicher feststellen können.

An den Spermaspuren, die an den Opfern gefunden wurden.

Es erregt ihn, dachte Dilara, es erregt ihn, zu töten... so wie mich! Sie fuhr sich mit der rechten Hand durch das offene Haar und strich es zurück. Eine Geste, die wie ihr oft unnahbares Lächeln zu ihr gehörte. Blutleer... blutleer, hämmerte es wieder hinter ihrer Stirn. Der Mörder mußte einer von ihrer Art sein. Anders konnte sie sich das nicht erklären. Auch Dilara verspürte immer stärkere Lust zu töten. Sie wollte endlich wieder in das zarte, aber straffe Fleisch eines Halses beißen und ihre Zähne darin vergraben. Sie wollte den Kampf und das letzte Aufbäumen eines Körpers unter sich spüren – bevorzugt eines *männlichen* Körpers.

Dilara hielt es nicht mehr in ihrem Haus aus. Calvin wollte zwar in einer knappen Stunde kommen, aber so lange konnte sie diesem inneren Drängen, dieser Stimme in ihr nicht mehr trotzen. Es trieb sie hinaus, hinaus in den Hyde Park, an die Stelle, wo sie zu dem geworden war, was sie jetzt war.

Roderick Herrington hatte sich längst eingestanden, daß er zu einem Monster mutiert war. Ein Monster, das aus Lustgewinn tötete, Körper wie in Raserei verstümmelte, Blut trank und in das Fleisch seiner Opfer biß, als wäre es ein Beefsteak. Wenn dann der allerletzte Lebensfunken aus den so Gemeuchelten gewichen war, rieb er sich an den noch warmen, zerschundenen Körpern... so lange, bis ihn eine Welle der Erregung mit sich riß und ihm Erleichterung verschuf.

Danach ließ Roderick sofort von den leblosen Hüllen ab, an denen er, sobald er sich an ihnen vergangen hatte, das Interesse verlor – und schlich sich wie ein geprügelter Hund nach Hause, um sich zu verkriechen. Weniger aus Reue als aus dem Gefühl der Ohnmacht, daß dieses andere Ich immer mehr Gewalt über ihn bekam. Das verunsicherte ihn mehr als die Tatsache, daß er zum Serienmörder geworden war. Denn der Drang in ihm wurde immer stärker, immer regelmäßiger, und die Abstände zwischen den Zeitpunkten immer geringer, an denen es ihn hinaus in die Nacht trieb.

Manchmal verließ er fluchtartig seine Wohnung und konnte sich nur mühsam beherrschen, nicht die erstbeste Frau anzufallen, die ihm auf der Straße begegnete. So stark war der Drang in ihm – nach Blut und Wollust.

So auch in dieser lauen Nacht, in der alles sanft zu sein schien. Die Luft, die Laute, die ihn umgaben, alles war mild und süß, geradezu beschwingt. Nur in seinem Innern tobte ein brutaler, ein zerstörerischer Sturm. Er wollte töten, wollte Leben nehmen, wollte den Geruch des Blutes in seiner Nase, den Geschmack auf seiner Zunge und zuckendes Fleisch unter seinen Händen, unter seinem Geschlecht fühlen.

Ein letzter Rest des Roderick Herrington, der er einmal gewesen war, zuckte bei dem Gedanken angewidert zurück. Aber das neue Ich kämpfte das kümmerliche Aufflackern nieder.

Roderick stöhnte leise auf. Wieder wurde ihm bewußt, wann das alles begonnen hatte.

Er mußte in den Hyde Park. An die Stelle, wo die Galgen gestanden hatten. Dorthin, wo die Frau auf dem Portrait hingerichtet worden war.

Dilara floß wie ein dunkler Schatten durch den Park auf die Stelle zu, an der der Galgen gestanden hatte, wo sie ihr sterbliches Leben gelassen hatte.

Sie prallte dort mit einem Mann zusammen, der ihr merkwürdig vertraut vorkam.

„Hoppla!“ sagte er, hielt sie fest und lachte; sehr männlich und ansprechend, wie Dilara registrierte. Sie löste sich nicht von ihm, wie es sonst ihre Art war, sondern ließ es zu, daß er sie umfaßt hielt, was ein gewisses Gefühl der Vertrautheit in ihr auslöste, das sie sich nicht erklären konnte und das sie verunsicherte. Es war nun eigentlich an der Zeit, sich ihm wieder zu entziehen. Wie jedem anderen Sterblichen. Mit leichtem Bedauern trat sie einige Schritte zurück. Erst jetzt fiel sein Blick auf ihr Gesicht, und er zuckte zusammen – verhielt sich so, als sei ihm ein Geist erschienen. Und auch sie starrte ihn an. Diese Augen... dieses Gesicht... hatte sie schon einmal gesehen!

Sie standen einander stumm gegenüber.

Sekunden vergingen... Minuten... Stunden?... des regungslosen Verharrens, des Anstarrens, des Fragens, woher diese plötzliche Vertrautheit zwischen ihnen kam.

In Rodericks Gehirn zuckte nur ein Gedanke. Es gab sie! Es gab sie tatsächlich. Die Frau auf dem Portrait und in der Galerie. Er hatte schon Zweifel gehabt in den letzten Monaten, ob er sich die Frau auf der Bank vor dem Portrait vielleicht nur eingebildet hatte. Aber nun stand sie vor ihm. Er hatte sie berührt, sie im Arm gehalten. Sie war aus Fleisch und Blut.

Dilara!

Daß sie vor über vierhundert Jahren an dieser Stelle gestorben war, war aus seinem Gedächtnis gelöscht und hatte keine Bedeutung mehr. Was einzig zählte, war: es gab sie! Er mußte nur seine Hand ausstrecken und sie berühren, um den Beweis zu haben. Doch wenn er sie berührte, was geschah dann? Würde sie sich in Wohlgefallen auflösen? Würde er sie wieder verlieren? Wie eine Illusion, die zerstört wurde, wenn man der Realität gegenüberstand?

Dilara war ähnlich erstarrt.

Aber aus einem völlig anderen Grund. Sie wußte immer noch nicht, was sie zu dem Fremden hinzog. Das erweckte schon ein natürliches Mißtrauen in ihr. Und sein Verhalten ihr gegenüber noch mehr. Warum starrte er sie so an? Warum sagte er nichts?

Als hätte er ihren letzten Gedanken erraten, stammelte Roderick. „Ich habe Sie schon einmal gesehen." Er schalt sich insgeheim einen Idioten. Das klang wirklich wie die älteste „Anmache".

Genauso reagierte Dilara auch darauf. Sie zog die Augenbrauen hoch und maß den elegant gekleideten Mann mit einem kühlen Blick. „Soooo? Ich wüßte nicht, wo." Ihre Stimme klang rauh wie Schmirgelpapier – rauh und ablehnend.

Diese Stimme ging Roderick durch und durch. Sag etwas, Junge, sag etwas, forderte er sich selbst auf.

„Es war in der Galerie des Apsley Houses. Sie saßen vor dem Portrait... vor *Ihrem* Portrait!" Er verhaspelte sich unweigerlich, wurde seiner Emotionen kaum Herr vor Aufregung darüber, sie gefunden zu haben. *Endlich* gefunden! Durch einen Zufall... oder durch Fügung des Schicksals? Er wußte es nicht, aber es war auch nicht wichtig. Sie war da, stand vor ihm – leibhaftig. Sein zweites, sein neues Ich regte sich heftig in ihm, es zog ihn noch mehr zu Dilara hin.

Ihre grünen Augen taxierten ihn, doch sie blieb immer noch stumm, als forsche sie in ihrem Gedächtnis, ob er recht hatte. Ja, dachte sie, in der Galerie. Sie erinnerte sich plötzlich wieder. Durch Calvin waren andere Begegnungen verblaßt und hatten ihren Wert verloren.

Doch dieser Mann war anders.

Irgend etwas verband sie.

Und da Dilara neugierig war, wollte sie wissen, was.

Als Calvin in der Park Lane erschien, fand er das Haus leer vor. Von Dilara war weit und breit nichts zu sehen.

„Wo steckt diese Frau schon wieder?“ murmelte Calvin ärgerlich. Er haßte das, wenn er – voller Vorfreude auf sie – durch ihre Abwesenheit enttäuscht wurde. In letzter Zeit war sie unruhiger, umtriebiger geworden. Calvin verspürte ein mulmiges Gefühl in der Magengrube. Er hatte schon immer zur Eifersucht geneigt, aber auch hier sprengte Dilara den Rahmen. Sie war in der Lage, ihn zu verunsichern, ihn im Ungewissen zu lassen und sein Mißtrauen zu schüren. Mit ihren Andeutungen, ihren dahingestreuten Sätzen, die sie bewußt offenließ und die mehr Fragen in ihm aufwarfen als Antworten gaben. Calvin wußte, daß es für sie eine Art Spiel war und daß es für sie zur Liebe dazugehörte.

Geheimnisse sind die Tiefendimension der Liebe, hatte sie einmal zu ihm gesagt, und er hatte ihr bedingt zugestimmt. Ebenso bedingt kam er mit den Rätseln, die sie ihm immer noch aufgab, zurecht.

Dennoch vermochte sie es immer wieder, ihn emotional aus der Bahn zu werfen. Dann plagten ihn Verlustängste, die jäh aufflackerten und die er nur schwer unter Kontrolle bekam.

Calvin wartete immer unruhiger darauf, daß Dilara zurückkehrte. Das untrügerische Gefühl des nahenden Unheils hatte ihn befallen, breitete sich mehr und mehr in ihm aus – gepaart mit der Sehnsucht, die er nach Dilara verspürte. Sie hatten sich einige Tage nicht gesehen, weil sich Dilara zurückgezogen hatte. Auch das kam in regelmäßigen Abständen vor. Sie hatte solche Phasen. Phasen der Ruhe, der inneren Einkehr, wie sie sie nannte. Auf seine Fragen, was er sich darunter vorzustellen habe, hatte sie bisher nur vage und ausweichend geantwortet. Ihm war nur ein Wort im Gedächtnis haften geblieben: Tranceschlaf.

Er erinnerte sich an ihre Abwehrhaltung, als er weiter nachgefragt hatte. Sie blockte ab, wie immer, wenn er sich nach Dingen erkundigte, die mit ihrer Vergangenheit zu tun hatten, als fiele es ihr schwer, darüber zu reden... oder sich daran zu erinnern. Vielleicht war es auch beides. Das zu ergründen war ihm noch nicht gelungen. Wenngleich sie sich in letzter Zeit, seit ihr Verhältnis zu Calvin enger geworden war, immer mehr öffnete. Aber er merkte deutlich, wie schwer ihr das fiel. Feinfühlig wie Calvin war, bedrängte er sie nicht, sondern ließ ihr Zeit und freute sich über jeden auch noch so winzigen Schritt, den sie auf ihn zuging.

Er erinnerte sich nur zu gerne und häufig der Nacht, in der sie ihm den Kuß der Verdammnis aufgehaucht hatte, um ihn zu ihresgleichen zu machen. Lange hatten sie vorher darüber gesprochen, was das für ihn mit sich bringen würde, aber für ihn zählte nur eins: ewig mit ihr vereint zu sein und sie nicht zu verlieren.

Ein erotisierendes Kribbeln lief wie Spinnenbeine seinen Rücken hinab. Bei dem Gedanken daran, wie sie sich geliebt hatten – besonders intensiv – ruhig und dennoch leidenschaftlich – und sich auf dem Gipfel der Lust ihre Zähne in seinem Hals vergraben hatten. Auf eine gleichermaßen sanfte wie leidenschaftliche Weise. Er erinnerte sich an den kurzen, heftigen Schmerz, der ihn wie ein Stromschlag durchzuckt hatte, an das zarte Saugen ihrer weichen Lippen, das darauf folgte, und an das schwebende Gefühl, das seinen Körper danach beherrschte. Seine Gedanken hatten sich schnell verschleiert, und er hatte sich zuerst so gefühlt, als habe ihn ein schwerer Infekt befallen – dumpf dahintreibend. Dann wiederum durchrasten ihn Energieschübe, als würde Dilara neues Leben in ihn treiben, als sie ihn anhielt, auch von ihrem Blut zu kosten.

Er tat es, und es hatte einen einzigartigen Geschmack.

Wie ein südafrikanischer Shiraz-Wein war es kräftig mit einem eleganten Bukett und Anklängen von Süßholz und dunklen Waldbeeren. Es war ebenso berauschend und stimulierend wie edler Wein.

Sie trieben dahin. Die Welt um sie herum kippte weg. Da war nur noch diese Verbundenheit... diese Nähe, die man nur einmal im Leben zu einem anderen Wesen verspürte.

Die grenzenlose Liebe, die er empfand, würde keine andere Frau je in ihm wecken können. Sein persönliches Schreckgespenst war daher, sie wieder zu verlieren. Durch etwas Unvorhergesehenes oder durch einen anderen Mann, den sie sich auserwählte.

Er hatte sie einmal darauf angesprochen, ihr von seinen Ängsten erzählt. Ihre Augen funkelten ihn smaragdgrün an – erzürnt, aber auch von Trauer durchzogen.

„Du müßtest es besser wissen, Calvin!“ sagte sie mit zornbebender Stimme.

Oh, wie er es liebte, wenn sie wütend war! Dann schwang in ihrer Stimme diese düstere Musikalität, dieses Vibrieren, das ihm durch und durch ging.

„Ja“, sagte er zögernd. „Im Grunde weiß ich es...“

„Aber?“

„Ängste sind doch immer irrational, Dilara!“ wagte er anzumerken. Das Funkeln in ihren Augen nahm noch zu, doch Calvin sprach weiter. „Sie befallen einen mitunter. Selbst wenn man es besser weiß! Man ist einfach machtlos dagegen.“

Das Funkeln ließ nach, ihr Blick wurde sanfter, so wie Dilaras Gesichtsausdruck. Sie umarmte Calvin, zog ihn langsam an sich, auf sich, ohne den Blick von ihm abzuwenden, und blieb ruhig mit ihm liegen. Er schloß die Augen, genoß die Intimität des Augenblicks und das Streicheln ihrer Hände auf seinem Rücken, an seiner Seite.

Ihre Stimme tropfte wie Honig an ihm herab. „Du mußt keine Angst haben, Cal... *du* nicht.“

Calvin seufzte in Erinnerung an den beglückenden Sinn ihrer Worte und zuckte plötzlich zusammen. Das Gefühl des Unheils wurde intensiver, und es hatte eindeutig mit Dilara zu tun. Etwas ging vor. Etwas, das ihm nicht gefallen würde. Da war sich Calvin sicher.

Sie gingen durch den mittlerweile morgendämmrigen Hyde Park.

Dilara und der Fremde, der sich ihr als Roderick vorgestellt hatte. Mehr hatte er nicht über sich preisgegeben. Aber das war auch nicht nötig. Beide sprachen nicht viel, sondern hingen ihren Gedanken nach, aber sie verspürten das Gefühl, daß etwas sie verband.

„Ich würde Sie gerne wiedersehen", sagte Roderick.

Dilara nickte zustimmend. „Ich bin abends oft hier im Park oder in der Galerie." Sie lächelte versonnen, sah ihn mit ihren sphinxartigen Augen an. „Ich bin nachtaktiv."

Roderick erwiderte ihren Blick. „Ich auch!"

„Das trifft sich ja gut."

Er nahm ihre Hand und führte sie an den Mund, hauchte formvollendet einen Kuß auf ihren Handrücken. Am liebsten hätte er jeden einzelnen Finger geküßt. Nur mit Mühe konnte er sich beherrschen, sie an sich zu ziehen und seine Lippen auf ihre zu pressen.

„Morgen? Morgen abend?" fragte er charmant, aber der drängende Unterton verriet ihn.

Sie nickte.

„Hier im Park?"

Sie nickte erneut

„Ich freue mich." Seine Stimme streichelte sie. Dann vollführte er eine altmodische Verbeugung. „Bis morgen abend. Sagen wir um zehn Uhr?"

Dilara nickte ein weiteres Mal. Dieser Mann strahlte etwas Ruhiges und dennoch Dominantes aus. Eine Kombination, die Dilara immer sehr an Männern geschätzt hatte. Sie fühlte sich von Männern angezogen, die kein Imponiergehabe an den Tag legten, die wußten, was sie waren, ohne es nach außen tragen zu müssen. Die es nicht nötig hatten, sich und anderen etwas zu beweisen. Es waren die Ruhigen, die im Kontrast zur ihrer eigenen Rastlosigkeit standen, die sie in den Bann zogen. Dilara betrachtete Roderick. Sie schätzte ihn auf etwa Mitte Fünfzig. Schon auf den ersten Blick merkte man, daß er über gute Manieren verfügte, auch wenn ein wildes Feuer in seinen Augen brannte, das verriet, daß mehr in ihm steckte, als es den Anschein hatte. Er war ein Sonderling. Das spürte sie. Und er sah gut aus mit seinem kurzen schwarzen Haar und den ausgeprägt maskulinen Gesichtszügen. Dennoch war er ein Mann, dessen Erscheinungsbild verblaßte und nicht in der Erinnerung haften blieb, sobald er aus dem Blickfeld verschwunden war. Und trotzdem war etwas Besonderes an ihm.

Das herauszufinden reizte sie.

Roderick hatte ihr jedoch schon seinen Blick entzogen und sich von Dilara abgewandt, als habe er es mit einem Mal sehr eilig. Mit weit ausholenden Schritten verschwand er in der Dunkelheit.

Calvin eilte getrieben von seiner Unruhe und einer Vorahnung durch den Hyde Park und ließ den Blick suchend umherschweifen. Sein schwarzer Ledermantel und seine langen Haare flatterten hinter ihm her. *Wo steckt sie nur?* dachte er ärgerlich und schüttelte den Kopf. Diese Frau hielt ihn wirklich auf Trab! Das mußte man ihr lassen. Es gab keine Ruhe mehr in ihm und um ihn herum, seit Dilara in sein Leben getreten war. Aber im Gros war es eine stimulierende Betriebsamkeit, die ihn seither in Bewegung hielt. Eine, die jede Zelle seines Körpers erfüllte und mit Lebensenergie versah. Seit Dilara ihn in das Schattenreich geholt hatte, fühlte er sich wie neugeboren, als wäre es schon immer für ihn vorgesehen gewesen, als wäre es seine Bestimmung.

Da stand sie!

Mit einem Mann, der sicher doppelt so alt wie er selbst war. Eifersucht stieg jäh in Calvin auf. Er trat in den Schutz eines Gebüsches und beobachtete, wie der Fremde Dilaras Hand küßte.

Schleimer, durchzuckte es Calvin boshaft. Was ihn aber besonders aufbrachte, war die Tatsache, daß er Interesse in Dilaras mondbeschienenem Gesicht sah. *Interesse an diesem Mann.*

Calvin kannte sie gut genug, um zu erkennen, daß ihre Neugier geweckt war, und er wußte, wenn das erst einmal geschehen war, gab es für sie kein Halten mehr. Dann wollte sie das „Neue“ ergründen. Früher war auch Calvin schnell verführbar gewesen, wenn ihm eine Frau über den Weg lief, die seinem Geschmack entsprach. Das hatte sich geändert, seit ihm Dilara begegnet war. Doch wie war das bei ihr? Er wußte sie in dem Punkt noch nicht vollends einzuschätzen. War sie das überhaupt... einschätzbar? Nein, dachte er. Daß sie es nicht war, sah er gerade mit eigenen Augen. Calvin spürte körperliche Übelkeit in sich aufsteigen, die er nur mühsam bekämpfte. Am liebsten wäre er aus seinem Versteck hervorgestürmt, hätte sie zur Seite gerissen – weg von diesem Mann – und zur Rede gestellt. Doch er konnte sich im letzten Augenblick noch zurückhalten und hörte, wie sich Dilara mit dem Fremden verabredete. Was dachte sie sich nur dabei? Die Eifersucht kroch weiter in ihm hinauf und schnürte ihm förmlich den Atem ab.

Endlich löste sich der Fremde von Dilara und ging davon. Calvin sah sie dastehen und ihm eine Weile hinterhersehen. Sie sah wunderschön aus. Etwas Wildes und Ungezähmtes lag auf ihren Zügen.

Calvin spürte Verlangen in sich, das durch seine Eifersucht und seinen jäh entflammten Zorn noch gesteigert wurde. Er wollte schon vortreten und Dilara zur Rede stellen, als er den

Schatten einige Meter hinter ihr, der sich hinter einem Baum verbarg, wahrnahm. Calvin war nicht der einzige, der Dilara beobachtete. Die Silhouette war ihm vertraut. Er kannte den Mann, dessen Umriß er allein in der tintigen Dunkelheit wahrnehmen konnte, und wußte, daß es nichts Gutes bedeuten konnte, ihn hier zu sehen. Ihn *Dilara* beobachten zu sehen.

„Antediluvian!“ flüsterte Calvin leise vor sich hin. Was machte er hier? Calvin wußte, daß der Ur-Nosferatu eine Bedrohung in Dilara sah. Sie hatte es bisher vermieden, ihm über den Grund genauen Aufschluß zu geben. Oft hatte er die Vermutung, daß sie es selbst nicht wußte.

Seit Calvin einer von ihnen war, hatten sich auch seine Sinne geschärft. Und er spürte die Gefahr, die von Antediluvian ausging, nicht nur, er roch sie förmlich.

Dilara!

Er mußte sie warnen!

Evaline hätte selbst nie gedacht, daß sie in ihren Bemühungen, wieder an Roderick Herrington heranzukommen, so weit gehen würde. Aber ihr blieb keine andere Wahl, sie hatte ihren Kontakt zu Justin Deas vertieft und ihm noch eine „persönlichere“ Note verliehen. Sie war häufiger in die Galerie gegangen, hatte mit ihm gescherzt, ihn umgarnt und Informationen über die Frau aus ihm herausgelockt. Als sie nicht weiterkam, hatte Evaline ihn sogar zum Abendessen eingeladen. Sie wählte jedoch wohlweislich ein Restaurant, das sie noch nie zuvor betreten hatte und auch nie wieder aufsuchen würde. So sehr sie sich innerlich gegen das Treffen sträubte, gegen die Vertraulichkeiten, die unvermeidbar waren, Evaline war hart zu sich selbst.

Sie kannte nur einen Gedanken, verfolgte nur ein Ziel: mehr über die Frau zu erfahren, die Roderick derart in ihren Bann gezogen hatte. Was Justin Deas zu fortgeschrittener Stunde und nach erheblichem Alkoholgenuß von sich gab, konnte nicht phantastischer sein. Aber vielleicht gerade weil es so aberwitzig, so „abgehoben" klang, war es wahr. Evaline hörte seinem Gestammel über eine Frau, die vor über vierhundert Jahren den Tod am Galgen fand und zur Vampirin wurde, mit wachsendem Erstaunen und Erschrecken zu. Ebenso dem Bekenntnis, daß er – Justin Deas – die Aufgabe habe, eben jene Unsterbliche zu überwachen, weil diese ihre Grenzen zu weit überschreite. Er sah Evaline mit einem Blick an, der sie frösteln ließ. „Ich handle im Auftrag einer höheren Macht." In seiner Stimme klang unverkennbar Stolz. Stolz, daß man ihn auserkoren hatte. In seinem Blick aber glomm eindeutig der Irrsinn.

Evaline rückte automatisch von ihm ab, fragte sich insgeheim, ob sie ihre Zeit nicht mit diesem sonderbaren Mann, der so offensichtlich an Geistesverwirrung litt, vertan hatte. Doch irgend etwas sagte ihr, daß er die Wahrheit sprach. So abwegig diese auch klang.

„Sie ist gefährlich", sprach er in seiner schleppenden Art – wie zu sich selbst – weiter.

„Warum ist sie das?" Evaline lehnte sich gespannt vor, damit ihr auch ja kein Wort entging.

„Weil sie den Tod bringt."

Roderick sieht aber noch sehr lebendig aus, dachte Evaline. „Weil sie den Tod bringt?" wiederholte sie daher ungläubig, aber auch in der Hoffnung, Justin Deas würde weiterreden. Doch er blieb stumm, starrte in sein Bierglas, das er in der Hand hielt, und schien nicht gewillt zu sein, weiterzusprechen. Mehr noch, er schien Evalines Anwesenheit völlig vergessen zu haben.

Evaline gedachte nicht so schnell aufzugeben. Sie wollte ihm noch die eine oder andere Information abschmeicheln. Aber Justin hatte sich wieder in sich zurückgezogen... in seine ureigene, begrenzte Welt.

Evaline seufzte. Wie weit muß ich noch gehen, fragte sie sich, wußte aber im selben Atemzug, daß sie *ziemlich* weit gehen würde. Auch wenn sie allein bei der Vorstellung schon Übelkeit verspürte.

Aber nachdem ihr Greg Lane seine Hilfe doch versagt hatte, blieb ihr keine andere Möglichkeit. Die Worte des Polizisten hallten ihr immer noch in den Ohren.

„Roderick macht gerade eine schwierige Phase durch, da ist es verständlich, daß er sich erst einmal zurückzieht, Evaline. Wir sollten das respektieren und ihn erstmal in Ruhe lassen!"

Schwierige Phase, dachte Evaline mißgelaunt, pah, daß ich nicht lache! Er treibt sich nachts in London herum. Mit dieser Frau!

Evaline hatte es nicht aufgegeben, Rodericks Haus zu beobachten. Daher war es ihr nicht entgangen, daß er es immer häufiger und regelmäßiger, aber beinahe nur in der Dunkelheit verließ.

So auch in dieser Nacht.

Sie saß in ihrem Auto und wartete, daß Roderick auf die Straße trat, dachte dabei an ihr Treffen mit Justin Deas zurück. Sie schüttelte sich angewidert bei dem Gedanken daran. Er war am interessantesten Punkt seines Informationsflusses verstummt. So hatte sie sich sogar dazu durchringen müssen, sich dicht neben ihn zu setzen, ihre manikürten Finger auf seinen Arm zu legen und weiter auf ihn einzuschmeicheln.

Sein Blick sprach Bände.

Er war so eindeutig, daß Evaline am liebsten aufgesprungen und fluchtartig aus dem Restaurant gelaufen wäre, aber sie beherrschte sich noch im letzten Moment. Sie wollte um jeden, sie berichtigte sich insgeheim, *fast* jeden Preis wissen, wo sie diese Frau finden konnte. Aber sie vermochte nur noch aus Justin Deas herausbringen, daß Dilara, die Vampirin, häufig nachts im Hyde Park anzutreffen war.

Das ist wirklich schwerer Tobak, durchzuckte es Evaline mit leichtem Grusel. Eine Vampirin... das hat mir gerade noch gefehlt.

Sie blickte auf ihre goldene Armbanduhr. Ein Geschenk, das Roderick ihr gemacht hatte, weil er wußte, daß sie auf solchen Tand Wert legte. Ihm selbst wäre sie zu protzig gewesen, aber Evaline hatte sich entzückt gezeigt, als er ihr das kostbare Schmuckstück in der exquisiten Schatulle überreichte.

Es war kurz vor Mitternacht. Evaline trommelte nervös mit den Fingern auf dem Lenkrad herum. Wo blieb Roderick nur? Würde er diese Nacht zu Hause verbringen?

Doch da! Die Tür öffnete sich!

Roderick Herrington betrat die Straße und sah sich nach allen Seiten um, als fühle er sich beobachtet. Der hochgeschlagene Mantelkragen verdeckte sein Gesicht, so als wolle der hochgewachsene Mann nicht erkannt werden.

„Was hast du zu verbergen?" murmelte Evaline vor sich hin. Sie verließ das Auto und folgte ihrem ehemaligen Geliebten in sicherem Abstand, huschte dicht an die Häuserwände gedrückt hinter ihm her.

Roderick Herrington schlug zielstrebig den Weg zum Hyde Park ein. Evaline folgte ihm, nach einiger Weile von Sorge erfüllt, ihn aus den Augen zu verlieren, weil die Bäume des Parks ihr Blickfeld begrenzten. Hinzu kam, daß Evaline ohnehin fast nachtblind war.

Wind kam auf, strich fauchend um sie herum, zerrte an ihrem Mantel, dessen Gürtel sie fester um sich zog. Evaline kämpfte mit leicht gesenktem Kopf gegen die heftigen Böen an. Hätte Roderick in dem Moment nicht seinen Bestimmungsort erreicht, hätte sie ihn endgültig aus den Augen verloren.

Da stand sie.

Die Frau, um die sich in letzter Zeit alles zu drehen schien.

Sie war schön, von außergewöhnlicher Blässe, die durch das tiefschwarze Haar noch betont wurde, und mit einem verheißungsvollen Lächeln, das sie Roderick schenkte und das in Evaline kalte Wut aufsteigen ließ. Da stand sie, ihre Nebenbuhlerin... zum Greifen nahe. *Nebenbuhlerin?* durchzuckte es Evaline. Noch wußte sie nicht, was es mit der Frau auf sich hatte. Vor allem, was Roderick mit ihr zu schaffen hatte. Wenige Sekunden später wußte sie es. Als Roderick die Frau an sich zog, sie in die Arme schloß und küßte.

Wieder wurden Dilara und Roderick nicht nur von einer Person beobachtet. Nicht nur Evaline stand verborgen vom Geäst der jungen Bäume da und ließ das engumschlungene Paar nicht aus den Augen. Mit vor der Brust verschränkten Armen lehnte Calvin an einem Baumstamm und starrte Dilara und den Mann an, von dem er mittlerweile wußte, daß er Roderick hieß. Er hatte Dilara, nachdem er sie das erste Mal zusammen mit seinem Nebenbuhler – denn das war dieser längst, so empfand es Calvin zumindest – beobachtet hatte, gefragt, was es mit diesem Mann auf sich habe. Sie hatte das Thema leichthin abgetan und ihn zu beruhigen versucht, daß sie ihn nur vor einiger Zeit in der Galerie des Apsley Houses gesehen hatte.

„Er starrte mich und das Portrait an, als habe er eine Halluzination“, kicherte sie.

„Das glaube ich“, hatte Calvin fahrig erwidert.

Die Sache gefiel ihm nicht. Sie gefiel ihm ganz und gar nicht. Aus mehreren Gründen. Zwei davon lagen klar auf der Hand. Einer war Eifersucht, denn er wollte Dilara mit nichts und niemandem teilen. Diese Frau machte ihn abhängig. Doch er wollte es nicht anders, weil sie ihm mehr gab als alle anderen Frauen zuvor. Der zweite Grund war die Bedrohung, die von Roderick ausgehen würde, ausgehen *mußte*, wenn er sich näher mit Dilara befaßte. Wenn er die Zusammenhänge wahrnahm, die selbst Calvin noch nicht so recht verstand. Darüber hinaus stellte Antediluvian die größte Gefahr dar.

Calvin waren das eindeutig zu viele Unbekannte. Zu den ganzen Fragen und Rätseln dazu, die sich außerdem noch um Dilara rankten.

Er hatte sie mit Argusaugen beobachtet, war ihr heimlich gefolgt, immer dann, wenn sie sich heimlich mit Roderick getroffen hatte. Die letzten Tage und Wochen – mit wachsendem Zorn über ihre Geheimniskrämerei und ihren Vertrauensbruch, als er feststellen mußte, daß sie den Nebenbuhler nicht in seine Schranken verwies und es offensichtlich genoß, von ihm hofiert zu werden. Daß dieser Mann Gefallen an ihr gefunden hatte, war offensichtlich. Aber war ihm das zu verübeln? Nein, dachte Calvin. Wer Dilara erblickte, verfiel sofort ihrem kapriziösen Charme. Ihr Verhalten war es, das ihn schmerzte. Er hatte sich bisher nie so sehr auf eine Frau eingelassen, hatte ohne Liebe, aber auch ohne die Verletzungen, die damit einhergehen, gelebt. Auf Dilara *hatte* er sich eingelassen und ihren Worten geglaubt, daß sie ihn liebe – und somit erwartet, daß sie sich nicht gleichzeitig auf andere Männer einließ. Doch tat sie das überhaupt? Er wußte nicht, wie weit ihre Beziehung zu diesem Mann ging, denn das hatte sie wohlweislich offengelassen.

Calvin wußte nur eins: er würde sie vor die Wahl stellen, würde um sie kämpfen – aber eines würde er nicht, sie mit einem anderen teilen! Calvin kannte Dilara mittlerweile gut genug: Sie war eine Frau, die ab und zu die Grenzerfahrung suchte und brauchte. Er mußte auf die Tiefe, diese absolute Nähe, die sie verband, setzen. Es war unmöglich, daß sie die auch mit einem anderen Mann empfand.

Calvin beugte sich vor und bewegte sich dadurch ein wenig aus dem Schatten hervor. Evaline wurde seiner gewahr und musterte ihn neugierig. Was war das denn für ein Typ? Wohl einer dieser Gothic-Leute, dachte sie. Diese schwarzen Klamotten, die langen Haare und die blasse Haut, die in der Dunkelheit leuchtete. Dieser Düsterlook, der wohl nie aus der Mode kam. Was sie mehr an ihm interessierte, war die Tatsache, daß auch er Roderick und diese Frau beobachtete. Das fiel sofort ins Auge. Zumal nur das sich immer noch küssende Paar weit und breit zu sehen war. Evaline fragte sich, ob er ein Freund der Frau war. Er war jünger als sie, aber das hatte nichts zu bedeuten. Jetzt trat er sogar einige Schritt vor, auf das Paar zu, das sich aber gerade abwandte, ihm die Rücken zudrehte und sich gegenseitig um die Taille fassend weiterging.

Calvin erinnerte sich noch genau an den weiteren Verlauf dieser Nacht, daran, wie er Dilara und diesem Mann gefolgt war. Erst mit dem nötigen Abstand, dann immer dichter hinter ihnen, weil die Wut, die wieder in ihm aufstieg, seine Schritte beflügelte. Doch die beiden waren zu sehr in ihr Gespräch vertieft, um ihn zu bemerken. So schien es zumindest.

Calvin konzentrierte sich auf Dilara. Er konnte seinen Blick kaum von ihr wenden. Von ihrem Rücken, dem langen dunklen Haar, ihrem runden Gesäß, das in einer verführerisch engen Lederhose steckte.

In seinen Zorn und die Eifersucht mischte sich Verlangen, das weit über das rein Körperliche hinwegging. Er wollte, daß sie zu ihm gehörte. Wollte, daß sie *nur* ihm gehörte.

Calvins Gedanken konzentrierten sich wieder auf Dilara.

Dilara, dachte er. Dilara, warum?

Sie zögerte plötzlich mitten im Schritt, zuckte kaum merklich zusammen, dennoch nahm Calvin es wahr. Auch – und das mit einer gewissen Schadenfreude –, wie sie den Mann an ihrer Seite hastig verabschiedete. Dem stand das Erstaunen deutlich auf dem Gesicht geschrieben, aber er fügte sich. Wie sich alle fügten, die mit ihr zu tun hatten. Dessen war sich Calvin sicher.

Kaum war Roderick Herrington entschwunden, drehte sich Dilara mit einer geschmeidigen Bewegung um und sah Calvin abseits vom Weg stehen. Wie ein schlanker Schatten, dem der Wind das lange Haar um das Gesicht wehte, stand er da und rührte sich nicht.

„Dachte ich es mir doch“, entfuhr es Dilara empört, aber auch eine Spur verunsichert.

„*Was* dachtest du dir?“ Calvin blickte ihr ruhig und mit verschlossenem Gesichtsausdruck entgegen, wie sie auf ihn zuschritt.

„Daß du mir hinterherschleichst... mir nachspionierst.“ Der unwillige Klang in ihrer Stimme wurde durch das warme Funkeln ihrer Augen gemildert.

„Das muß man bei dir ja wohl auch. Bei deiner Geheimniskrämerei. Sonst treibst du dich ja mit allen möglichen Typen herum.“ Er redete sich wieder in Rage.

„Übertreibe es nicht, Calvin!“ sagte sie schroff und nahm eine abweisende Haltung ein. „Ich liebe dich, und ich bin gerne mit dir zusammen, aber ich bin nicht dein Eigentum.“

„Davon ist auch nicht die Rede. Aber warum triffst du dich heimlich mit dem Kerl, wenn du mich liebst?“

„Man kann auch zwei Männer lieben! Jeden auf seine Art.“ Sie musterte ihn aus schattenverhangenen Augen.

„So ein Unsinn!“ entfuhr es Calvin zornig. Wut funkelte sie aus seinem Blick an.

„Ach, Cal.“ Dilara seufzte. „Im Grunde kann man das sowieso nicht vergleichen. Das mit dir... geht viel tiefer...“

„Wenn das mit mir angeblich tiefer geht, frage ich dich noch einmal: Warum triffst du dich heimlich mit den Kerl?“

„Ich fühle mich wohl in seiner Gesellschaft.“

Calvin starrte sie fassungslos an. „Und in meiner nicht?“

Sie lachte amüsiert. „Das habe ich nicht gesagt.“ Sie wurde ernster. „Roderick fordert nicht so viel wie du. Er hat nicht deine Präsenz...“

„Du klingst erschöpft... erschöpft von mir!“ fuhr ihr Calvin ins Wort. „Bist du meiner schon überdrüssig?“

Dilara ging zwei Schritte auf ihn zu, ergriff ihn an den Armen und schüttelte ihn. „Bist du noch bei Verstand?“ rief sie aufgebracht. „Wie kann ein so kluger Kerl wie du nur so viel dummes Zeug reden?“

„Vielleicht weil es der kluge Kerl unerträglich findet, daß dich ein anderer Mann küßt und berührt? Ist dir das schon einmal in den Sinn gekommen?“ fragte er aufgebracht und löste sich mit einer unwilligen Geste von ihr. „Irgendwie habe ich das Gefühl, daß du mir, aber vor allem *dir* etwas beweisen willst.“

„Und das wäre?“

„Daß du mich nicht brauchst...“ Er zögerte eine Weile. „So wie ich dich.“

Evaline huschte eilig hinter Roderick her. Ein Unterfangen, das nicht einfach war, denn er hatte es plötzlich sehr eilig, und Evaline trug wie immer hochhackige Schuhe. Sie lief schon Gefahr, Roderick Herrington aus den Augen zu verlieren, als sie mit Erstaunen sah, daß er eine junge Frau ansprach und charmant auf sie einredete.

Das sah ihm ganz und gar nicht ähnlich. Eine wildfremde Frau „aufzureißen". Denn nichts anderes tat er offensichtlich. Was sollte das alles? Evaline preßte sich dicht an einen Baumstamm, hörte Roderick und die junge Frau – eine aufreizend gekleidete Rothaarige – lachen und scherzen. Schnell kamen sich die beiden näher. Die Rothaarige kicherte, als Roderick ihre Taille umfaßte und an sich zog. Er küßte sie, und als er ihren Mund wieder freiließ, schnurrte sie wie eine rollige Katze.

Evaline spürte Übelkeit in sich aufsteigen.

Wie billig das alles war.

Wie konnte Roderick nur Gefallen an einer solchen Frau finden?

Und vor allem, was wollte er von ihr?

Was wohl, höhnte es hinter ihrer Stirn, was will er wohl von ihr? Das liegt doch auf der Hand!

Als wolle er ihre Gedanken bestätigen, zog Roderick die Frau an sich und ging mit ihr in Richtung des Serpentine Sees. Bald schon verdeckten ihn und die Frau die dichten Büsche, die das Seeufer säumten. Evaline schlich näher an das Strauchwerk heran, das ihr die Sicht nahm, in der Hoffnung, doch noch einige Blicke auf das Paar werfen zu können. Doch sie vermochte in der Dunkelheit nur zwei Schemen, die ineinander verwoben waren, auszumachen und vernahm schon sehr bald eindeutige Geräusche. Evaline schloß die Augen. Wie konnte Roderick nur? Was war bloß in ihn gefahren? Er, der früher der Inbegriff von Anstand und Moral gewesen war. Was hatte ihn derart verändert? Während sich Evaline diese berechtigten Fragen stellte, veränderten sich die Geräusche, die von dem Paar zu ihr herüberdrangen. Die des Mannes wurden bestimmender, herrschender und entfesselter. Die der Frau klangen leidenschaftlich, dann plötzlich erschrocken, ein spitzer Schrei ertönte, dann trat unnatürliche Ruhe ein.

Evalina hielt den Atem an, lauschte in die Stille, die so abrupt eingetreten war. Ein sonderbares Gefühl machte sich in ihrer Magengegend breit.

Kurze Zeit später trat Roderick hervor. Evaline sah, daß er unter seinem Mantel an seiner Kleidung nestelte. Sie war blutbesudelt! Was Evaline schockierte, war das Messer in seiner Hand, das er blitzschnell in einer Manteltasche verschwinden ließ, bevor er sich mit schnellen Schritten von dem See entfernte.

Evaline blieb einige Minuten abwartend stehen. Sie wagte nicht, vorzutreten und hinter die Büsche zu blicken. Immer noch hegte sie die Hoffnung, daß auch die Frau gleich erscheinen und ihres Weges gehen würde.

Aber nichts dergleichen geschah.

Nach einer Weile überwand Evaline ihre Furcht und schlich sich nah an die Büsche heran. Sie bog sie zur Seite, und ihr gefror das Blut in den Adern, als sie die leblose Frauengestalt am Boden sah, die mit unnatürlich abgewinkelten Beinen dalag.

„Ich glaube, du hast recht!" murmelte Dilara. „Ich wollte mir tatsächlich etwas beweisen." Sie klang betroffen, überlegte eine Weile und fuhr dann zögernd fort. „Aber irgend etwas verbindet uns auch... Roderick und mich..."

„Verschone mich!" Mit Calvin war an diesem Abend nicht mehr zu spaßen. „Zumal es viel wichtigere Dinge gibt."

Sie blickte ihn wissend an. „Antediluvian?" fragte sie leise.

Calvin nickte. „Er hat euch beobachtet, als du dich mit *deinem* Roderick getroffen hast. Und das nicht nur einmal."

„Cal... bitte!" Dilara seufzte.

„Du hast recht, der Knabe im Greisenalter ist unwichtig..." Den kleinen Seitenhieb konnte sich Calvin doch nicht verkneifen. Das war er sich und seinem Ego schuldig. „Antediluvian hingegen ist es nicht. Du solltest mir endlich erzählen, was er gegen dich hat, warum du bei ihm so in Ungnade gefallen bist. Vor allem, warum er dich als Bedrohung ansieht."

„Warum hast du mir nicht sofort erzählt, daß er Roderick und mich beobachtet hat?" wollte Dilara vorwurfsvoll wissen.

Calvin grinste breit. „Dann hätte ich ja zugeben müssen, daß ich dich auch im Auge behalten habe." Das Grinsen verschwand. „Und weil ich mir Klarheit darüber verschaffen wollte, welche Ziele er verfolgt."

„Und? Hast du dir Klarheit verschafft?"

Calvin strich sich die langen Haare zurück. In der schwarzen Kleidung wirkte er noch schlanker, als er es ohnehin schon war, beinahe androgyn. Und genau deshalb, weil er einen so deutlichen Kontrast zu ihren weiblichen Formen bildete, zog er Dilara besonders an.

„Nicht vollends. Aber eines wurde offensichtlich, er schien es zu begrüßen, daß Roderick und du... daß ihr euch über den Weg gelaufen seid."

Roderick saß in seinem Arbeitszimmer und grübelte vor sich hin. Seit sich sein Leben so rapide verändert hatte, seit diese andere Persönlichkeit mehr und mehr Besitz von ihm ergriff, fühlte er sich wie aus einem langen Tiefschlaf erwacht.

Seit Dilara nun auch real – aus Fleisch und Blut – in sein Leben getreten war, zog es ihn immer mehr hinaus in das nächtliche London.

Auf der Suche nach neuen Opfern. Längst hatte er auch sein Gewissen, das ihn anfangs nicht ruhen ließ, zum Verstummen gebracht.

Seine Gedanken wanderten wieder zur Dilara.

Er fühlte sich zu ihr hingezogen, weil sie ihn aus seiner selbstgewählten Einsamkeit, aus seiner Monotonie, befreite. Er war in seinem bisherigen Leben immer strengen Regeln gefolgt und war nie über sich selbst hinausgewachsen. Jetzt hatte er das Gefühl, daß er es tat. Er hätte Dilara gerne enger an sich gebunden, doch er wußte, daß sie einen Gefährten hatte. Das hinderte ihn aber nicht daran, immer wieder ihre Nähe zu suchen – jetzt, da er wußte, wo er sie finden konnte. Die Finsternis, die sie meistens umgab, flößte ihm längst kein Unwohlsein mehr ein. Immer sicherer bewegte er sich darin und fühlte sich dort bald schon heimisch.

Wenn er Dilara sah, vergaß er alles um sich herum. Dieses Gesicht, diese Augen, die so fremdartig waren und doch so vertraut, in denen ein unstillbarer Hunger glomm und eine existenzielle Wildheit. Er erinnerte sich an den ersten Kuß, den sie ihm geschenkt hatte. Wie sein Mund mit ihren Lippen verschmolzen war und ihren Atem in sich eingesogen hatte, als hinge sein Leben davon ab. Im Grunde war es auch so, es lief darauf hinaus. Er wollte sie! Er wollte und konnte nicht mehr ohne sie sein, der Gedanke, wieder auf sie verzichten zu müssen, bereitete ihm körperliche Übelkeit. Auch wenn sie ihm deutlich gezeigt hatte, daß sie den Jüngling an ihrer Seite niemals aufgeben würde, hegte er die Hoffnung, daß sie ihre Meinung ändern würde. Und selbst wenn nicht, wollte Roderick auch das hinnehmen. Ihre Zuwendung zu teilen, war immer noch erträglicher, als sie gänzlich zu verlieren. Auch wenn es nur ein Glück auf Zeit war. Doch Zeit war ein relativer Begriff. Waren nicht Minuten des intensiven Gefühls mehr wert als monatelanges Dahindümpeln in einer trostlosen, oberflächlichen Beziehung? Waren nicht Stunden mit Dilara ausfüllender als Jahre mit einer Frau wie Evaline? Roderick stellte fest, daß sich diese Frage gar nicht stellte, sondern sich von selbst beantwortete.

Dilara hatte eine Glut und Leidenschaft in ihm entfacht wie noch keine Frau zuvor. Und das, wie es ihm schien, so leicht wie ein Fingerschnippen, ohne große Anstrengung und kokett wie ein Kind, das gewohnt ist, alles zu erreichen und das sich nimmt, was es will.

Aber das Zusammensein mit ihr bewirkte noch mehr: es verstärkte die Träume. Die Dämonen der Nacht, die Blutlust über ihn brachten und ihn zum Mörder werden ließen, forderten ihn nachhaltiger auf, den Tod mit spitzem Messer in die Körper seiner Opfer zu schneiden.

Dilara war in nachdenkliches Schweigen verfallen. Calvins Vermutung, Antediluvian begrüße es, daß Roderick und sie einander begegnet waren, warf in ihr die Frage auf, welchen

Nutzen er davon hatte, er daraus ziehen konnte. Sie wußte, der Ur-Nosferatu tat nichts ohne Hintergedanken.

„Die Katakomben unter dem Palast von Westminster waren schon beeindruckend“, sprach Calvin in ihre Gedanken hinein. „Und wenn ich mir vorstelle, was sich dort abspielt.“ Ein jungenhaftes Grinsen erhellte sein Gesicht. „Wenn das die rechtschaffenen Bürger Londons wüßten, hätten sie aber etliche schlaflose Nächte mehr.“

„Und sie sind nicht die einzigen.“ Dilaras Stimme hatte wieder diesen ruhig-lasziven Klang, der ihn immer so sehr ansprach.

„Wie bitte?“ Sein Grinsen wurde eine Spur breiter. „Du sprichst wieder einmal in Rätseln.“

„Überhaupt nicht.“

„Dann werde bitte weniger kryptisch.“ Das Grinsen verschwand. Calvins Stimmungsschwankungen sind wirklich bühnenreif, dachte Dilara, fuhr aber dennoch hastig fort: „Es gibt fast unter jedem wichtigen Gebäude der Stadt unterirdische Katakomben. Beinahe jedes Machtorgan dieser Stadt hat einen dunklen Widerpart.“ Sie lachte schaurig. „Ohne es auch nur zu ahnen... und genau da fängt *unser* Einfluß an. Du kannst einen Gegner nie besser manipulieren und letztendlich in die Knie zwingen, als wenn er ahnungslos ist. Besser noch, wenn er sich vermeintlich sicher fühlt, wenn er dem Irrglauben verfällt, seine Position wäre unanfechtbar. Selbstüberschätzung ist unser Lakai. Sie hilft uns, die Mächtigen zu Marionetten zu machen, sie in ihrem Dünkel zu verstricken.“

Calvin war ehrlich beeindruckt, das sah Dilara seinem schlagartig wachen Blick und der aufrechten Haltung, die er eingenommen hatte, an. „Dann gibt es beinahe eine Stadt unter der Stadt?“ fragte er und sah sie ernst an.

Dilara nickte. „Nicht nur eine Stadt, Cal ... ein Reich... ein

Schattenreich. Und dort werden wir auch bald leben." Sie schenkte ihm einen tiefgründigen Blick. „Wir beide zusammen."

Calvin fühlte stimulierenden Nervenkitzel in sich aufsteigen bei dem Gedanken, sie immer in seiner Nähe zu haben. Doch so sehr er sich das auch gewünscht hatte, so sehr ihn die Aussicht darauf auch innerlich erfreute, so sehr beschäftigen ihn die Vorstellung und vor allem die Frage, was sich in den Katakomben von London abspielen mochte. Calvin fühlte heftige Adrenalinschübe durch seinen hageren Körper ziehen bei dem Gedanken, daß er nun ein Bestandteil dieses dunklen Reiches war.

Dilara sprach wie in Gedanken weiter. „Antediluvian hält mich schon lange an, mein Leben hier oben aufzugeben und nur noch unten im Schattenreich mein Dasein zu fristen – zumindest tagsüber. Ich glaube, es ist an der Zeit, mein Haus aufzugeben. Auch, um Antediluvian in Zukunft mehr auf seine scharfkralligen Fingerchen zu schauen." Sie warf den Kopf in den Nacken und lachte zynisch.

Calvin fröstelte. Er verspürte beinahe so etwas wie Furcht vor ihr, wenn sie so war. Wenn sie von einer Sekunde auf die andere all ihre Wärme und Leidenschaft verlor und eine Eiseskälte ausstrahlte, daß er vor ihr zurückschreckte. Er erinnerte sich daran, daß sie einmal erzählt hatte, daß man ihr den Spitznamen *The Frozen One* gegeben hatte. Er hatte das nie so recht nachvollziehen können, weil sie so viel Liebe und Wärme für ihn hatte, aber hin und wieder gewährte sie ihm einen Blick auf ihr anderes Ich. Ihr *wahres* Ich? Was er dann sah, erschreckte und faszinierte ihn zugleich, und er fragte sich in solchen Momenten, welche von den beiden Dilaras ihn mehr anzog, wußte sich aber nicht so recht zu entscheiden und gestand sich schlußendlich ein, daß es beide waren, daß beide

Seiten an ihr die Dilara ausmachten, der er sich mit all seiner Liebe verschworen hatte – selbst wenn es seinen Untergang bedeutete. Er hatte ohnehin nichts mehr zu verlieren. Er war durch sie seines alten Lebens enthoben worden. Dorthin konnte und wollte er nicht mehr zurückkehren.

Dilara sah Calvin ernst an. „Bist du soweit, Cal?“ fragte sie und der sanfte Klang war wieder in ihre Stimme zurückgekehrt. Sein stummes Nicken entlockte ihr ein strahlendes Lächeln. Sie zwinkerte ihm zu. „Bei unserem nächsten nächtlichen Spaziergang zeige ich dir, was sich noch so unter London abspielt. Du wirst aus dem Staunen nicht mehr herauskommen.“

„Das glaube ich dir aufs Wort!“ Calvin war aufgesprungen und ging in seiner unnachahmlichen Weise vor ihr auf und ab: aufrecht, mit vor der Brust verschränkten Armen. Er konnte nie lange ruhig sitzen, war ein unruhiger Geist.

Ihr Blick fiel auf seine Hände. Sie waren schön – lang, schlank und leicht behaart. Dilara seufzte, sie liebte es, von ihnen berührt zu werden. Verträumt sah sie Calvin an. „Als erstes gehen wir in die Katakomben der St. Paul's Cathedral.“

Calvin hätte beinahe „Wie passend!“ eingeworfen, oder „*Wir* sollen unter einer Kathedrale lustwandeln? Ausgerechnet *wir*?“

„Sie werden dir gefallen.“ Dilaras Lächeln wurde eine Spur rätselhafter.

„Du machst mich neugierig“, erwiderte Calvin ernsthaft.

Sie versetzte ihm einen unsanften Stoß in die Seite. „Sei doch nicht immer so ernst und humorlos.“ Sie lachte laut. „Und das in deinem Alter.“

Er haßte es, wenn sie auf den Altersunterschied anspielte. Dann kam er sich oft wie ein Erstkläßler vor. Doch dieses Mal ging er nicht darauf ein. Die Vorstellung, daß unter der St. Paul's Cathedral auch eine Gegenwelt zu der überirdischen existieren sollte, beflügelte seine Gedanken.

„Was du alles weißt“, sagte er leise. Sein Gesichtsausdruck verdüsterte sich. „Manchmal komme ich mir wirklich wie ein dummer Junge vor.“

Dilara lachte erneut. „Ich bin ja auch schon eine *Kleinigkeit* älter als du. Du vergißt immer, daß uns mehr als der ‚normale' Altersunterschied trennt.“ Sie beugte sich vor, strich ihm sanft über die Wange und hauchte ihm einen Kuß darauf. „Ich werde dir alles erzählen, was du wissen willst, Cal. Hab nur Geduld!“

Sie lächelte bei dem Gedanken, daß Calvin eines ganz sicher nicht besaß... und das war Geduld!

Manchmal fühlte sich Dilara jetzt noch einsamer als zuvor. Zwischen den beiden Männern, die nicht unterschiedlicher hätten sein können – sowohl optisch als auch charakterlich. Wobei letzteres mehr zählte und schwerer wog. Dilara war nie ein reiner Augenmensch gewesen. Auch wenn sie ihr eigenes Aussehen hin und wieder bewußt einsetzte, um das zu bekommen, wonach sie strebte, so haßte sie es dennoch, wenn sie darauf reduziert wurde. Sie selbst machte sich und ihre Männerwahl nicht davon abhängig. Auch wenn ihr jüngere Männer mit muskulösen Körpern gefielen. Unter dem Aspekt hätte ihr weder Calvin noch Roderick gefallen dürfen. Aber darauf kam es ihr nicht an. Für sie waren andere Dinge entscheidend.

Rodericks Beständigkeit, seine ruhige, beinahe sanfte Art, mit ihr umzugehen und niemals etwas von ihr zu fordern, gefielen ihr. Aber da herrschte auch eine stille Vertrautheit zwischen ihnen, die nicht sexueller Natur war. Sie liebte ihn nicht, das war, seit sie Calvin kannte, nicht mehr möglich, aber sie fühlte sich *wohl* in Rodericks Gegenwart. Einfach so, ohne daß etwas Besonderes geschah. Manchmal schwiegen sie nur und genossen die Nähe des anderen. Für sie war er eher ein guter Freund. Dilara wußte, daß er mehr für sie empfand, aber da sie ihm nie etwas vorgemacht oder gar Calvin verschwiegen hatte, interessierte es sie nicht sonderlich.

Calvin, dachte sie versonnen. Calvin war schwer einschätzbar, was sie teilweise auf sein jugendliches Alter zurückführte. Dennoch war er charakterlich beinahe perfekt für sie. Das waren die Eckpfeiler, auf denen ihre Liebe zu ihm basierte. Er konnte so zärtlich sein, daß sie zu vergehen glaubte, aber er war auch aufbrausend, ein Hitzkopf, der mit dem Kopf durch die Wand wollte. Weil er sensitiver als andere Männer war, drangen alle Dinge stärker zu ihm durch. Aus diesem Grund fühlte er sich jedoch auch schneller verletzt, was teilweise heftige Gefühlsausbrüche zur Folge hatte. Sein Blut wallte unruhiger in den Adern. Seine Seele war ungeduldiger. Manchmal litt er an ihr. Dilara wußte, daß er Wunden in sich trug, die zwar verheilt, aber nicht vernarbt waren und die jederzeit wieder aufbrechen konnten. Sie wußte, daß die Frau, die sie ihm zugefügt hatte, ihn auf besondere Art und Weise erreicht hatte. Dilara konnte sich dessen nicht erwehren: sie war eifersüchtig auf diese Frau, die sie nicht einmal kannte. Und es stimmte sie unendlich traurig, weil sie gerne an ihrer Stelle gewesen wäre, und weil sie befürchtete, daß sie Calvin niemals so viel geben konnte wie jene Frau.

Dilara betrachtete ihn, wie er mittlerweile wieder aufrecht vor ihr saß, nachdem er sein unruhiges Auf- und Abgehen beendet hatte. Er gefiel ihr in seinem schwarzen, weiten Pullover, unter dem sich sein magerer Körper anzeichnete. Calvins Wangen hatten sich gerötet, wie sie es immer taten, wenn ihn etwas beschäftigte, und seine dunklen Augen blitzten sie aufgeregt an.

Dilara verspürte Angst. Das erste Mal, so lange sie zurückdenken konnte, hatte sie Angst, einen Menschen zu verlieren. *Calvin* zu verlieren. Weil sie befürchtete, daß jene andere Frau zurückkommen würde – eines Tages –, und er sie ihretwegen verlassen würde. Auch wenn das jetzt nicht mehr so leicht gehen würde. Für ihn gab es ebensowenig eine Rückkehr in sein altes Leben wie für sie. Aber auch er konnte sich eine neue Gefährtin in das Schattenreich holen. Sie dachte an die Nacht, als sie sich an ihn geklammert und gefragt hatte, was geschähe, wenn jene Frau zurückkäme. Sein leise vorgebrachtes „Ich weiß nicht" schnitt ihr ins Herz, säte Angst hinein und machte sie unglücklich. Wie gerne hätte sie gehört, daß er sie mehr liebte als jene Frau, und daß sie sich seiner Liebe gewiß sein konnte. *Immer* gewiß sein konnte. Unangefochten. Sie wünschte es sich, weil es bei ihr längst so war; weil ihr gerade in dieser Nacht bewußt wurde, wie sehr sie ihn brauchte und was er ihr bedeutete, und daß nichts und niemand das würde ändern können.

Calvin beugte sich über sie. Immer noch raubte es ihr fast den Atem, wenn er sie ansah. *Wie* er sie ansah. Auf seine durchdringende Art, die wie ein Messer in sie hineinschnitt.

„Was hegst du denn für finstere Gedanken?" Er strich ihr über die Stirn, die sie in Falten gelegt hatte. „Du hast ja einen Gesichtsausdruck... zum Fürchten."

„Mir wurde eben einiges klar."

„Sooo?" Calvin verschränkte wieder die Arme vor der Brust. „Dann hülle dich nicht länger in Schweigen, sondern verrate mir, *was* genau dir klar wurde, Madame!"

Seine an einen Befehl grenzende Aufforderung entlockte ihr ein erneutes Seufzen. Wenn er so war – so dominant –, fand sie ihn unwiderstehlich.

Dilara schüttelte den Gedanken ab. „Komm!" sagte sie, ergriff seine Hand und zog Calvin mit sich.

„Wohin?“ wollte er lachend wissen.

„Das weißt du!“

Sie sahen sich an und sagten wie aus einem Mund. „Zur St. Paul’s Cathedral!“

„Der Anblick ist wirklich beeindruckend... immer wieder beeindruckend“, murmelte Calvin, als sie vor der Kathedrale standen. Der Dom, der dem Heiligen Paulus, dem Schutzheiligen von London, gewidmet worden war, war bereits die fünfte Kirche, die für ihn an dieser Stelle errichtet worden war.

„Ja, *sehr* beeindruckend sogar“, pflichtete ihm Dilara bei. „Wenn man bedenkt, daß diese Kathedrale mehrfach von Bränden beschädigt und dann durch das große Feuer von London 1666 fast völlig zerstört wurde...“

„Ich weiß!“ Calvin wunderte sich längst nicht mehr darüber, daß sie so viel wußte. „Und du hast es erlebt.“

Sie seufzte. „Ja, ich habe es erlebt. Wie vieles andere. Paul’s Cross, das Kreuz vor der Kathedrale, war früher ein wichtiger Ort. Hier wurde gepredigt, aber es gab auch politische Debatten, öffentliche Versammlungen, ja sogar Prozesse wurden hier abgehalten.“

„Auch deiner?“ fragte er vorsichtig und sah, wie sie zusammenzuckte. Doch sie ging wie immer nicht auf die Frage ein. Er wußte, daß sie nicht gerne über ihr Leben als Sterbliche sprach, fragte sich aber einmal mehr, aus welchem Grund.

„Damals war die Kathedrale die drittgrößte in Europa“, fuhr Dilara fort und hob ihre Hand gen Himmel. „Und sie rühmte sich des höchsten Kirchturmes, der je gebaut wurde, und genau das wurde ihr zum Verhängnis, als zweimal der Blitz in dieselbe Stelle einschlug."

„Hm, das war dann wohl sozusagen höhere Gewalt", murmelte Calvin.

Dilara lachte dunkel, ergriff erneut seine Hand und zog ihn näher an den Dom heran, lief dann mit Calvin die große Freitreppe hinauf, auf den Säulengang zu.

„Ich komme mir immer sehr klein vor, wenn ich hier stehe", flüsterte Calvin, als geböte es der Anstand, seine Stimme an diesem Ort zu dämpfen.

„Das kann ich gut verstehen. Früher ist mir das ebenso ergangen." Dilara dagegen drosselte ihre Stimmgewalt keinen Deut.

„Heute nicht mehr?" Calvin sah sie erwartungsvoll an. Wie sie vor ihm stand in ihrem altertümlich anmutenden, schwarzen, beinahe bodenlangen Pannésamtkleid mit enganliegender Taille und weitfallendem Rock wirkte sie, als wäre sie eben jener Zeit entstiegen, von der sie noch vor wenigen Augenblicken gesprochen hatte. Es war Calvin für einige Momente, als wären sie in eben jene Zeit versetzt worden. Dilara war der Abbildung auf dem Portrait im Apsley House ähnlicher denn je.

„Weißt du, daß der Architekt Sir Christopher Wren, als die Fundamente für die heutige Kathedrale gelegt wurden, eine interessante Entdeckung machte?"

Calvin schüttelte den Kopf und sah sie erwartungsvoll an.

„Die Arbeiter fanden Unmengen von Urnen, Gefäßen und Tonscherben", fuhr Dilara fort.

„Urnen?" Calvin spürte die morbide Faszination, die plötzlich von diesem Ort ausging.

Dilara nickte. „Aber sie haben auch Gräber unterschiedlichen Alters gefunden... Christopher Wren wurde beauftragt, den Neubau von St. Paul's zu errichten. Als Sohn eines Dekans und Neffe eines Bischofs war er ein tief religiöser Mensch. Während in London die Pest herrschte, war Wren in Frankreich, um dort die neueste Architektur – allem voran den Louvre in Paris – kennenzulernen. Das große Feuer von London brachte ihn nach London zurück, und er wurde von König Charles II. beauftragt, die Ausmaße des Schadens zu schätzen und mitzuberaten, wie die Stadt wieder aufgebaut werden könnte."

„Da mußte der König aber tief in die Schatztruhe greifen."

Dilara versetzte Calvin einen sanften Stoß in die Seite. „Das glaubst du doch wohl selbst nicht. Als ob je ein König aus den eigenen Besitztümern geschöpft hätte. Alleine um den Neubau von über fünfzig Kirchen zu bezahlen, wurde eine Kohlensteuer eingeführt, die man auf jede Ladung erhob, die über die Londoner Häfen eingeführt wurde, und die später auch der Finanzierung von St. Paul's zugute kam." Dilaras Hand umschloß die von Calvin fester. Sie zog ihn weiter mit sich. „Laß uns hinein- und hinaufgehen. Ich liebe den Blick von der Golden Gallery weit über London."

Sie betraten die Eingangshalle, die von zwei Barocktürmen gebildet wurde, und durchquerten das Haupt- und Querschiff der Bischofskirche.

„Sieh nur!" Dilaras Stimme hatte einen begeisterten Klang angenommen. „Painter's Corner... ich liebe die Gemälde... van Dyke... Constable... Turner... und hier... Holman Hunt ... *The Light of the World.* Wirklich schade, daß es nur eine Kopie ist."

„Eine Kopie?" Calvin flüsterte immer noch. Ganz so, als fühle er sich nicht wohl, und genaugenommen war das auch so. Sein Blick schweifte umher, erfaßte die Chapels, Monumente und den Hochaltar. Trotz des Dämmerlichtes im Inneren der Kathedrale, trotz der Ruhe, die sie beherbergte, fühlte er, daß mehr hinter diesem Ort steckte. Er dachte daran, daß auch hier unter dem Gotteshaus eine Gegenwelt existieren sollte

– wenn er Dilaras Aussagen Glauben schenken konnte. Und er brannte mehr darauf, diese kennenzulernen, als mit Dilara hoch oben auf der Golden Gallery die Aussicht über London bei Nacht zu genießen.

„Weißt du nicht, daß das Original in Oxford hängt?“ fragte Dilara in seine Gedanken hinein. Als sie merkte, daß Calvin ihr nicht zuhörte, zog sie ihn von den Gemälden fort und ging mit ihm weiter.

Ihre Schritten hallten dumpf von den Wänden der Kathedrale wider. Dilara und Calvin schlüpften durch eine Tür im Seitenschiff und begannen den Aufstieg in die Kuppel, deren Kreuz sich in über hundert Metern Höhe befand.

Calvin keuchte. Seine Kondition war immer noch nicht die beste. „Himmel!“

Dilara kicherte. „Du sagst es. Dem kommen wir jetzt ein Stück näher. Genau *zweihundertneunundfünfzig Treppenstufen* näher.“

Calvin gab nach einigen Minuten nicht einmal mehr ein Keuchen von sich. Seine Bewunderung für Dilara stieg, als er sie leichtfüßig vor sich hergehen sah. Vielleicht wirst du nach einigen Jahrhunderten Vampirdaseins auch so leichtfüßig daherschweben, dachte er, nein, gewiß wirst du das.

Sie erreichten die Flüstergalerie. Durch die Rundarchitektur des Gebäudes waren hier selbst gewisperte Worte in aller Deutlichkeit zu hören. Dilara mochte diesen Ort. Besonders, wenn es stürmisch war, weil sich hier das Geräusch des Windes vervielfachte. Doch jetzt zog es sie weiter hinauf, und sie verschnaufte mit Calvin nur, um ihm Gelegenheit zu geben, Luft zu schöpfen, damit er die restlichen der sechshundert Stufen bis ganz nach oben zur Golden Gallery schaffte.

Oben angekommen, lehnte sich Calvin gegen das kalte Gestein und rang um Atem. Sein Herz krampfte sich einige Male zusammen und seine Lungen schmerzten, als sie sich mit dem Sauerstoff der feuchtkalten Nachtluft füllten. „So schnell gehe ich nicht mehr hier rauf!“ keuchte er.

„Dabei ist dieses Gebäude von besonderer Bedeutung. Die Katakomben dieser Kathedrale sind neben denen des Big Bens die wichtigsten der Nosferati... ich vermute, hier war Antediluvians letzte Ruhestätte.“

Calvin riß die Augen auf und stieß sich wieder von der Wand ab. „Und das sagst du mir jetzt erst?“ fragte er fassungslos.

Dilara stand still da und genoß den Anblick der nächtlichen Stadt tief unter ihnen. Ihr Blick schweifte vom Tower zu Westminster Abbey und blieb am Buckingham Palace hängen.

„Es war bisher nicht wichtig, Cal.“

„Ach, und du entscheidest, was wichtig ist?“ begehrte er auf, sein Widerspruchsgeist war sofort geweckt.

Dilara drehte sich zu ihm herum und lächelte sanft. „Du und deine Temperamentsausbrüche. Du mußt endlich lernen, deine Energien in die richtigen Bahnen zu lenken, Cal. Haushalte besser mit ihnen!“ Der letzte Satz klang wie ein Befehl.

Calvin fiel förmlich die Unterlippe herab.

Doch Dilara sprach bereits weiter. „Christopher Wren bestand darauf, selbst die Fundamentlegung der neuen Kathedrale zu überwachen. Als er am Boden die Position der Kuppel markierte und nach einem Stein verlangte, um den Ort zu fixieren, brachte ihm ein Arbeiter einen flachen Stein. Wren drehte ihn um und sah, daß es sich um das Fragment eines Grabsteines aus der alten Kathedrale handelte. Nur ein einziges Wort war in großen Lettern eingraviert: *‚Resurgam' – ich werde auferstehen.*“

„Ich ahne es schon. Du vermutest, daß das Fragment von Antediluvians Grab stammt?“

Dilara nickte. „So ist es!“

„Wie kommst du denn darauf?“

„Weil er ausgerechnet in den Katakomben dieser Kathedrale sein persönliches Reich geschaffen hat.“ Calvin öffnete den Mund, doch Dilara kam ihm zuvor und kicherte. „Die Kirchenoberhäupter haben das natürlich völlig anders ausgelegt. In ihrem Wahn, daß nur sie den Glauben und die Welt bestimmen, kann natürlich nur *einer* auferstehen. Wie ignorant sie doch alle sind.“

Calvin mußte das Gehörte erst einmal verarbeiten. „Was wurde aus Christopher Wren?“ fragte er. Weniger aus Interesse, als um überhaupt etwas zu sagen.

„Er starb im Alter von einundneunzig Jahren und wurde hier in der Krypta beigesetzt.“

„Die Krypta“, murmelte Calvin.

Dilara nickte. “Ja, die Krypta... sie nimmt das gesamte Kellergeschoß ein. Und hier sind nicht nur Nationalhelden wie Lord Nelson oder Mitglieder des Königshauses begraben...“ Sie kam langsam näher und schmiegte sich an Calvin. „Unter ihr liegt Antediluvians wahres Reich.“

Antediluvian durchschritt die dunklen unterirdischen Gänge der Katakomben und folgte dem Hauptgang, der tief unter der Krypta der St. Paul’s Cathedral entlangführte. Er lächelte siegessicher vor sich hin. Hier schlug das dunkle Herz seines Reiches, hier war sein persönliches Refugium, zu dem er nur wenigen Auserwählten Zutritt gewährte. Schließlich benötigte er einen Ort der Ruhe und der Besinnung, aber auch Sicherheit für sich und seine geistigen und weltlichen Güter.

Hier, tief unter der Kathedrale, bewahrte er so manches Geheimnis, selbst vor den Ältesten des Nosferati-Clans. So wie er vor ihnen seine wahren Pläne, die er verfolgte, verbarg. Pläne, die nicht durchkreuzt werden durften.

Dazu war nur eine in der Lage: Dilara.

Doch nicht durch ihr Wissen über seine Pläne, sondern durch das, was in ihr ruhte. Diese alte Kraft, von der sie nicht einmal etwas ahnte. So arglos, wie sie auch über ihre wahre Herkunft, ihre wahren Wurzeln war. Nur die Schattenchronik konnte ihr darüber Aufschluß geben, und die hielt Antediluvian unter strenger Obhut.

Er gab einen unzufriedenen Laut von sich.

Seine Rechnung war nicht aufgegangen. Er hatte sie der alten Kraft halber, der alten Seele, die in ihr schlummerte, erwählt. Weil er sich diese zunutze machen wollte, sich mit ihr verbünden wollte. Doch Dilara hatte sich ihm immer mehr widersetzt. Das kehrte sein Vorhaben ins Gegenteil um. Je stärker sie wurde, desto bewußter würde ihr ihre Herkunft werden und desto größer wurde die Gefahr durch sie – für ihn.

Antediluvian beobachtete seit geraumer Zeit mit wachsendem Mißtrauen Dilaras und Calvins Schritte. Sah, wie sie zusammen immer stärker wurden. Dilara war schon stark gewesen, bevor sie Calvin als ihren Gefährten erwählt hatte, und war ihrer eigenen Wege gegangen. Was sie bisher noch zurückgehalten hatte, weil es ihren Kampfgeist lähmte, waren ihre Zweifel und ihre Zerrissenheit über den Sinn ihres Lebens als Unsterbliche gewesen.

Als sie Calvin erwählte, hatte Antediluvian anfangs frohlockt, weil er sah, daß sie durch den jungen Vampir abgelenkt wurde. Doch mittlerweile wußte er, daß er sich zu früh gefreut hatte. Calvin gab Dilara Halt, er holte auch noch das Letzte aus ihr heraus.

Antediluvian stieß einen maliziösen Fluch aus. Er würde die beiden vernichten!

Evaline wußte nicht mehr, wie sie nach Hause gekommen war. Zu tief saß der Schock über das, was sie im Hyde Park beobachtet hatte und was aus Roderick geworden war: ein brutaler Mörder.

Doch ihr Verstand weigerte sich, das Geschehene als Tatsache zu akzeptieren.

Niedergeschlagen saß sie da, grübelte darüber nach, wie sie Roderick helfen konnte. Und in diesem Moment wurde ihr bewußt, daß sie wahre Gefühle für ihn hegte, und daß es keineswegs nur sein Geld und seine gesellschaftliche Stellung waren, die sie anzogen.

Doch was sollte sie tun? Was *konnte* sie tun?

Ein Mord war geschehen. *Ein* Mord? Etwas regte sich in ihrem Gedächtnis. Besonders bei dem Gedanken an das blitzende Messer in seiner Hand. Evaline sprang auf und lief an ihren Wohnzimmertisch, ergriff einen Zeitungsstapel, der darauf lag, und wühlte aufgebracht darin herum. In ihrer Hektik fielen einige Tageszeitungen zu Boden, doch Evaline beachtete sie nicht und suchte weiter... bis sie das Gesuchte fand.

„Jack the Ripper is back!“ las sie mit tonloser Stimme und hatte das Gefühl, jegliches Leben entwiche aus ihrem Körper. Und dann las sie jenen Artikel, den auch Dilara gelesen hatte... von den Morden an den Frauen, deren Verletzungen auf ein scharfes Messer als Tatwaffe schließen ließen.

„Ein Messer!“ murmelte Evaline. „Ein Messer... Roderick, was ist nur aus dir geworden?“

In der Zeitung stand etwas von der Ausgeburt einer sadistischen Phantasie, von beinahe rituellem Töten. Der Journalist, der den Artikel verfaßt hatte, sparte auch nicht die kleinste Einzelheit aus und schilderte den Mord in den blutigsten Worten.

War Roderick diese sadistische Ausgeburt? Hatte er all diese Frauen so bestialisch ermordet?

Entsetzen und Unruhe ergriffen Evaline, und nichts hielt sie mehr in ihrer Wohnung. Sie mußte zu Roderick und ihn zur Rede stellen. Im Laufschritt eilte sie durch die Diele, warf sich einen Mantel über und verließ die Wohnung und das Haus. Rannte zu ihrem Wagen, startete den Motor und lenkte das Cabrio mit quietschenden Reifen durch den Stadtverkehr.

Seit der Nacht auf der Golden Gallery der St. Paul's Cathedral hatte sich Dilaras und Calvins Beziehung noch mehr gefestigt. Sie hatten, bis der Morgen graute, auf einem Mauervorsprung gesessen, auf die Stadt herabgeblickt und leise miteinander gesprochen. Auch über Roderick Herrington.

„Er ist keine Gefahr für dich, Cal", versicherte Dilara mit Nachdruck. „Das war er nie!" Sie hielt inne. „Ich weiß mittlerweile auch, was mich zu ihm zieht, es sind andere, eher artverwandte Bande." Sie sah Calvin liebevoll an. „Es reicht nicht einmal annähernd an das heran, was ich für dich empfinde, und ist völlig anderer Natur."

Calvin spürte deutlich, daß sie die Wahrheit sprach, aber das genügte ihm nicht. „Weiß er das auch?" fragte er aufgebracht. „Falls nicht, solltest du es ihm schnellstens verdeutlichen. Ich möchte, daß du dich von ihm löst und dich von ihm fernhältst", forderte er sie bestimmt auf. „Irgend etwas gefällt mir ohnehin nicht an ihm." Er senkte den Kopf und versank in Schweigen.

Das kannte Dilara mittlerweile an ihm. Dann erinnerte er sie an ein trotziges Kind. „Mich hat in letzter Zeit auch das eine oder andere an ihm stutzig gemacht", räumte sie ein. „Daher habe ich ihn im Auge behalten. Er ist der gesuchte Frauenmörder, Cal. Der neue *Jack the Ripper*... das ist..."

„Potzblitz!" entfuhr es Calvin. „Also hat er auch eine dunkle Seele."

Dilara nickte. „Aber da ist noch mehr. Ich spüre eine zweite Persönlichkeit in ihm."

„Du meinst, er ist schizophren?"

„Nicht in dem Sinne. Es ist noch eine *ältere* Persönlichkeit in ihm. Ich glaube, daß er ein Wiedergänger ist..." Dilara legte eine Pause ein. „Er verspürt die gleiche Faszination für Blut wie ich... *nur das* verbindet uns, Cal." Sie sah ihn an. „Aber Roderick ist nicht wichtig, viel bedeutender ist Antediluvian. Wir müssen herausfinden, was genau er im Schilde führt."

Evaline parkte direkt gegenüber der Wohnung von Roderick Herrington und blieb noch eine Weile in ihrem Auto sitzen. Das Arbeitszimmer ihres ehemaligen Geliebten war hell erleuchtet. Evaline sah Roderick unruhig vor dem Fenster auf- und abgehen. Sie kannte das bereits von ihren Beobachtungen her. Wenn er so unstet war, trieb es ihn schon kurze Zeit später hinaus in die Nacht und den Hyde Park.

Und richtig!

Schon erlosch das Licht, tauchte das Zimmer ins Dunkel, und nur wenige Minuten später trat Roderick auf die Straße.

„Dachte ich es mir doch!“ murmelte Evaline vor sich hin. Ebenso wenig wie sein Auftauchen wunderte sie, daß er sich zielstrebig in Richtung Hyde Park bewegte. Wieder mit seinem Trenchcoat bekleidet, mit hochgeschlagenem Kragen und beide Hände tief in die Manteltaschen vergraben.

Ob er wieder das Messer darin verbarg?

Ob er wieder morden wollte und würde?

Evaline folgte ihm mit angehaltenem Atem. Rodericks Schritte wurden schneller. Er hetzte so schnell die Park Lane entlang, als ob der Leibhaftige hinter ihm her wäre. Evaline hatte Mühe, ihm bis zur Serpentine Road und an den künstlichen See des Hyde Parks zu folgen. Aus irgendeinem Grund schien dieser eine besondere Anziehungskraft auf Roderick auszuüben.

Evaline wunderte sich, daß er nach dem letzten Mord, den er hier verübt hatte, den Mut besaß, an den Ort des Verbrechens zurückzukehren. Aber sagte man das nicht allen Mördern nach?

Roderick ging am Ufer des Sees auf und ab. Sein unruhig schweifender Blick zeigte ihr, daß er ungeduldig auf jemand wartete. Ob er auf *sie* wartete? Auf die Frau, die Evaline als Ursache allen Übels ansah, das aus Roderick ein Monster gemacht hatte?

Evaline wollte sich einige Schritte näher an ihn heranschleichen, da hörte sie ein Geräusch hinter sich und fuhr mit einem spitzen Aufschrei herum. Sie konnte nur vage einen dunklen Schemen ausmachen, der sich auf sie zubewegte. Etwas Silbernes blitzte auf und drang messerscharf in sie ein, noch ehe sie sich von der Stelle rühren konnte.

„... dem Opfer, Evaline Clayton, wurde das Herz herausgeschnitten..." las Dilara einen Tag später und ließ die Zeitung nachdenklich sinken. Dieser Mord im Hyde Park war anders als die anderen zuvor. Er hatte eine andere *Handschrift*. Man schrieb ihn zwar auch dem neuen *Jack the Ripper* zu, aber Dilara wußte mit untrügerischer Sicherheit, daß Roderick ihn nicht begangen hatte.

Dieser Mord hatte einen ganz bestimmten rituellen Charakter.

„Antediluvian." flüsterte sie. „Antediluvian."

Semper et ubique
(Immer und überall)

Dutzende Schattenhände, die aus der Dunkelheit erwuchsen und nach ihr griffen, hielten sie unbarmherzig gefangen und zerrten sie grob mit sich. So sehr sich Dilara auch zur Wehr setzte, es gelang ihr nicht, sich zu befreien. Verzweifelt blickte sie sich – während sie weiter fortgeschleppt wurde – um, konnte aber nicht auf Anhieb erkennen, wo sie sich befand. Um sie herum war modrige Finsternis, wie in einem Keller oder Verlies. Letzteres rief unangenehme Erinnerungen an ihren Prozeß in ihr wach. Wochenlang hatte man sie gefangengehalten, war nicht gerade sanft mit ihr umgegangen, hatte sie frieren, hungern und dürsten lassen. Um ihren Willen dann endgültig zu brechen, hatte sich ihr Kerkermeister an ihr vergangen. Nicht nur ein- oder zweimal, sondern unzählige Male. Dennoch hatte das Dilaras Geist nicht beugen können. Bis zum letzten Moment hatte sie beteuert, unschuldig zu sein – weil sie es auch war. In ihren Alpträumen war ihr dann Antediluvian erschienen und hatte ihr versprochen, sie nicht im Stich zu lassen. Was er schlußendlich auch nicht getan hatte. Seither war viel passiert, war er vom Mentor zu ihrem Feind geworden. Wenngleich diese Entwicklung schleichend vonstatten gegangen war.

Dilara blickte sich wieder um und forschte in der Dunkelheit. Soweit sie erkennen konnte, befand sie sich in keinem Kerker, sondern in einer weitverzweigteren, großräumigeren Dunkelwelt.

Sie fror erbärmlich, denn man hatte sie ihrer Kleidung beraubt.

Wer trieb sie nackt durch diese Schwärze? Und vor allem warum?

Dilara blieb keine Zeit, darüber nachzudenken. Sie erhielt immer heftigere und derbere Stöße in den Rücken, die sie weiter vorantrieben. Sie taumelte und wäre beinahe gestürzt, konnte sich aber im letzten Moment abfangen. Immer wieder stieß sie an unebene, scharfkantige Felswände und zog sich dabei schmerzhafte Verletzungen zu.

Der schlauchartige Tunnel, durch den sie zuletzt getrieben wurde, endete plötzlich in einer Grotte, in der Fackeln, die in verrosteten Befestigungsringen an den Wänden hingen, schummriges Licht spendeten. Es war wie geschaffen für die Szenerie, die sich bot.

Dilara starrte mit weit aufgerissenen Augen auf den dunklen Altar in der Mitte der Höhle... und den kräftigen Mann, der dahinter stand.

Sie kannte ihn!

Das Gesicht mit den negroiden Zügen, wulstigen Lippen und der markanten, breiten Nase. Seine schwarzen Haare waren zu dicken Strähnen geflochten, über den Kopf zurückgelegt und mit Troddeln versehen.

Antediluvian.

Wie immer strahlte er eine beeindruckende Würde aus. Auch wenn diese im Laufe der Jahrhunderte für Dilara an Güte verloren hatte, weil sie immer mehr hinter die Fassade des Ur-Nosferatu geblickt hatte.

Dilara wurde näher an ihn herangetrieben.

Wie häufig trug er ein Gewand, das ein Fischschuppenmuster zeigte – dieses Mal ein blutrotes auf schwarzer Seide.

Dilaras Blick schweifte unstet umher, und endlich begriff sie, wohin man sie geschleppt hatte: in Antediluvians Reich... in die Katakomben unter der St. Paul's Cathedral.

Eine eisige Hand griff nach ihr, als sie erkannte, daß sie verloren war. Sie wußte, was sich die Nosferati flüsterten. Über die, die hierhin gebracht wurden und nie wieder das Nachtlicht erblickt hatten. Die Antediluvian auf Gedeih und Verderben ausgeliefert waren. Sie wußte, was der Clan der

Unsterblichen munkelte... über die besonderen Blutopfer, die Antediluvian im Geheimen darbrachte... von denen man ahnte, aber nichts Genaues wußte – es laut zu hinterfragen, dazu fehlte ihnen der Mut, weil ihnen die Furcht im Nacken saß, selbst auf seinem Opferstein zu landen...

Ein zorniger Aufschrei entrang sich Dilaras Lippen, als sie grob auf den Altar aus schwarzem Onyx geworfen und an ihren Armen und Beinen festgehalten wurde.

Antediluvian grinste sarkastisch und verzog dann geringschätzig die Lippen, als er nähertrat und sich über sie beugte. Seine Augen verengten sich zu schmalen Schlitzen. Kaltblütig musterte er sie. Er, der einst ihr Gönner gewesen war. Aber das war eine Ewigkeit her.

„Es ist höchste Zeit, daß ich deinem Dasein ein Ende bereite. Ich habe dir die Unsterblichkeit geschenkt, nun werde ich sie dir wieder nehmen!“ Seine Stimme schwebte schaurig durch die Katakomben.

„Jetzt, da du meine Dienste nicht mehr benötigst“, schleuderte ihm Dilara entgegen. Sie versuchte ihrer Stimme Festigkeit zu verleihen, um sich ihre Angst nicht anmerken zu lassen. Doch ein leichtes Zittern verriet sie.

„Jetzt, da es an der Zeit ist, sich alter Riten zu erinnern!“ hielt er ihr ohne jegliche Gefühlsregung entgegen.

„Und deiner Macht dienlich ist, bei dem Wissen, das du nun besitzt, und das du für dich und deine ureigenen Zwecke nutzen willst. Wenn die Alten wüßten, daß du keineswegs nur das Wohl des Clans im Sinn hast, sondern daß du alle Macht uneingeschränkt an dich reißen willst. Aber vor allem, daß du nie so allwissend warst, wie du immer vorgegeben hast. Wenn sie das wüßten, würde dein Thron gewaltig wanken!“

Die Wut, die plötzlich in ihr aufwallte, verlieh ihr neue Energie. Dilara stemmte sich mit aller Kraft gegen die Schatten-

hände, die sie immer noch auf das kühle, feuchte Gestein des Altars preßten. Die Kälte zog in ihren Rücken, der schon taub war, und in ihren Körper. Dilara gab ihren kurzweiligen Widerstand wieder auf. Sie wußte, daß es zwecklos war. Ihr Herz schlug schnelle Trommelwirbel und krampfte sich dann vor Entsetzen zusammen. Ihr Herz, das gleich... herausgeschnitten werden würde...? Wenn... ja, wenn es wahr war, was man munkelte... und wenn nicht ein Wunder geschah. Dilara schloß für einen Moment benommen die Augen bei dem Gedanken, was ihr widerfahren würde und was unausweichlich schien. Schwindel erfaßte sie, und in ihren Ohren rauschte heftig das Blut... Doch wem würde Antediluvian ihr Herz opfern?

Dilara gab keinen Deut mehr für ihr Leben. Für ihr unsterbliches Leben. Unsterblichkeit, dachte sie, auch sie hat ihre Grenzen. Wie oft war sie dieser Unsterblichkeit überdrüssig gewesen. Wie oft hatte sie sich in ihrer Zerrissenheit überlegt, ob sie diesem ewigen Leben selbst ein Ende setzen sollte. Doch immer wieder hatte sie gezögert, weil es auch so viele Möglichkeiten bot und weil sie neugierig auf die Entwicklung der Menschen und der Welt war. So genoß sie es gerade, im Hier und Jetzt zu leben. Diese Zeit kam ihrem Naturell entgegen, weil sie als Frau andere Möglichkeiten hatte als noch vor vierhundert Jahren... die Triebfeder ihres Lebenswillens jedoch war die Frage, wie ihr Bildnis in die Schattenchronik gekommen war... diesen alten Folianten, der schon lange vor ihr entstanden war... Um wen handelte es sich bei der Frau, die ihr zum Verwechseln ähnlich sah?... War es doch eine Ahnin, oder war sie selbst dort abgebildet?... Ohne Antwort auf diese Fragen wollte Dilara nicht freiwillig aus ihrer Unsterblichkeit scheiden... Und nun war auch noch Calvin in ihr Leben getreten. Er war nicht ihr erster Gefährte, aber er war der Mann an ihrer Seite, nach dem sie sich insgeheim immer gesehnt hatte. Auch wenn sie stets genau das Gegenteil proklamiert hatte, wohl auch um sich selbst zu beweisen, daß sie niemanden brauchte. Aber seit Calvin ständig um sie war, wurde ihr erst in vollem Ausmaß bewußt, was sie bisher vermißt und versäumt hatte. Sie wollte dies noch eine Ewigkeit lang genießen und nutzen. Mit ihm zusammen hatte sie eine Chance, Antediluvian an seinem Tun zu hindern. Dilara wußte, daß es unter den Nosferati eine Splitterguppe gab, die ohnehin gegen Antediluvian eingestellt war. Wenn sie diese auf ihre Seite brachte... wenn sie und Calvin sich mit ihnen verbündeten...

Als habe der Ur-Nosferatu ihre Gedanken erraten, beugte sich Antediluvian noch tiefer über sie. Dilara schloß für einige Sekunden die Augen, um sich seinem sezierenden Blick zu entziehen.

„Es ist wirklich sehr schade um dich“, sagte er. Sein Blick glitt anzüglich über ihren nackten Körper. „Aber schöne Frauen gibt es genug. Bedauerlich ist viel mehr, daß du dein Potential nicht zu nutzen weißt und bald nicht mehr nutzen kannst. Schade, daß du es vergeudet und in die falsche Richtung gelenkt hast. Du und ich... gemeinsam an der Spitze des Clans...“ Sein Blick nahm einen sehnsüchtigen und gleichzeitig lauernden Ausdruck an. „Aber du würdest mir bei der erstbesten Gelegenheit in den Rücken fallen und mich verraten.“

„So wie du“, spie ihm Dilara förmlich entgegen. „Du vergißt, daß du mich einiges gelehrt hast!“

Antediluvian lachte schaurig. Das Echo prallte von den Wänden ab und kam vielfach verzerrt zurück. „Das wird dir nichts mehr nützen!“

Dilara fühlte das Messer auf ihrem flachen Bauch, wie es um ihren Nabel fuhr und dann aufwärts in Richtung ihren Herzens. Kühl und scharf ritzte es ihre Haut und schnitt dann beinahe sanft, als versinke es in weicher Butter, in ihr Fleisch. Dilara bäumte sich mit einem Schmerzensschrei auf, soweit es die Schattenhände, die sie immer noch hielten, erlaubten. Immer wieder „liebkoste“ die scharfe Schneide sie, bis Dilara den Schmerz nicht mehr ertragen zu können glaubte, bis sich ihr Verstand zu verschleiern begann und in die Schwärze absackte. Etwas löste sich von ihr. Nein, SIE löste sich von ihr.

Ihre alte Seele.

Sie schwebte über der Szenerie.

Antediluvian entnahm Dilaras geöffnetem Brustkorb ihr warmes Herz, bespritzte sich und die Schattengestalten, die sich im Halbkreis um den Altar versammelt hatten, mit dem frischen Blut, das dem noch zuckenden Körper entströmte.

Dilara wußte, was jetzt folgen würde. Er würde sie ausbluten lassen und ihr Herz opfern oder verzehren.

Die Zeit zerrann zähflüssig. Dilara schwebte immer noch über Antediluvian und den Schattengestalten, wollte aber wieder zurück in ihren Körper. Es war noch zu früh... sie war nicht zurückgekehrt, um nun unverrichteter Dinge...

„Werft sie in die Themse!“ befahl Antediluvian seinen Schattengestalten. „Übergebt sie ihrem nassen und endgültigen Grab.“ Er lachte maliziös. „Es wird Zeit, daß wir sie dauerhaft begraben.“

Calvin, dachte Dilara, Calvin, wo bist du...?

Dilara schreckte schweißgebadet aus dem Alptraum auf. Benommen faßte sie sich an die linke Brustseite und fühlte unter ihrer Handfläche ihr Herz unregelmäßig schlagen. Aber es *schlug* an seinem angestammten Platz, und sie lebte.

Erleichtert tastete sie in der Dunkelheit nach Calvin, um ihn zu wecken, doch ihre Hand griff ins Leere. Dilara gab einen enttäuschten Laut von sich. Sie brannte darauf, ihm von dem Traum zu erzählen, denn er war eine eindeutige Warnung, die sie nicht mißachten durfte. Darüber hinaus war ihr in diesem Moment besonders nach seiner Nähe. Wie immer, wenn sie etwas beschäftigte oder beunruhigte.

„Wo treibst du dich herum, Cal?“ murmelte sie verdrossen vor sich hin.

Roderick runzelte unwillig die Stirn, ließ die Zeitung, in der er las, sinken und glättete sie. „Tote im Hyde Park“ sprang ihm in fetten Buchstaben als Schlagzeile ins Auge. Als Roderick den Artikel las, wuchs sein Unbehagen immer mehr. Besonders, als er den Namen der Toten las.

„Evaline!“ murmelte er und horchte eine Weile in sich hinein, ob sich Anzeichen von Trauer in ihm regten oder er Betroffenheit verspürte. Aber er fühlte nichts, nicht die geringste Empfindung. Der Tod seiner ehemaligen Geliebten ließ ihn völlig kalt. Ganz so, als wäre sie eine Fremde gewesen. Er spürte vielmehr Ärger in sich aufsteigen darüber, daß ein anderer sie getötet hatte. Einer, der sich anmaßte, statt seiner Leben zu nehmen, und dann auch noch dieses ganz bestimmte. Dazu an einem Ort, den nach dem letzten Mord und des Nachts jeder Normalsterbliche mied, und den er sich auserkoren hatte.

Das konnte kein Zufall sein.

Der Mörder konnte nicht wahllos zugeschlagen haben.

Das Opfer, der Tatort, das konnte alles kein Zufall sein. Aber was bezweckte der Täter damit? Oder hatte er Roderick beobachtet und war dabei unbeabsichtigt auf Evaline gestoßen? Roderick hatte das untrügerische Gefühl, daß dem nicht so war – daß der Mörder ihm etwas mit dem Mord signalisieren wollte. Nur was?

Ebenso stellte sich die Frage, was Evaline um diese Zeit im Hyde Park zu schaffen gehabt hatte. Zumindest diese Antwort lag nahe.

„Du hast mir nachspioniert, meine Liebe. Und das ist dir teuer zu stehen gekommen."

Doch wer hatte Evaline getötet?

Roderick fragte sich, ob der Täter auch ihm gefährlich werden konnte. Wenn der Unbekannte wußte, daß er der Mörder war, der Londons Nächte noch unsicherer machte, als sie es ohnehin schon waren, mußte Roderick fortan noch mehr auf der Hut sein.

„Dilara!"

Dilara zuckte zusammen. Da war etwas hinter ihrer Stirn. Nicht mehr die Stimme, die lange in ihr gewesen, aber vor einer Weile verstummt war – genaugenommen seit dem Zeitpunkt, da Calvin in ihr Leben getreten war. Da erklang plötzlich eine andere, die ihr vertraut schien.

„Dilara!"

Da war wieder diese Stimme in ihr. *Calvins* Stimme!

Dilara fuhr hoch, setzte sich auf die Bettkante und schüttelte benommen den Kopf. Das war eindeutig Calvins Stimme in ihr gewesen – hinter ihrer Stirn. Dilara hatte schon oft von telepathischen Verbindungen gehört und wußte auch von Antediluvian, daß diese gerade bei Angehörigen ihrer Art häufig auftraten, dennoch war Dilara überrascht. Sie hatte immer schon Ahnungen gehabt, gewisse Ereignisse vorhergesehen oder erträumt; aber in dieser Form hatte sie noch keine Verbindung mit einem anderen Wesen gehabt. Vor allem mit einem, das sie noch nicht so lange kannte – gemessen an ihrem Zeitrahmen.

„Dilara!“

„Ja! Zur Hölle noch mal! Ich habe es vernommen“, dachte sie zornig zurück.

Calvins Lachen durchzog sie. Erst hinter ihrer Stirn und dann wieder real – in ihrer unmittelbaren Nähe.

Dilara fuhr elektrisiert von der Bettkante hoch und drehte sich in die Richtung, aus der das Lachen erklungen war. Calvin lehnte am Türrahmen. Wie es seine Gewohnheit war: mit vor der Brust verschränkten Armen.

„Mußt du mich so erschrecken?“ fuhr sie ihn mit zornfunkelnden Augen an.

Calvin lächelte auf seine unbeschreiblich männliche Art, die auf jede andere Frau arrogant und unnahbar gewirkt hätte, Dilara aber augenblicklich wieder besänftigte, weil sie sie ansprach. „Für eine Dame deines Alters solltest du gelassener sein“, sagte er mit einem vergnügten Lächeln.

Er stieß sich vom Türrahmen ab und wollte auf sie zukommen, aber Dilara trat zwei schnelle Schritte auf ihn zu und versetzte ihm einen übermütigen Stoß, so daß er wieder zurückfiel. Doch seine Arme umfingen sie blitzschnell, und er zog sie mit sich.

Dilara fiel weich gegen ihn und klammerte sich an ihm fest. „Wo warst du?“ murmelte sie, wußte die Antwort aber längst, denn sie kannte den Ursprung des Funkelns in seinen Augen sehr wohl... und sie konnte es riechen, das *Blut* riechen, das er getrunken hatte.

Calvins heiseres Lachen erklang an ihrem Ohr. „Ich habe eine *Kleinigkeit* zu mir genommen. Ich war hungrig.“ Er klapperte übermütig mit seinem Gebiß und ließ dabei die feinen spitzen Eckzähne sehen. Er bot dabei einen Anblick, der Dilara sofort in Erregung versetzte, ebenso wie die blutige Note, die sein Atem noch trug.

„Ich habe dich vermißt...", murmelte sie und schmiegte sich noch enger an ihn, spürte seinen harten Körper an ihrem und konnte nicht widerstehen, ihn zu liebkosen. „Eben, als ich aufwachte, war mir sehr nach dir..." Sie stieß einen bekümmerten Laut aus. „Ich hatte einen furchtbaren Alptraum!"

Calvins Arme umschlossen sie fester. „Erzähl mir davon!" forderte er sie auf. Seine Lippen fuhren ihren Hals entlang, streuten kleine Küsse auf ihre zarte Haut, während seine Hände ihren Körper entlangtasteten und auf ihrem runden Gesäß verharrten. Einige Minuten preßte er sie fest an sich.

Dilara seufzte wohlig. Wie gerne hätte sie sich Calvins Zärtlichkeiten hingegeben, doch der Traum war noch zu präsent, noch zu nachhaltig in ihr, um nicht beachtet zu werden. Vor allem die offensichtliche Warnung, die daraus hervorging.

„Erzähl mir von deinem Traum!" wiederholte Calvin zwischen seinen Küssen, schob Dilara in Richtung des Bettes und ließ sich mit ihr rücklings darauf sinken. Dilara gab erneut einen wohligen Laut von sich. Es war schwer, sich auf andere Dinge zu konzentrieren, wenn ihr Calvin so nahe war. Vor allem, wenn er gerade seinen Hunger gestillt hatte. Dann strahlte er eine besondere Wirkung auf Dilara aus und war auch selbst erotisiert, was doppelt verführerisch auf sie wirkte. Dabei schmollte sie insgeheim, weil er sie nicht mitgenommen hatte. Schließlich hatte sie ihn gelehrt, seinen Hunger zu kontrollieren, ihn zu steuern und nachhaltig zu sättigen, damit es ihn nicht jede Nacht hinaustrieb.

Dilara labte sich auch an seinen Körperflüssigkeiten, aber immer nur so viel, wie für sie beide zuträglich war, und sie lehrte ihn, es ihr gleichzutun. Doch immer häufiger erkoren sie sich gemeinsam ihre Opfer aus und genossen vereint den Todeskampf und das frische Blut. Als wollte sie ihn dafür strafen, daß er allein auf die Jagd gegangen war, beugte sich Dilara über ihn. Ihr Mund suchte seine Halsschlagader. Dilara schloß für einige Sekunden die Augen, als sie das heftige Pulsieren unter ihren Lippen spürte. Schwindel erfaßte sie – wie immer, wenn sie den Drang in sich verspürte – wie stets um ein Vielfaches verstärkt, wenn es Calvins Blut war, wonach es sie gelüstete. Dilara versenkte ihre nadelspitzen Zähne in sein festes Fleisch.

Calvin gab sich ihr entspannt hin und regte sich nicht. Gelöst lag er unter ihr. Er wußte, daß sie es liebte, sich auch an ihm schadlos zu halten. Ihn wiederum erregte es, wenn sie – wie jetzt – wie eine berauschende Last auf ihm lag, immer leidenschaftlicher ihre Zähne in seinen Hals grub und sein Blut trank, dabei ihren immer fieberheißer werdenden Körper an ihm rieb. Sie verfiel dabei regelrecht in Raserei, die wie ein sexueller Funke auch auf ihn übersprang. Eine Weile gab er sich ihr hin, bis er ihr seinen Hals entzog, sie fest in die Arme schloß, sich mit ihr herumdrehte und sie unter sich begrub – nun seinerseits seine Zähne in ihrem Fleisch vergrabend.

„Hallo, John!"

Roderick fuhr im Sessel seines Arbeitszimmers herum. Er kannte diese Stimme. Doch wie kam sie so plötzlich hierher?

Vor allem, wie kommt *er* hierher? fragte er sich beim Anblick des Schattens, der verborgen in einer Ecke des Arbeitszimmers sichtbar wurde. Durch die Ritzen der Wand zu fließen schien. *Wo soll er schon herkommen? So eine dumme Frage,* hetzte es hinter seiner Stirn. *Du weißt, daß ihn kein Stein hält, kein Mauerwerk, weder Tür noch Tor.* Und so war es auch. *Er* floß durch jeden noch so kleinen Spalt, jede noch so winzige Öffnung. Wie es Schemen zu tun pflegten, die durch nichts aufzuhalten waren.

So auch jetzt...

Der Schatten nahm jedoch erstaunlich schnell feste Konturen an, bewegte sich in raubtierhaft geduckter Haltung auf ihn zu und blieb vor ihm stehen.

„Hallo, John!" wiederholte er. Ein provokativer Unterton schwang in seiner Stimme mit.

Roderick setzte sich kerzengerade auf und räusperte sich. „Mein Name ist Roderick... Roderick Herrington. Ob Ihnen das nun gefällt oder nicht!"

Die Gestalt lächelte überheblich. „John, John, John..." sagte der Unbekannte tadelnd. „Bist du immer noch so aufbrausend wie früher... immer noch so ein Heißsporn?"

John? fragte sich Roderick. *John? John Haigh?* blitzte es in seinem Gehirn auf. Der *Fremde* meinte John Haigh. Roderick dachte an das, was sein Freund Greg ihm über seine fragliche Herkunft erzählt hatte, er erinnerte sich an den Zettel, der bei dem ausgesetzten Säugling gefunden worden war, der wohl er gewesen war. Was hatte das alles zu bedeuten? Vor allem: warum war ihm der Name so vertraut? Warum fühlte er sich damit besser – wahrhaftiger – angesprochen?

„Wer sind Sie?" fragte Roderick verunsichert.

„Das weißt du! Du mußt nur tief genug in dich hineinhorchen."

Roderick stieß einen erzürnten Laut aus. „Ich habe keine Zeit für Spielchen!" stieß er hervor. „Also, wer... bin ich?... Und vor allem, wer sind *Sie*...?"

Die geduckte Gestalt vollführte eine unwillige Handbewegung, um Roderick zum Schweigen zu bringen. „Denk nach!" forderte der Unbekannte ihn barsch und mit finsterer Miene auf.

Roderick tat, wie ihm geheißen. „Ich... bin... John!" murmelte er. „Der Vampir von London...?" Er sah die Gestalt vor sich an. „Und du...?" Eine Spur des Erkennens flackerte blitzartig in seinem Blick auf.

Antediluvian nickte zufrieden. „Ganz recht, Vampir von London, so nannte man dich einst." Er kicherte. „Diese infantilen Reporter haben, ohne es zu ahnen, dem Kind den richtigen Namen gegeben."

„Dann bin ich also wirklich..." Roderick Herrington lehnte sich benommen in seinem Sessel zurück. Es war ihm, als fielen die letzten Reste der Hülle, die ihn die vergangenen Jahrzehnte gefangengehalten hatte, von ihm ab.

Antediluvian näherte sich ihm. Lauernd wie ein Raubtier, das seine Beute schon fest im Blick hat und nur noch seine Fänge danach ausstrecken muß, um seiner habhaft zu werden.

„So ist es. Du bist Roderick und wiederum nicht. Du bist John... und wiederum nicht..."

„Bedeutet das, daß ich ein Wiedergänger bin? *Sein* Wiedergänger bin?"

Antediluvian nickte... schüttelte den Kopf... und nickte dann wieder. „So könnte man es ausdrücken." Er kicherte wieder. „Du bist jedenfalls nicht der, der du zu sein vorgibst."

Roderick schloß die Augen und hörte das Blut hinter seinen Schläfen rauschen. Er sah die Morde, die er begangen hatte, wieder vor sich. Der dunkle Schlund, der schon immer in ihm gewesen war, öffnete sich... Roderick horchte in sich hinein, tief in die verborgenen Winkel seiner Seele. Da war etwas... die Erinnerung an einen dunklen Weggefährten aus vergangenen Nächten. Antediluvian, der ihn die Macht des Todes gelehrt hatte... vor langer Zeit... Die Erinnerung verblaßte so jäh, wie sie aufgeflackert war.

Roderick stöhnte und wischte sich mit der Hand über Stirn und Augen.

Antediluvian regte sich neben ihm, legte ihm die Rechte mit den scharfen, krallenartigen Fingernägeln auf den Arm. „Geh deines Weges, John. Du kannst dein derzeitiges Leben nicht weiterführen, man wird dir früher oder später auf die Schliche kommen, so wie man dich schon einmal überführt hat. Ich kann einen Mann wie dich an meiner Seite gebrauchen. Einen Mann deines Verstandes und deiner Faszination für den Tod..." Antediluvian zögerte, bevor er weitersprach, als müsse er abwägen, ob sein Gegenüber schon reif für die nächsten Worte war. „Es wartet eine besondere Aufgabe auf dich!"

Roderick blickte zu dem alten Ur-Vampir auf. „Und welche?"

„Es geht um Dilara."

„Dilara?" In Rodericks Stimme schwang etwas Sehnsüchtiges, das Antediluvian mit einem abfälligen Laut bedachte. Dann beugte er sich vor und musterte den sitzenden Mann streng. „Sie ist gefährlich. Also sei auf der Hut vor ihr!"

„Aber..."

„Glaube mir! Ich kenne sie besser, John! Etwas Uraltes schlummert in ihr. Etwas, das selbst für Angehörige unserer Art gefährlich werden kann. Der Hölle sei Dank hat sie keine Ahnung von dem Potential, das in ihr ist – *noch* nicht. Behalte sie im Auge, John!" Der letzte Satz war ein eindeutiger Befehl.

Und Roderick, der schon lange nicht mehr Roderick war, nickte ergeben.

Dilara kam langsam wieder zu sich. Mit ihr die Unruhe, die Calvins Blut in ihr entfacht hatte... die Unruhe und der Hunger nach mehr. Sie war angefüllt mit Energie, die sie hinaus in die Nacht trieb. Dilara tastete neben sich, faßte in Calvins Haar und zog spielerisch daran. Sie liebte es, wenn er es offen trug. Calvin nackt und mit offenem, langem Haar, das ihn wie ein Mantel umgab... dem konnte sich Dilara nicht entziehen. Bei ihm war das nicht anders. Dilara nackt und mit offenem Haar... Sie schmunzelte in sich hinein. Wie ähnlich sie einander doch waren! Mit einer geschmeidigen Bewegung entzog er sich ihr und griff nach ihr. Sie schmiegte ihr Gesicht an seinen Hals und leckte spielerisch über die bereits geschlossenen Wunden.

„Genug, genug!“ lachte Calvin. „Irgendwann wirst du es übertreiben und mich vollends aussaugen...“

„Niemals!“ unterbrach ihn Dilara temperamentvoll. In ihren grünen Augen schwelte wieder das Feuer, das ihm zeigte, daß es an der Zeit war, nach weiteren Blutopfern zu suchen. Sie hatte noch nicht genug gekostet... aus dem Kelch des Lebenselixiers.

In dieser Nacht trieb es Dilara mit Calvin in das Herz der Stadt, nach Soho, weil sie dort auf der Suche nach einem geeigneten Opfer am wenigsten auffielen, denn der Stadtteil war ein Besuchermagnet, besonders nach Einbruch der Dunkelheit. Das beliebte Vergnügungsviertel im Westen Londons, nicht weit vom Piccadilly Circus entfernt, empfing Dilara und Calvin mit einem bunten Völkergemisch, in dem sie gutgelaunt untertauchten. Hier konnte man das Nachtleben ausgiebig genießen. In dieser Gegend hatten sich viele Einwanderer der verschiedensten Länder und Kulturkreise niedergelassen. Dilara und Calvin bummelten Hand in Hand an den exotischen Restaurants und Geschäften vorbei und alberten ausgelassen wie Kinder herum. Lebensfreude machte sich in ihnen breit.

Chinesen, Inder, Franzosen, Griechen und Italiener prägten das Bild von Soho und gaben der Gegend ein besonderes Flair, das auch bei Dilara und Calvin seine Wirkung nicht verfehlte.

Die beiden schlenderten über die Carnaby Street, die als Fußgängerzone eine kleine Ruheoase bildete. Engumschlungen blieben sie immer wieder stehen, küßten sich, flüsterten miteinander und ließen das rege Treiben von Londons etwas verruchtem Amüsierviertel auf sich wirken. Das Rotlichtviertel mieden sie in dieser Nacht. Soho war längst nicht mehr nur der Treffpunkt der Schwulenszene. Bei schönem Wetter herrschte eine südländische Atmosphäre, die Dilara schon immer angezogen hatte.

Sie preßte sich an Calvin und knabberte an seinem Ohrläppchen, was er mit einem kleinen Kiekser honorierte, da er extrem kitzelig war.

„Laß das!" Er wehrte sie lachend ab.

„Erbarmen... ich habe Hunger... und Duuurst!" Nun war sie es, die übertrieben mit ihrem Gebiß klapperte. Ihre spitzen Schneidezähne blitzten dabei bedrohlich in der Dunkelheit auf.

Calvin zog sie in eine düstere Ecke. „Wirst du wohl... vorsichtiger sein..." schimpfte er halbherzig. Dilaras ausgelassene Fröhlichkeit hatte ihn längst angesteckt.

Sie ließ sich gegen ihn sinken und flüsterte. „Weißt du, wo ich jetzt gerne wäre?"

„Nein", murmelte er in ihr duftiges Haar hinein.

„Im alten Kraftwerk..."

„In der New Tate Gallery... ich weiß, ich weiß..." unterbrach er sie übermütig. „Aber nun sind wir hier... und ich verspüre auch wenig Lust..."

„Verstehe, verstehe", beeilte sich Dilara zu sagen und zog Calvin aus der Ecke hervor. So unvermittelt, daß sie mit einem jungen Mann zusammenstießen.

„Hoppla!“ Der näselnd hohe Klang seiner Stimme und die Art, wie er dahergetrippelt kam, verrieten den typischen Klischeeschwulen. Dilaras Interesse war sofort geweckt. Am liebsten hätte sie erneut mit den Zähnen geklappert und mit diesen herzhaft in das weiße Fleisch des jungen Mannes gebissen. Sie konnte sich aber im letzten Moment beherrschen, schließlich wollte sie sich und Calvin den Spaß nicht verderben. Sie schenkte Calvin einen raschen Blick, um ihm zu signalisieren, daß sie ihr Opfer gefunden hatten, doch ihr Gefährte hatte ebenfalls bereits „Witterung“ aufgenommen.

Calvin grinste breit und flüsterte ihr zu: „Madame, es ist angerichtet.“

Dilara versetzte ihm einen Stoß in die Rippen, daß man es eigentlich hätte krachen hören müssen. Calvin nahm ihn ohne mit der Wimper zu zucken hin. Überhaupt hatte sich seine Kondition erheblich verbessert, seit er einer der ihren war. Auch seine Charakterzüge hatten sich verstärkt. So war er noch „strenger“ als zu Anfang ihrer Beziehung, wenn ihm etwas mißfiel, und seine Zärtlichkeiten waren noch tiefgehender, noch schmelzender.

Dilara drehte sich wieder zu dem Jüngling herum, mit dem sie zusammengeprallt waren.

„Sorry!“ sagte sie mit ihrem strahlendsten Lächeln.

Er schenkte ihr erst keine Beachtung, aber dann wurde sein Blick doch aufmerksam. Die Art, wie sie ihn ansah, machte ihn neugierig, auch wenn sie eine Frau war. Aber allzu schnell schweifte sein Blick weiter zu Calvin. Was er erblickte, schien ihn zu erfreuen, denn nun lächelte auch er.

Calvin richtete sich zu voller Größe auf und warf das offene Haar mit einer herausfordernden Bewegung über die Schultern.

Ja, leg dich ins Zeug, dachte Dilara und lächelte amüsiert, als sie den gierigen Blick des jungen Mannes sah, mit dem er

Calvins Körper taxierte. Calvins Grinsen wurde eine Spur breiter und schlüpfriger.

„Gehen wir zu dir?“ fragte er ohne Umschweife. Die Eindeutigkeit seiner Frage ließ für den Jüngling keine Frage offen, das erfreute Blitzen in seinen Augen zeigte deutlich, worauf er hoffte, und war Antwort genug. Dilara hätte ihn allein der Blicke wegen, die er Calvin zuwarf, schon töten können.

Doch dann kicherte sie in sich hinein. So oder so wirst du heute sterben, durchzog es sie hämisch. Und Calvin und ich werden vorher sehr viel Spaß mit dir haben.

Auch Justin Deas hatte von dem Mord an Evaline Clayton gelesen. Die Sonderberichte in den Medien, die über die brutalen Morde informierten, welche bis auf den letzten immer dieselbe Handschrift verrieten, wurden häufiger.

Für Justin Deas waren die anderen Morde uninteressant, ebenso die Opfer. Sie hatten in seiner ureigenen Welt keinerlei Platz. Evaline bildete da die einzige Ausnahme. Sie war näher als jeder andere Mensch an ihn herangekommen. Er wußte, daß sie sich nicht wirklich für ihn interessiert hatte, sondern nur für die Frau auf dem Portrait – für Dilara, die Vampirin.

Die Stimme in Justins Kopf war in den letzten Tagen und Wochen wieder lauter geworden. Sie hatte pausenlos Befehle gehämmert, und Justin antwortete ihr eifrig, nickte und dienerte dazu. Auf sein Umfeld wirkte er dadurch noch verwirrter und sonderbarer, als er ohnehin schon war. Besonders als er dann tagelang nicht in der Galerie des Apsley Houses erschien und seinen Dienst nicht versah. So legte man ihm eines Tages nahe, gar nicht mehr zu kommen.

Justin Deas war das nur recht. So konnte er sich ungestört den Zwiegesprächen hingeben und sich nachts im Hyde Park herumtreiben. Ganz so, wie es ihm die Stimme befahl. Längst war er auf deren Befehl auch Dilara auf der Spur, die er beobachtete, wie sie mit Calvin ihr Unwesen trieb.

Justin Deas' Geist war verwirrt genug, das Gesehene nicht als Irrsinn abzutun, sondern als Realität zu akzeptieren. Aber sein Verstand überschritt dadurch den schmalen Grat immer mehr, bis er nur noch zu einer fremdgesteuerten Marionette geworden war.

So nahm er auch untertänig lächelnd und nickend den Befehl entgegen, in der anbrechenden Nacht zur St. Paul's Cathedral zu kommen, um endlich dem zu begegnen, den er schon lange „Meister“ nannte.

„Dein Traum ist wirklich sehr bezeichnend“, sagte Calvin, in Gedanken versunken.

„Nicht nur das, Cal. Er ist auch eine sehr deutliche Warnung. Vor allem auch, weil ich ihn in letzter Zeit immer häufiger träume.“

Dilara streckte die langen schlanken Beine von sich. Auf Calvin übte es immer noch eine große Anziehungskraft aus, wenn sie ihre ruhige, laszive Phase hatte, in der sie sich auf sich besann und sich teilweise in sich zurückzog.

„Warum hast du eigentlich nicht schon viel früher etwas gegen Antediluvian unternommen?“ wollte Calvin plötzlich wissen. Sein Blick erhielt eine aufmerksamere Note.

„Das hat mehrere Gründe. Einer davon ist, daß alles natürlich eine Entwicklung war. Antediluvian kommt man nicht so schnell auf die Schliche, Cal, er ist sehr gerissen... und lange Zeit war er mir sehr wohlgesonnen... war mir beinahe ein väterlicher Freund... bis ich hinter seine Maske blickte. Aber da ist noch viel mehr..." Dilara zögerte. „Es hat mit mir zu tun. Er muß einen triftigen Grund haben, daß er ausgerechnet mich ausgesucht hat..." Sie verstummte und lehnte sich mit dem Rücken an Calvin. Er faßte sie von hinten um die Taille und zog sie an sich.

„Ich habe da mittlerweile eine kühne Theorie", fuhr Dilara leise fort. „Es hat mit der Schattenchronik zu tun."

Calvin stieß einen undefinierbaren Laut aus. Wie immer, wenn die Rede auf den alten Folianten kam. „Mich wundert, daß du den alten Schinken noch nicht an dich bringen konntest." Dilara fuhr empört herum, doch bevor sie etwas erwidern konnte, sprach Calvin auch schon beschwichtigend weiter. „Schließlich bist du ja eine kluge Frau..."

„Jetzt brauchst du dich auch nicht mehr einzuschmeicheln", schmollte Dilara. „Sprich nicht so respektlos von der Chronik!"

Calvin lachte schallend. Ihm war eine spontane Heiterkeit zu eigen, die auf Dilara immer sofort übersprang. So auch jetzt. Allzu bereitwillig stimmte sie in das Lachen mit ein. Sie haßte es ohnehin, wenn zwischen ihr und Calvin Unstimmigkeiten herrschten. Das war eine kleine Sensation, bedachte man ihren sonst so ausgeprägten Widerspruchsgeist, ihre oft spröde, sprunghafte Art. Sie hatte noch nie Wert darauf gelegt, einträchtig mit einem anderen Wesen umzugehen. Bei Calvin war das anders. Jegliche Disharmonie zwischen ihnen kam beinahe körperlichem Schmerz gleich.

Dilara zeichnete ihm mit den Fingerspitzen die Augenbrauen nach. Wie sie es immer tat, wenn sie sich besonders verbunden mit ihm fühlte.

„Man spaziert nicht einfach in Antediluvians Reich und fordert ihn auf, einem dieses oder jenes auszuhändigen.“ Sie lächelte verschmitzt, doch das Lächeln verschwand augenblicklich wieder. „Besonders, wenn es um ein Buch von solcher Brisanz geht.“ Sie neigte den Kopf zur Seite, so daß ihr das dichte lockige Haar in das Gesicht fiel. „In Antediluvians Reich warten einige unangenehme Überraschungen auf die, die es unbefugt betreten... aber das ist es nicht allein... ich blicke zwar nicht gerade auf Jahrhunderte ungenutzten Daseins zurück, aber...“

„Aber?“ Calvin hatte die Angewohnheit, mit einem Wort seine ganze Stimmung auszudrücken. In diesem Fall, wie es Dilara schien, um seine Zweifel daran in Worte zu fassen, daß sie die vergangenen Jahrhunderte doch nicht so genutzt hatte, wie es gut für sie gewesen wäre. Vielleicht hatte er sogar recht. Sie dachte daran, daß sie lange Zeit ihr Leben in vollen Zügen genossen und in die Nacht hineingelebt hatte.

„Aber?“ wiederholte Calvin auf seine bezeichnend ungnädige Weise.

„Ich hatte das Für und Wider abzuwägen und war nicht erpicht darauf... „

„Für und Wider abzuwägen... pah...“ Calvin schnaubte verächtlich. „Schließlich geht es hier um den Fortbestand eines ganzen Vampirgeschlechtes und um dein Leben... deinen Ursprung...“

Dilara seufzte. „Besonders letzteren, denn der scheint mehr als mysteriös, aber auch bedeutend zu sein.“

„Umso nachhaltiger muß man dem auf den Grund gehen.“

Dilara nickte. „Jajaja... aber wenn man dabei wie der sprichwörtliche Elefant im Porzellanladen vorgeht, erreicht man nur das Gegenteil...“

„Viel besser ist es da natürlich, sich vierhundert Jahre elegant zurückzulehnen und nicht mehr zu tun, als hin und wieder eine kleine spezielle Mahlzeit zu sich zu nehmen und den Mond anzubeten."

„Ich bete dir gleich einen." Dilara lachte unbeeindruckt. „Du bist manchmal ganz schön frech, weißt du das?"

„Muß man bei dir auch sein."

Dilara blickte ihn fassungslos an, warf dann den Kopf in den Nacken und lachte schallend. „Du bist unmöglich... wirklich... was weißt du denn schon über die letzten vierhundert Jahre und was ich gemacht habe?"

„Nichts!" erwiderte er verdrießlich. „Das ist es ja. Mir wird ja nichts erzählt. Ich frage und frage, aber man muß der Dame jedes einzelne Wort unter Aufgebot aller Kräfte entlocken."

Dilara lachte erneut. „Du hast manchmal eine blumige Aussprache... köstlich... du solltest Romane schreiben..."

„Ja, amüsiere dich nur über mich... netter Versuch", grollte er.

„Versuch?" fragte sie gespielt unschuldig.

„Abzulenken... ein Versuch, der dir nicht geglückt ist, meine Liebe."

„Huiiiii, bist du aber heute wieder streng." Dilara zog demonstrativ den Kopf ein.

„Muß man ja bei dir auch. Du nimmst mich ja nicht ernst." Calvin war mittlerweile nicht mehr zum Spaßen zumute. Das merkte man seinem Tonfall deutlich an. Ebenso seiner rechten Augenbraue, die in einem steilen Dreieck nach oben zeigte.

Dilara beugte sich über ihn. „Schau nicht so finster drein, Cal!" Sie verlieh ihrer Stimme einen bewußt schmeichelnden Unterton, der seine Wirkung nicht verfehlte. Calvins finstere Miene hellte sich wieder etwas auf. „Ich muß auf der Hut sein. Antediluvians Rede vor dem Rat der Alten war eine Kriegserklärung."

„Von der du nichts wüßtest, wenn du nicht gelauscht hättest. Er hat dir den Fehdehandschuh nicht öffentlich hingeworfen."

„Dafür ist er viel zu klug, denn das brächte Fragen der Alten auf, die er nur sehr schlecht beantworten könnte. Zumindest liefe er Gefahr, selbst hinterfragt zu werden."

„Und das Risiko kann er nicht eingehen."

„So ist es!" Dilara lächelte. „Und ich *habe* nun mal gelauscht. Wie das so meine Art ist." Sie kicherte.

„Sososooooo, das ist also deine Art. Dann bin ich ja gewarnt", witzelte Calvin.

Dilara zog demonstrativ ein ernstes Gesicht. „Hast du denn Geheimnisse vor mir?" Sie zeigte ihm ihre spitzen Schneidezähne. „*Du* bist hiermit gewarnt: das wird dich teuer zu stehen kommen."

Calvin zeigte sich unbeeindruckt. „Lenk nicht ab!"

Dilara seufzte abgrundtief. Wenn er sich einmal etwas in seinen hübschen Sturschädel gesetzt hatte, wich er keinen Millimeter davon ab.

„Du sagtest eben etwas davon, daß Antediluvian einige unliebsame Überraschungen für ungebetene Besucher seines Reiches bereithält. Was genau habe ich mir darunter vorzustellen?"

„Hahaaaa... du bist gut." Dilara schüttelte sich vor Lachen. „Wenn ich das wüßte, wäre ich schon einige Schritte weiter." Sie wurde unvermittelt ernst und beugte sich verschwörerisch zu Calvin. „Man munkelt aber so das ein oder andere", flüsterte sie, als befürchte sie, belauscht zu werden.

„Und das wäre?" Calvin war wieder zu seinen minimalistischen Sätzen zurückgekehrt.

„Zum Beispiel, daß Antediluvian alten Göttern huldigt und opfert... *sehr blutig* opfert, so sagt man..."

„Hm..." Calvin schien nachzudenken. „War das der Grund,

warum ich dir das Buch über die Menschenopfer der Azteken besorgen sollte?“ Er lächelte sie an und küßte sie. „Damals, als du in mein Leben getreten bist.“

Es kam ihm vor, als wären seither schon Jahrzehnte vergangen, gemessen an der Vertrautheit und dem Zusammengehörigkeitsgefühl, das zwischen ihnen gewachsen war und sie mittlerweile verband.

Dilara nickte. „Ja, das war der Grund!“ Sie strich Calvin das lange Haar aus dem Gesicht. „Die Azteken hatten viel mit uns gemeinsam. Vor allem ihre Blutopfer und -gier.“

„Hm... ist ja interessant. Ich muß gestehen, ich habe das Buch damals nur flüchtig durchgeblättert.“ Er grinste. „Ich war neugierig, was eine so hübsche Lady wie du liest.“

„Aber richtig interessiert hat es dich nicht, stimmt's?“

Calvin nickte. „Sie haben mich überführt, Gnädigste. Ich gestehe.“ Er vollführte einen übertriebenen Diener.

Dilara liebte es, wenn er so übermütig war. Das kam leider selten genug vor, weil Calvin im Grunde ein sehr ernster Mann war. Dilara zog ihn näher an sich heran.

„Sei jetzt mal ernsthaft, Cal...“

Ein neuer Diener war die Antwort.

Dilara konnte sich ein Lächeln nicht verkneifen. Dann wurde sie wieder ernst. „Weißt du, daß eines der charakteristischen Merkmale der aztekischen Kultur ihr Hang zu rituellen Opfern war?“

„Das ist mir schon zu Ohren gekommen!“ feixte Calvin. „Auch wenn ich selbst noch nicht das zweifelhafte Vergnügen hatte.“

„Der Hölle sei Dank... sonst hätte ich dich nie kennengelernt.“ Sie schenkte ihm einen tiefgründigen Blick aus ihren grünen Augen. „Und da wäre mir einiges entgangen!“ Sie grinste kurz. „Und wenn du jetzt wieder einen deiner Diener machst...“

„Oooch, was sind wir heute wieder humorlos... pppffff..." Calvin blies die Wangen auf, setzte sich dann aber gerade auf und löste sich aus Dilaras Umarmung. „Aber du hast recht, es ist der falsche Zeitpunkt für meine Scherzchen... es ist wohl auch eher Galgenhumor, der mich befallen hat." Er sah Dilara nachdenklich an. „Du glaubst tatsächlich, daß es eine Verbindung zu den Azteken gibt?"

„Antediluvian glaubt es... und ich neige immer mehr dazu, diesen Glauben zu teilen..." Sie zögerte. „Als ich das Buch gelesen habe, aber auch schon zuvor, regte sich etwas in mir... da war etwas..." Sie zögerte erneut. „*Altvertrautes* in mir."

Calvins dunkle Augen musterten sie eine Weile. „Hm..."

„Die Azteken opferten der Sonne Blut, um ihr genügend Kraft dafür zu verleihen, jeden Tag erneut aufzugehen."

„Hm..." Calvin schien nicht mehr sehr gesprächig zu sein. Das war er nie, wenn er über das, was ihm Dilara erzählte, nachdachte.

„Es gab Menschenopfer in großem Ausmaße... mehrere tausend Tote an einem Tag waren keine Seltenheit."

„Wow!" Calvins Interesse war endgültig geweckt. Er leckte sich die Lippen, als hätte sie ihm soeben ein besonders ansprechendes Opfer angeboten.

„Ja, da kannst du zu recht *Wow* sagen. Die Azteken gingen auch nicht gerade zimperlich mit ihren Opfern um. Sie wurden enthauptet oder gehäutet, und ihnen wurde noch bei lebendigem Leib das Herz herausgeschnitten."

Wieder leckte sich Calvin die Lippen, und Dilara mußte sich eingestehen, daß ihre Schilderung sie selbst ebenfalls „ansprach". Etwas regte sich in ihr. Etwas, das Gefallen an der Vorstellung fand. Etwas, das mit all dem vertraut war. Sie sah die Opferzeremonien plötzlich vor sich, so als wäre sie selbst dabei gewesen, am höchsten Punkt der riesigen Pyramiden, um der Sonne nah zu sein. Sie sah das Blut in Strömen die Stufen hinabfließen.

Dilara schloß die Augen und stöhnte. Sie wollte das alles wieder erleben. Diesen Rausch, diese Energie, die dann frei wurde. Sie zuckte zusammen. Sie wollte das *wieder* erleben?

„Hm", meinte Calvin immer noch nachdenklich. Wie immer dachte er angestrengt nach. Er war nicht der Typ, der einfach drauflosplapperte. Genau das liebte Dilara an ihm. Auch in seinem Leben als Sterblicher hatte er, obschon er jünger als sie und ihre anderen Liebhaber war, eine Art Weisheit bewiesen, die im Gegensatz zu seinem Alter stand.

„Du willst also tatsächlich damit andeuten, daß die Azteken mit euch", er berichtigte sich, „mit *uns* artverwandt sind."

„Antediluvian nimmt aufgrund seiner Ahnenforschungen an, daß der Ursproß blutsaugender Dämonen aus der ersten irdischen Hochkultur stammt, die Platon Atlantis nannte. Sowohl durch Gerüchte, die sich auf den „Codex Vaticanus" beziehen..."

„Schon wieder dieser mysteriöse Codex. Du solltest mir endlich davon erzählen!" schmollte Calvin.

„... als auch durch Überlieferungen der Olmeken und Azteken, die ausgedehnte Blutrituale und Opferungen vollzogen, ist Antediluvian zu der Überzeugung gelangt, daß die Nosferati zum ersten Leben gehörten und daß sie in der jetzigen Epoche wieder erstarken werden", fuhr Dilara unbeeindruckt von seinem berechtigten Einwand fort. Calvins finsterer Gesichtsausdruck ließ sie rasch weiterreden. „Dies entspricht auch den Aussagen einer aztekischen Überlieferung aus dem ‚Codex Vaticanus', den Antediluvian durch meine Hilfe in seinen Besitz bringen konnte. Und bevor du jetzt wieder schmollst, ich *werde* dir davon erzählen, Cal, aber das ist eine lange Geschichte."

„Hm.“ Calvins Gesichtsausdruck wurde immer nachdenklicher. „So aberwitzig das auch alles klingt, es hat eine gewisse Logik.“ Er zog seine Stirn in Falten. „Auch wenn es eine recht kühne These ist und ich nicht alles verstehe.“

„Antediluvian ist nun im Besitz dieser aztekischen Überlieferung, aus der hervorgeht, daß...“ Dilara verstummte.

„Aus der *was* hervorgeht?“ wollte Calvin wissen und seufzte laut vernehmlich. „Du machst es immer wieder. Du deutest etwas an, und wenn es spannend wird, brichst du ab. Das ist schrecklich.“

Antediluvian schritt würdevoll durch die Katakomben seines Reiches. Seit geraumer Zeit hatte ihn eine unheilvolle Nervosität befallen, die ihn umhertrieb. Er spürte, daß Dilara immer stärker wurde. Der Urgeist in ihr regte sich mehr und mehr. Der Geist, den er ursprünglich auf seine Seite ziehen wollte, und die Macht, die er ausübte. Was war in seiner Vorgehensweise fehlgeschlagen? Wann war sie ihm entglitten? Wann hatte sie begonnen, eigene Wege zu gehen? Wann war er zu unaufmerksam geworden und wann hatte seine mentale Beeinflussung nachgelassen?

Antediluvian richtete seine ganze Gedankenkraft auf Dilara und erreichte mühelos ihren Geist, tastete sich vorsichtig vor und fuhr entsetzt zurück. Da war etwas, das er noch nicht in dieser Stärke darin zu finden gehofft, aber immer schon befürchtet hatte. Jene Kraft, die er immer noch für sich nutzen wollte, mit der er sich gerne vereint hätte – in welcher Form auch immer –, die aber auch eine Gefahr für ihn darstellte. Dilara war sich dessen – den Göttern, zu denen sie selber zählte, sei Dank – noch nicht bewußt. Und Antediluvian würde es zu verhindern wissen, daß sie diese Kraft jemals nutzte. Auch wenn er sich fragte, wie er sich verhalten sollte. Wie sollte er sie beseitigen, ohne die Götter zu erzürnen? Man vernichtete nicht ungestraft eine der ihren. Zumindest mußte er im Auge behalten, wie weit sie sich zu einem Problem entwickelte. Auch die Alten saßen ihm im Nacken, hielten ihn sorgsam im Auge. Mehr als einmal hatten sie Antediluvian in den letzten Versammlungen gefragt, warum er Dilara so wenig unter Kontrolle hatte. Seine fadenscheinigen Argumente, sie wäre schon zu Zeiten ihres sterblichen Lebens unangepaßt und eigensinnig gewesen, hatten sie nicht überzeugt. Seit Calvin ihr Gefährte war, war sie noch aufsässiger gegen alles, aber besonders gegen Antediluvian geworden. Sie trug ihren Widerspruchsgeist öffentlicher zur Schau. Fast so, als wolle sie den Alten demonstrieren, daß sie Antediluvians Machtposition ablehne.

Antediluvians geistige Fühler schlängelten sich weiter in Dilaras Gedanken. Komm zu mir, flüsterte er ihr ein, komm in mein Reich... es ist an der Zeit.

Es dauerte keine Stunde, und sie stand vor ihm. Plötzlich – wie aus dem Boden gewachsen. Sie war in der Tat stärker geworden. Ihre Aura hatte etwas Königliches. Ebenso ihre Haltung. Stolz und mit festem Blick trat sie ihm entgegen. Nicht das leiseste Anzeichen von Furcht war darin zu lesen. Zwei Ebenbürtige standen sich gegenüber.

Antediluvian ließ sie keinen Moment aus den Augen.

Sie maßen einander mit eisigen Blicken.

Dilaras Zorn kochte in ihr hoch. Wut darüber, daß er es immer noch wagte, sie wie eine Elevin herbeizuzitieren. Sie hätte sich dem verweigern können, doch wie immer war es nicht ihre Art, sich zu entziehen. Sie ging den Dingen auf den Grund. Vor allem stellte sie sich ihren Gegnern. Daß Antediluvian längst ein solcher war, war beiden bewußt. Sie beäugten sich wie zwei Boxer im Ring, die die Stärke das Gegners abzuschätzen versuchten und darauf warteten, daß einer von ihnen als erster zuschlug. Doch das blieb aus. Auch Dilara hatte in den Jahrhunderten dazugelernt, hatte immer mehr ihre ungezügelte, unkontrollierte Art abgelegt und eine beeindruckende Souveränität entwickelt. Furchtlos begegnete sie ihm, trotz der drohenden Gefahr, die von dem Ur-Vampir ausging.

Das nötigte Antediluvian Respekt ab.

Damit hörte aber auch schon der letzte Rest von Gewogenheit auf.

„Du hast mich gerufen!“ Ihre Stimme klang klar und selbstbewußt zu ihm herüber. In ihr war keine Spur Verunsicherung zu erkennen. Eine neue – alte? – Würde ging von ihrer Haltung aus.

Antediluvian trat einen Schritt auf sie zu und rechnete damit, daß Dilara zurückweichen würde oder daß ein letzter Funken Achtung in ihr aufglömme. Doch nichts dergleichen geschah. Sie stand ihm gegenüber... ebenbürtig, wie sie es zwar schon lange war – doch erstmals war dies unverkennbar. Sie machte sich nicht mehr die Mühe, es zu verbergen, daß sie sich von ihm abgewandt hatte. Mehr noch, daß sie sein Tun nicht länger decken würde.

„Du hast mich vor dem Rat der Alten verleugnet, Antediluvian... mehr noch, du hast mich verraten.“

Er ließ mit keiner Reaktion, mit keinem Mienenspiel erkennen, wie sehr es ihn überraschte, daß sie von seiner Unterredung mit dem Rat der Nosferati wußte. „Du läßt mir keine andere Wahl“, sagte er ruhig.

„Ach, ist das so?“ Sie schenkte ihm einen hochmütigen Blick. In den vergangenen Zeiten hätte sie seine demonstrativ

zur Schau getragene Ruhe in Rage versetzt, doch jetzt prallte das an ihr ab. Die alte Größe, die in ihr erwacht war, gab ihr zusätzliche Überlegenheit.

„Ich halte es nicht wie du, Antediluvian. Ich trete meinem Gegner offen entgegen. Besonders, wenn er einmal so etwas wie mein Mündel war. Du bist tief gesunken. Sehr tief gesunken.“ Dilara stieß den letzten Satz verächtlich hervor. „Du bist bemitleidenswert.“ Sie drehte sich um und ließ ihn einfach stehen... wollte sich blitzschnell aus seinem Reich entfernen. Als wolle sie eine möglichst große Distanz zwischen sich und ihm schaffen.

Doch seine Hände packten sie bei den Schultern und drehten sie unsanft wieder zu sich herum. „Unser Gespräch ist noch nicht beendet!“ sagte er mit Nachdruck.

Sie entwand sich ihm mit einer heftigen Bewegung, warf stolz den Kopf in den Nacken. „Das sehe ich anders! Ich bin nur gekommen, um dir zu sagen, daß es das letzte Mal ist, daß ich mich herbeizitieren lasse. Suche dir einen anderen Lakai!“

„Dein junger Galan hat dir die Sinne vernebelt. Du weißt nicht, mit wem du dich anlegst!“ Seine Stimme troff vor Sarkasmus.

Dilaras Lachen war die Antwort. Ebenso das mit heiterer Stimme vorgebrachte: „Du überschätzt dich, alter Narr!“

John blickte sich ein letztes Mal in der Wohnung um. Sie war ihm mittlerweile ebenso fremd wie der Name, der in das messingfarbene Türschild eingraviert war: *Roderick Herrington.*

Ihn gab es nicht mehr. Genaugenommen war er nie eine eigenständige Person gewesen.

Es war Zeit zu gehen. Es war Zeit, das Leben zu führen, für das er bestimmt war, für das er wiedergekehrt war.

Antediluvian wartete!

Er und sein dunkles Reich.

John blickte an sich herab. Zu seinen Füßen stand eine kleine Reisetasche, in die er die wenigen Habseligkeiten gepackt hatte, auf die er Wert legte und die ihn in sein neues Leben begleiten sollten. Ein Leben, das ungewiß war, aber dem er mit fieberhaftem Eifer entgegenblickte.

John atmete tief durch, ein befreites und triumphierendes Lächeln lag auf seinem Gesicht, als er die Wohnung verließ, die Tür des Hauses öffnete und auf die Straße trat – mit wenigen weit ausholenden Schritten in der Finsternis der Nacht verschwand.

Auch Justin Deas beschleunigte zeitgleich immer mehr seinen Schritt – weniger selbstbestimmt, sondern von einer höheren Macht gesteuert. Die Stimme in seinem Kopf war dominanter geworden, befehlsgewohnter, fordernder und lauter. Sie trieb Justin förmlich durch die nächtliche Schwärze und den heftig aufbrandenden Sturm, der durch London fegte, als wolle er an den Grundmauern der Stadt rütteln und sie erschüttern. Justin begann zu laufen, ohne nach rechts und links zu sehen, und rannte schließlich so schnell, als wäre der Leibhaftige hinter ihm her. Dabei hätte er nicht benennen können, was ihn vorantrieb, aber das war für Justin ohnehin nicht mehr wichtig. Sein Geist hatte längst jegliches Realitätsbewußtsein verloren. Justin Deas war zu einem vor sich hinplappernden Schwachsinnigen geworden, der nur noch ein Schatten seiner selbst war.

Endlich ragte die Kuppel der St. Paul's Cathedral beeindruckend vor ihm in den Himmel und nötigte Justin einen respektvollen Schauer ab, als er seinen Blick erhob und das Gotteshaus in Augenschein nahm. Doch Justin verharrte nicht lange, sondern huschte in den Dom hinein, folgte weiter den Befehlen hinter seiner Stirn, die ihn durch die Kathedrale schleusten und hinunter in die Katakomben.

Hinunter in Antediluvians Reich.

Justin kicherte irre, als er durch die tunnelartigen Gänge stolperte. Die Angst, die sich wie aus dem Nichts herbeigezaubert seiner bemächtigte, trieb auch seinen Irrsinn voran. Justins Blick schweifte wirr umher und richtete sich auf den Punkt in der Schwärze, der langsam größer wurde und Gestalt annahm. Der eine Bedrohung darstellte, die plötzlich förmlich greifbar war.

Justins Puls raste.

Etwas näherte sich ihm, etwas, das seinem Leben ein Ende setzen wollte. Das nahm sein verwirrter Geist noch deutlich wahr. Mit einem Mal war ein Wispern und Kichern in der Luft... um ihn herum... Schattenhände griffen nach ihm... nebulöse Finger mit nichtsdestotrotz scharfen Krallen, die sich tief in sein Fleisch bohrten. Justin versuchte sich loszureißen und zu entkommen. Er taumelte, stürzte in vollem Lauf und prallte hart auf dem felsigen Boden auf. Sekundenlang blieb ihm die Luft weg und Sterne tanzten vor seinen Augen. Als sich seine Sicht wieder klärte und er sich aufzurappeln versuchte, wurde ihm ein Schlag versetzt. Nicht so stark, daß er vollends die Besinnung verlor, sondern gerade so, daß er benommen liegenblieb.

Sein Peiniger spielte mit ihm wie eine Katze mit der Maus. Er ergötzte sich an Justins Hilflosigkeit und zögerte das Ende heraus, um seine Lust an dem Spiel um Leben und Tod länger genießen zu können.

Wieder erfolgte ein gezielter Schlag. Dieses Mal mitten in Justins Gesicht. Sein Nasenbein brach mit einem knirschenden Geräusch, Blut schoß heraus und besprenkelte den Boden.

Justin Deas ahnte dunkel, daß sein Los besiegelt war. Die Stimme in ihm war verstummt. Sie hatte ihn seiner Bestimmung zugeführt und sich aus ihm zurückgezogen.

Hände umfaßten seinen Hals. Nicht mehr schemenhaft, sondern organisch. Hände, die feingliedrig waren, aber dennoch fest zugriffen. Justin konnte nicht ergründen, ob es die Hände eines Mannes oder einer Frau waren. Verzweifelt versuchte er sich zu befreien und trat ungelenk, aber mit aller Kraft, die er noch aufbringen konnte, um sich.

Der unbarmherzige Griff lockerte sich keinen Deut.

Justins Herz setzte einen Schlag aus, als sich plötzlich eine Hand von seinem Hals löste und er das Messer darin aufblitzen sah. Die Klinge fuhr mit einem Zischen durch die Luft und verfehlte ihn nur um Haaresbreite. Immer noch spielte sein Peiniger mit ihm... mit ihm und seiner Angst, die jetzt aus jeder Pore seines Körpers kroch und in verräterischen Schweißrinnsalen über seine Haut strömte. Justin stieß einen gurgelnden Laut aus, der in ein hysterisches Kreischen mündete, als die Klinge mit einem eleganten Bogen durch die Luft fuhr und dann tief in seine Haut schnitt. Der Schmerz durchpeitschte wie ein Stromschlag seinen Körper. Justin schrie schrill wie ein Tier auf, das man bei lebendigem Leib häutete. Und eben das schien sein Mörder zu beabsichtigen. Der Schmerz war unerträglich. Justin schlug wie von Sinnen um sich und fügte sich dabei selbst Verletzungen zu. Seine Hände schlugen gegen die harte Felswand. Justin hörte das rechte Handgelenk brechen. Doch er spürte keinen Schmerz mehr, weil in dem Augenblick das Messer erneut auf ihn herabfuhr und ein weiteres Stück Haut von seinem Körper schälte. Immer wieder fuhr die Klinge herab. Wie der Bogen einer Violine, der auf- und abstrich, um dem Instrument sanfte Töne zu entlocken. Töne, die auch Justins Mund entfahren wollten, der sich im Todeskampf – wie seine wild zuckenden Finger – öffnete und schloß. Doch kein einziger Laut drang mehr aus seiner Kehle, als das Messer sein immer noch schlagendes Herz herausschnitt.

„Du bist so ruhig." Calvin musterte Dilara aufmerksam. Sie saßen an einen verkrüppelten Baumstamm gelehnt und blickten auf den Serpentine See. Der erste Abglanz der Abenddämmerung legte sich über den Hyde Park.

„Wenn man dich hört, könnte man meinen, ich wäre eine ständig vor mich hinplappernde Hektikerin", erwiderte Dilara gereizt.

„Oooooh, vielen Dank für das Gespräch, Madame. Sind wir heute übellaunig?" Er grinste humorlos. „Hast du in den falschen Hals gebissen?"

„Entschuldige!" Sie beugte sich zu ihm und gab ihm einen flüchtigen Kuß.

„Verrätst du mir den Grund deiner schlechten Laune, oder muß ich dir wieder jedes einzelne Wort entlocken?"

Dilara antwortete nicht. So saßen sie eine Weile stumm nebeneinander. Beide die Beine übereinandergelegt und von sich gestreckt. Calvin griff nach Dilaras Hand, ihre Finger verwoben sich ineinander. Er wußte, daß es keinen Sinn hatte, sie zu drängen. Dann würde sie noch länger schweigen. Zu vieles beschäftigte sie, und er wußte, daß sie wieder geträumt hatte. Er kannte sie gut genug, ihre Reaktionen und ihr Verhalten, um zu wissen, daß sich ihre Lage zugespitzt hatte.

„Ich hatte zwei Träume, Cal, von denen ich nicht mit Sicherheit weiß, ob es wirklich Träume waren oder ob sie nicht vielleicht doch Realität waren. Dieses andere Ich in mir... es wird immer stärker..." Sie sah ihn an. In ihrem Blick war plötzlich etwas Fremdes, Grausames, das Calvin frösteln ließ. Ihre Miene wurde unnahbar und hochmütig.

Doch Calvin ließ sich nicht nachhaltig davon beeindrucken. Er drückte ihre Hand, die er immer noch hielt, und sah Dilara ruhig an. Ihre Gesichtszüge lösten sich wieder, wurden wieder weicher, ihm vertrauter.

„Dieses andere Ich... in mir... erwachte genaugenommen, als du aufgetaucht bist, Cal", sagte sie leise.

„Einer muß den schwarzen Peter ja zugeteilt bekommen."

Dilara ging nicht auf seine Bemerkung ein. Sie musterte Calvin mit nachdenklichem Gesichtsausdruck. „Mir wurde es tatsächlich bewußt, als du in mein Leben getreten bist. Als wäre ich durch dich... sensibilisiert worden..." Sie schüttelte den Kopf, als wolle sie dadurch den Gedanken wegwischen. Dann sah sie Calvin ernst an. „Der eine Traum war sonderbar. Ich habe eine Szene beobachtet und wiederum nicht."

„Du sprichst wieder einmal in Rätseln!"

Dilara zögerte. „Ich bin mir nicht sicher, ob ich es tatsächlich nur beobachtet habe oder selbst beteiligt war... einem Mann wurde das Herz herausgeschnitten... dem Mann aus der Galerie des Apsley Houses... du weißt... dieser Sonderling... wir haben uns oft genug über ihn lustig gemacht... doch ich habe das Gefühl, als hätte *ich* ihm sein Herz..."

„Du?" entfuhr es Calvin.

Dilara nickte heftig. „Zuerst hatte ich das Gefühl, Antediluvian bei einem seiner Blutopfer zu beobachten... aber dann..."

„Hattest du das Gefühl, es selbst zu tun?"

Dilara nickte erneut... schüttelte dann den Kopf. „Ich war

beteiligt und wiederum nicht. Es war beinahe, als würde sein Herz *mir* geopfert.“

Calvin stieß einen Laut der Überraschung aus.

„In dem anderen Traum wiederum“, fuhr Dilara fort. „trat ich Antediluvian gegenüber und habe mich von ihm losgesagt.“

„Gut, sehr gut...“, murmelte Calvin.

Dilaras Hand löste sich aus der seinen und fuhr durch ihr lockiges Haar. Calvin betrachtete ihr feingeschnittenes Profil, das für einige Sekunden zu verwischen schien und andere Konturen annahm. Aber so schnell, wie er diese Verwandlung zu bemerken meinte, war sie auch wieder verschwunden.

„Ich habe dir von der Splittergruppe der Nosferati erzählt, Cal. Wir müssen zu ihnen, müssen uns mit ihnen verbünden, um Antediluvian Einhalt zu gebieten. Alleine können wir nichts gegen ihn ausrichten.“

Calvin beugte sich aufgeregt vor. „Mir ist zu Ohren gekommen, daß sie in den Katakomben des Brompton Cemetery lebt.“ Er verzog seinen Mund zu einem breiten Lächeln. „Wie treffend!“ Das Grinsen verschwand schlagartig wieder. „Du hast mir natürlich wieder einmal alles über diese Gruppe und ihren Zufluchtsort verschwiegen. Ich mußte mir das Wenige, das ich weiß, wieder selbst zusammenklauben und war wieder auf die Geschwätzigkeit des einen oder anderen alten Nosferatu angewiesen.“ Ein deutlicher Vorwurf schwang in seiner Stimme mit, dem er nun auch Worte verlieh. „Warum machst du mich zu deinem Gefährten und läßt mich dann über so viele Dinge im Unklaren?“

„Weil ich es nicht gewohnt bin, mich ganz und gar einem anderen zu öffnen.“

„Ja ja... die einsame Vampirin. Ich weiß, ich weiß.“

„Auch wenn ich manchmal so einsam war, daß es schmerzte, war ich nicht immer allein, Cal“, warf Dilara sanft ein.

„Das dachte ich mir!“ Wieder klang Unwillen in seiner Stimme mit. Dilara lächelte still in sich hinein. Sie wußte, daß er nicht gerne von ihren früheren Liebschaften hörte.

„Wir müssen uns nun zu den Abtrünnigen aufmachen, Cal! Es ist höchste Zeit.“ Sie blickte sich um, hatte plötzlich das Gefühl, beobachtet zu werden. „Antediluvian ist in der Nähe...“ wisperte sie Calvin zu. „Ich spüre ihn. Laß uns gehen.“ Sie erhob sich und zog ihn mit sich.

„Ich kann mir dich schlecht in einer Gemeinschaft vorstellen.“ Calvin strich sich über seine schlanken Oberschenkel. Wie fast immer trug er eine schwarze Lederhose.

„So einzelgängerisch bin ich nun auch wieder nicht“, warf sie ein und schenkte ihm einen Augenaufschlag, der ihm die Knie zittern ließ. „Schließlich genieße ich deine Nähe sehr.“

„Du weißt genau, daß ich das nicht...“

Meine, wollte er einräumen, doch Dilara sprach wie in Gedanken weiter. „Es gab sehr wohl Menschen, deren Nähe ich gesucht habe, deren Gegenwart mir wohltat. Es gab da mal eine Frau...“

„Eine Frau?“ Calvin wurde hellhörig.

„Ja.... ihr Name war Gelophee...“ Ihre Stimme erhielt einen wehmütigen und sehnsüchtigen Klang. Einen Klang, den Calvin sonst nur darin vernahm, wenn sie zärtlich mit ihm sprach.

„Sie scheint dir viel bedeutet zu haben.“

Dilara nickte. „Das hat sie“, bestätigte sie ernst. „Doch nun komm, wir müssen gehen!“ Sie zog Calvin mit sich fort. Es war eine unliebsame Angewohnheit von ihr, nicht abzuwarten, was er dazu zu sagen hatte.

Auch wenn er sonst dagegen protestiert hätte, fügte er sich dieses Mal widerspruchslos. Sie hatten keine Zeit für unnötige Diskussionen. Auch Calvin spürte: sie waren nicht mehr allein. Antediluvian hatte seine Schattenschergen ausgesandt.

Die Fehde hatte begonnen!

Sie erreichten Brompton Cemetery, den größten Friedhof Londons, in kurzer Zeit. Entfernungen bedeuteten nichts mehr für sie. Calvin hatte sich schnell in die anderen Dimensionen eingewöhnt. In Dilara hatte er eine gute Lehrerin gefunden.

Die Schatten waren ihnen in geringem Abstand gefolgt. Wie eine kleine Armee, die aber weniger zu ihrem Schutz, als vielmehr ihrer Überwachung diente. Aus einem nicht erkenntlichen Grund hielt sich Antediluvian bedeckt, scheute er immer noch davor zurück, Dilara zu vernichten. Einmal mehr kam die Frage in ihr auf, ob er vielleicht nicht dazu in der Lage war.

„Das muß es sein!" sagte sie lauter als beabsichtigt. „Er kann es nicht oder *noch* nicht... warum auch immer."

„Wer kann was nicht?" wollte Calvin wissen. Sein langer schwarzer Ledermantel flatterte hinter ihm her.

„Antediluvian kann mich aus irgendeinem Grund nicht vernichten... oder *noch* nicht."

„Hm... ja... die Vermutung liegt nahe, denn Gelegenheit hatte er schon genug." Er sah sich um. „Dafür hat er uns aber einen Begleit*schutz* beschert."

„Ja, auch das ist sonderbar. Antediluvian weiß sicher längst, wohin es uns treibt. Wozu dann seine Schattenschergen?"

„Gute Frage." Calvin war zu diesem Zeitpunkt nicht sehr mitteilsam.

Die ersten Grabsteine des etwa vierzig Hektar großen Friedhofes im Londoner Stadtteil Brompton wurden sichtbar. Verwitterte und moosüberwucherte Monumente, windschiefe Steinkreuze und beeindruckende Skulpturen bestimmten sein Bild. In der letzten Zeit hatte es Dilara oft hierhergezogen.

Abgesehen von den Spaziergängen im Hyde Park und ihren nächtlichen Ausflügen an das Ufer der Themse war der von Benjamin Baud gestaltete Friedhof Dilaras bevorzugte Stätte, um Muße zu finden. Sie liebte die Atmosphäre inmitten der Toten, die hier ihre letzte Ruhestätte gefunden hatten. Denn auch hier war eine dunkle Gegenwelt entstanden. Sie war noch nicht so alt wie die anderen unterhalb Londons, aber sie wuchs beständig und nahm an Bedeutung zu.

Die *Cemeteries,* wie die Nosferati-Splittergruppe genannt wurde, weil sie in den Katakomben unter dem Brompton Cemetery ihre Zuflucht gefunden hatte, waren Antediluvians erklärte Gegner. Und sie waren die geeigneten Verbündeten im Kampf gegen ihn.

Dilara und Calvin folgten der zentralen, breiten Straße bis in die Mitte des Friedhofes und huschten bis zur achteckigen Kapelle mit Kolonnaden an der Seite, die der St. Peters-Basilika in Rom nachempfunden war. Unter den Säulengängen der kleinen Kirche befanden sich die viktorianischen Katakomben, die die Cemeteries selbst erweitert hatten, bis sie den gesamten Friedhof unterhöhlten und sich noch darüber hinaus erstreckten. Hier lebten sie, von hier aus behielten sie Antediluvian und sein Tun, soweit es möglich war, im Auge... hier planten sie ihren Aufstand gegen ihn. Ihr erklärtes Ziel war der Fall des Ur-Vampirs. Er war ihnen zu machthungrig und uneinschätzbar, zu gefährlich für die Angehörigen ihrer Art geworden.

Die Alten ließen sich noch von ihm blenden, von seinem Wissen, wobei sie nicht hinterfragten, woher er es bezog. Noch weniger, welche Ziele er verfolgte oder was es mit den Gerüchten um seine Blutopfer auf sich hatte. Die Cemeteries waren wachsamer und kritischer und hatten sich im Laufe der Zeit zu Antediluvians ernsthaftesten Feinden entwickelt.

Dilara und Calvin hasteten weiter durch die Dunkelheit.

Dilara hatte durch einen Cemetery, den sie einige Male nachts auf dem Friedhof getroffen und dem sie sich erstaunlich schnell geöffnet hatte, erfahren, wo sich der Eingang zu den Katakomben befand. Von ihm wußte sie auch, daß es ihr jederzeit erlaubt war, ein Bestandteil dieser verschworenen Gemeinschaft zu werden.

Ein Gedanke durchzuckte sie. War es das, was Antediluvian durch seine Schattenspäher, die ihnen immer noch wie humpelnde, verkrüppelte Gestalten folgten, in Erfahrung bringen wollte? Wie man in die unterirdische Welt der Cemeteries gelangen konnte? Antediluvian würde nicht zögern, Spitzel in die Gemeinschaft einzuschleusen. Er liebte das Ränkespiel und machte einen Gegner nie sofort unschädlich. Er genoß es, einen Feind zu stellen, zu Fall zu bringen und ihn dann Wochen, Monate, Jahre oder Jahrhunderte in seinem Klammergriff leiden zu lassen.

Auch Dilara kam sich immer mehr so vor, als ob das mit ihr geschähe.

Sie war ebenfalls Teil seiner Machenschaften. Warum er sie bisher verschont hatte, obwohl sie sich ihm entgegengestellt hatte, war ihr noch immer rätselhaft. Es mußte mit *dem* zu tun haben, was in ihr erwuchs oder was vielleicht schon immer in ihr gewesen war.

Dilara ergriff Calvins Hand. Ganz so, als wolle sie symbolisieren, daß sie nicht mehr alleine war. Daß die Gemeinsamkeit sie stark machte.

Sie erreichten eine Säule der Kapelle, die mit einer Putte verziert war.

„Hier ist es!“ flüsterte Dilara. Sie drückte auf den rechten Flügel des pausbackigen Steinengels. Calvin stieß einen erstaunten Laut aus, als sich die Säule langsam – kaum merklich und beinahe geräuschlos – zur Seite bewegte und eine schmale unebene Steintreppe freiließ, die hinabführte...

... ins Nichts, wie es schien.

Dilara zog Calvin mit sich in die Dunkelheit. Als sie die ersten Treppenstufen hinabgestiegen waren, hörten sie, wie sich hinter ihnen die Säule zurück an ihren Platz bewegte und den Zugang in die Welt der Cemeteries wieder verschloß.

Fackeln an den Wänden erhellten notdürftig die Gänge, denen sie folgten, die aber schon sehr bald in eine Grotte mit unvorstellbaren Ausmaßen mündeten. In ihr befand sich ein kleines düsteres Städtchen: das Reich der Cemeteries.

Dilara und Calvin standen eine Weile staunend da. Dilara hatte zwar schon sehr viel über die verborgene Gemeinschaft gehört, aber deren kleine eigenständige Welt jetzt tatsächlich vor Augen zu sehen, war etwas anderes.

Ein Geräusch hinter ihnen ließ sie herumfahren. Ein junger dunkelgekleideter Mann von großem und schlankem Wuchs stand vor ihnen. Sein blondes halblanges Haar und die stahlblauen Augen wirkten in dieser dämmrigen Welt deplaziert. Aber nur im ersten Moment, wie Dilara feststellte – besonders, als seine wohltönende Stimme erklang, die viel tiefer war, als seine Erscheinung vermuten ließ.

„Ich bin Guardian“, sagte er ruhig und so erhaben, als sei er von königlichem Blute.

Dilara hatte von ihm gehört. Von diesem jungen, aber dennoch so weisen Vampir, der der Begründer der Cemeteries war. Um ihn rankten sich die meisten Gerüchte, und insbesondere die Vampirinnen – ob alt oder jung – bekamen glänzende Augen, wenn sie von ihm erzählten.

Dilara konnte das verstehen, jetzt, da sie vor ihm stand. Von ihm ging etwas aus, ein inneres Leuchten und eine beeindruckende Würde.

Calvin regte sich neben Dilara und riß sie dadurch aus ihrer Betrachtung. Sie richtete sich straff auf. „Ich bin..."

„Ich weiß, wer du bist", unterbrach er sie beinahe sanft.

Erst jetzt sah sie, daß er nicht allein war. Zwei ältere Nosferati befanden sich in seiner Begleitung. Er gab ihnen ein Zeichen. „Zeigt ihnen ihre Unterkunft." Seine Stimme klang immer noch sanft, büßte dadurch aber nichts an Überzeugungskraft ein.

Die beiden Nosferati deuteten eine Verbeugung an und gaben nun ihrerseits Dilara und Calvin ein Zeichen, ihnen zu folgen.

Doch zuvor hielt Guardians Stimme sie noch einmal zurück. „Ich werde euch morgen aufsuchen. Wir haben einiges zu bereden."

Der blonde Vampir hatte augenscheinlich die Angewohnheit, über andere zu bestimmen. Sonderbarerweise erregte das in Dilara keinen Widerspruch. Dafür aber in Calvin. Das sah sie an dem steilen Dreieck, das seine rechte Augenbraue bildete. Sein Mund öffnete sich zu einer Erwiderung, aber Dilara kam ihm zuvor.

„Du hast völlig recht", sagte sie an Guardian gewandt. „Wir haben in der Tat sehr viel zu bereden." Sie drehte sich zu Calvin um. „Komm... laß uns in unsere neue Unterkunft gehen." Sie nickte Guardian freundlich zu und folgte mit dem widerstrebenden Calvin den beiden Nosferati.

Dilara schürzte die vollen Lippen und sah sich in dem Raum um, den man ihnen zugewiesen hatte. Er war nur mit dem Allernötigsten ausgestattet, aber darauf kam es nicht an.

„Was hältst du von dem Knaben?"

Dilara drehte sich zu Calvin herum und lächelte verschmitzt. Ihr war nicht entgangen, daß ihr Gefährte Guardian kritisch beäugt hatte. Calvin, selbst dominant, hatte Schwierigkeiten mit anderen überlegenen Wesen.

Calvin schloß sie in die Arme. So standen sie engumschlungen da.

„Du hast meine Frage nicht beantwortet", murmelte er.

„Nach dem, was ich bisher über ihn gehört habe... ist er der richtige Mann für uns."

„Dann wird es jetzt wohl ernst, nicht wahr?"

Dilara löste sich von ihm und nickte. „Ja, Cal, das wird es." Ihre grünen Augen verschleierten sich. „Und nun sind wir nicht mehr allein. Doch bevor wir gegen Antediluvian vorgehen, müssen wir die Schattenchronik an uns bringen. Ich muß endlich wissen, was mit mir ist und wie ein Bild von mir in diesen alten Folianten kommen konnte. Ich hoffe auch da auf Guardians Hilfe."

„Bevor du mit dem Knaben über alles sprichst, wäre es an der Zeit, mir erst einmal einiges über dich zu verraten. Ich will alles über dich wissen! Und über Antediluvian. Bisher hast du dich immer nur in Andeutungen geflüchtet und mich im Ungewissen gelassen. Aber du hast mich zu deinem Gefährten gemacht, und nun betrifft es auch mich. Daher will ich alles über dich, dein Leben als Sterbliche und über Antediluvian wissen... einfach *alles*!"

Dilara nickte. „Ich werde dir alles erzählen, Cal. Vieles wird dir irreal erscheinen, anderes dich wiederum erschrecken. Aber all das ist nicht mit wenigen Worten gesagt." Sie beugte sich zu ihm und küßte ihn. „Doch wir haben Zeit... wir gehören zusammen. Immer und überall."

Wolfgang Hohlbein

wurde 1953 in Weimar geboren und ist der meistgelesene und erfolgreichste deutschsprachige Fantasy-Autor mit einer Gesamtauflage von weit über 20 Millionen Büchern.
Der Durchbruch gelang ihm 1982 mit „Märchenmond“, das seinen Siegeszug in zahlreichen Ausgaben von den USA bis in den Fernen Osten bis heute ungebrochen fortsetzt. Seine mittlerweile über einhundert Bestseller decken die ganze Palette der Unterhaltungsliteratur ab - von Kinder- und Jugendbüchern über Romane und Drehbücher zu Filmen, von Fantasy über Sciencefiction bis hin zum Horror.
Der passionierte Motorradfahrer und Zinnfigurensammler lebt zusammen mit seiner Frau und Co-Autorin Heike, seinen Kindern und zahlreichen Hunden und Katzen am Niederrhein.

Weitere Informationen auf: www.hohlbein.de, www.hohlbein.net

Alisha Bionda

Alisha Bionda wurde in Düsseldorf geboren und lebt zur Zeit auf Mallorca.
Sie absolvierte u.a. das Studium der Literaturgeschichte, Stilkunde, Romantechnik, Romanformen, Dramaturgie des Theaters, des Films, des Hörspiels und des Fernsehspiels, lyrische Ausdrucksformen, Sachprosa, Journalismus...
Sie ist die Herausgeberin der Literaturzeitschrift „HEADLINE", ab 2005 als Online-Magazin beim Schreiblust-Verlag Andreas Schröter geplant, ebenso die Herausgeberin/Mitherausgeberin einiger Anthologien.
Alisha Bionda hält im BLITZ-Verlag die Leitung des TTT (Lektorat), Mitarbeit innerhalb der PR, die Redaktion und Titelplanung der Serien & Reihen: Jolina - Gespielin der Nacht, Sherlock Holmes Criminal Bibliothek, Larry Brent, Macabros, Wolfgang Hohlbeins Schattenchronik, Edition Nachtlicht inne.
Einzeltitel im Ueberreuter-Verlag in der von Wolfgang Hohlbein herausgegebenen Edition Märchenmond:
Die Welt der Finsternis, Fantasy
Das Reich der Katzen, Fantasy – beide als Hardcover.
Im BLITZ-Verlag erscheint Ende 2005 ihr Fantasyroman **Regenbogen-Welt**.
Zahlreiche Veröffentlichungen in Literaturzeitschriften und Anthologien im In- und Ausland
Die Autorin schreibt künftig unter den Pseudonymen „DOMINO" Kinderbücher.

Website: www.alisha-bionda.de